Olga Savary
Erotismo e Paixão

Estudos Literários 30

Marleine Paula Marcondes e Ferreira de Toledo

Olga Savary
Erotismo e Paixão

colaboradores
Heliane Aparecida Monti Mathias
e
Márcio José Pereira de Camargo

Ateliê Editorial

Copyright © 2009 Marleine Paula Marcondes e Ferreira de Toledo

Direitos reservados e protegidos pela Lei 9.610 de 19 de fevereiro de 1998.
É proibida a reprodução total ou parcial sem autorização,
por escrito, da editora.

Dados Internacionais de Catalogação na Publicação (CIP)
(Câmara Brasileira do Livro, SP, Brasil)

Toledo, Marleine Paula Marcondes e Ferreira de
Olga Savary: erotismo e paixão / Marleine
Paula Marcondes e Ferreira de Toledo; colaboradores
Heliane Aparecida Monti Mathias e Márcio José
Pereira de Camargo. – Cotia, SP: Ateliê Editorial, 2009.

ISBN 978-85-7480-424-8
Bibliografia.

1. Escritores brasileiros – Crítica e interpretação
2. Savary, Olga I. Mathias, Heliane Aparecida Monti.
II. Camargo, Márcio José Pereira de. III. Título.

07-8889   CDD-869.9109

Índices para catálogo sistemático:
1. Escritores brasileiros: Apreciação crítica
869.9109

Direitos reservados à
ATELIÊ EDITORIAL
Estrada da Aldeia de Carapicuíba, 897
06709-300 – Granja Viana – Cotia – SP
Telefax: (11) 4612-9666
www.atelie.com.br / atelie@atelie.com.br
2009

Printed in Brazil
Foi feito depósito legal

Para

Sílvio

Frederico César
Henrique Otávio
Guilherme Augusto
Carlos Juliano

Cristiane
Alessandra
Lucyane

Júlia
Gabriela
Beatriz

a harmonia familiar

Sumário

Nota Prévia 11

ENTRADA. 13

CAMINHO 1

Espelho Provisório 25
Sumidouro 45
Altaonda 53
Natureza Viva 63
Magma 65
Hai-Kais 75
Linha-d'Água 83
Retratos 93
Éden Hades 99
Rudá 111
Morte de Moema 125
Anima Animalis 133
Repertório Selvagem 143

CAMINHO 2

Olga Savary e o Ofício do Haicai 153
Amor 161

Viagem/Sonho/Sono/Morte. 165
Tempo 169
Palavras, Durmo com Elas 175

CAMINHO 3
Berço Esplêndido 181

CAMINHO 4
O Olhar Dourado do Abismo 213

CAMINHO 5
Antologias: Organização. 243

SAÍDA 259
BIBLIOGRAFIA 261

Nota Prévia

Não me foi possível contemplar, de modo especial, na primeira parte do Projeto "Cultura Brasileira: O Jeito de Ser e de Viver de um Povo", do qual resultou livro de mesmo nome, publicado em 2005, a Literatura Brasileira. Por isso, arquitetei uma segunda parte com dois representantes da "arte das letras": Milton Hatoum e Olga Savary. Ao escritor manauara foi dedicado um *Itinerário*, mais precisamente, *Milton Hatoum: Itinerário para um Certo Relato*, de 2006. Agora, passo ao mundo da poesia e da prosa savaryanas.

Nascida em Belém (PA), Olga Savary é poeta, contista, crítica, ensaísta, desenhista, produtora cultural, tradutora, curadora e jornalista. Publicou dezenove livros e acumula, até o momento, trinta e um dos principais prêmios nacionais de literatura.

Na obra de Savary as raízes lingüísticas ficam expostas: o uso de inúmeros vocábulos em Tupi faz de seus poemas rica fonte de conhecimento. O verso e a prosa – a partir dos contos de *O Olhar Dourado do Abismo: Contos de Paixão e Espanto* – da escritora parauara não economizam brasilidade. E é por meio desse amor à terra natal que se tem, em Olga Savary, mais uma amostra do jeito de ser e de viver daqueles que batalham por um país melhor.

Entrada

—————◆—————

> *[...] livros e vida têm de se equivaler, para*
> *prestar. Livro, poema, qualquer criação não*
> *terá verdade caso não tenha a ver com a vida,*
> *com a vida* vivida *de quem criou.*
>
> OLGA SAVARY

Olga Savary. Brasileira sobre todas as coisas. Batalhadora. Pioneira. Olga Savary por ela mesma: "primeira escritora de haicai no Brasil (menina, década de 1940), primeira a publicar livro inteiro de poesia erótica (e a organizar a primeira antologia de poesia erótica, no início da década de 1980),e único poeta no Brasil a usar em sua poesia e ficção palavras em tupi, língua falada pelos primeiros brasileiros (segundo a arqueóloga Maria Beltrão, diretora do Museu Nacional, há 40 mil anos, e segundo outra arqueóloga-antropóloga Niède Guidon, há 60 mil anos – bem antes, portanto, dos míseros 500 anos do Descobrimento)".

Da poesia de Olga Savary, desde o início, na adolescência, disse Carlos Drummond de Andrade (conforme anotou em meu livro a própria Savary): "Olenka, você tem uma estrada pela frente. Mas você já possui o que poetas mais experimentados e com longa trajetória passam a vida sem conseguir: uma poesia singular, de voz própria, com uma marca pessoal. Você parece com você, não imita ninguém. Influências? Sim, é natural. Mas sem copiar, o que seria próprio de sua idade, tão jovem. Você, sua poesia, têm dicção própria". E, melhor do que ninguém, Olga Savary sabe o que diz. E diz com a competência daqueles que derramam a própria vida em suas obras. Para Savary vida e obra é uma coisa só. E ela está sempre do lado da vida.

Nascida em Belém (PA), única filha de Bruno Savary, russo com ascendência francesa, alemã e sueca, e de Célia Nobre de Almeida, paraense de Monte Alegre, com antepassados pernambucanos, além de origens indígena e portuguesa, é poeta, contista, crítica, ensaísta, curadora, desenhista, ilustradora, tradutora e jornalista. Com dezenove livros publicados, ocupa lugar especial na Literatura Brasileira, tendo sido agraciada, até o momento, com trinta e nove dos principais prêmios nacionais de literatura, entre os quais: quatro da ABL (Academia Brasileira de Letras); um da APCA (Associação Paulista de Críticos de Arte); um da UBE – SP (União Brasileira dos Escritores); cinco da UBE – RJ; dois Jabutis da Câmara Brasileira do Livro, um "Josué Montello para Romance Inédito 2007". Também foi indicada ao Prêmio Machado de Assis para o conjunto de obra, pela ABL, em 1997. Em 2007 recebeu o "Prêmio Internacional Brasil-América Hispânica de Poesia".

Traduziu mais de quarenta obras de autores espanhóis e hispano-americanos (Borges, Cortázar, Fuentes, Lorca, Neruda, Octavio Paz, Semprún, Vargas Llosa, etc.) e mestres japoneses do haicai (Bashô, Buson e Issa). É a maior tradutora de Pablo Neruda (com treze livros traduzidos), de Octavio Paz (com oito) e Bashô, entre outros.

Organizou as antologias de poesia: *Carne Viva: I Antologia Brasileira de Poesia Erótica* (1984), com 77 poetas de todo o Brasil; *Antologia da Nova Poesia Brasileira* (1992), com 334 poetas de todos os estados brasileiros; *Poesia do Grão-Pará* (2001); *Hai-kais Brasileiros* (a sair) e mais nove em preparo.

Tem participação em curadorias de texto, livros de arte, antologias de poesia e de conto editados no Brasil e no exterior. A *Antologia de Poesia da América Latina*, editada na Holanda, em 1994, com dezoito poetas (inclusive dois ganhadores do Nobel, Neruda e Paz), inclui Olga Savary entre os maiores poetas do continente. Sua poesia também está presente em *Os Cem Melhores Poemas do Século* (2001), selecionados por Italo Moriconi.

Publicou, em 1997, o livro de contos *O Olhar Dourado do Abismo* (dez contos) e, em 2001, *O Olhar Dourado do Abismo: Contos de Paixão e Espanto* (dezenove contos). O nome de Savary consta da obra *Os Cem Melhores Contos Brasileiros do Século* (2000), organizada igualmente pelo prof. Italo Moriconi. Dois textos infanto-juvenis – *Quem Tudo Quer... Vira Arco-íris* e *Alegria de Viver* – a saírem brevemente, e um romance já pronto, *Maze*, também a sair, complementam o universo ficcional da autora.

Em suas atividades jornalísticas, iniciou a coluna "As Dicas", no memorável jornal *O Pasquim*, em que se manteve de 1969 a 1982. No jornalismo literário, na crítica e ensaio, tem, no prelo, *As Margens e o Centro* (Prêmio Assis Chateaubriand, 1987, da Academia Brasileira de Letras) e, a saírem, *Ladrão de Alma* e *Mão no Fogo*.

Embora se iniciasse na poesia aos dez anos, em 1943, quando produziu um jornalzinho artesanal, com escritos poéticos e desenhos, e publicasse muitos de seus poemas e contos em jornais e revistas do Rio, Belém e Minas Gerais, assinando Olenka em alguns, o primeiro livro, *Espelho Provisório*, só foi publicado em 1970. Obra que alude à reflexão da poeta em encontrar e, de alguma forma, fixar, por meio da poesia, o que há de constante por trás do mutável, expressa a fenomenologia das coisas, em um mundo em que tudo se abala, tudo é e não é.

Sumidouro (1977), obra inteiramente voltada ao "eu-criador", evidencia a gesta, a luta para traduzir, na palavra, basicamente substantiva, a interação "eu-cosmos".

Altaonda (1979), nascida a partir do poema que leva o mesmo nome, foi inteiramente dedicada a Carlos Drummond de Andrade. Embora publicados posteriormente, os textos de *Altaonda* são contemporâneos aos de *Sumidouro* e mostram a mesma linha temática: o "ser-poeta", desdobrando-se em visões de lugares interiores e exteriores, de amor e de sensualidade.

Natureza Viva (1982) é uma seleta dos melhores poemas da poeta. Ainda no mesmo ano, publica *Magma*, recebido pela imprensa e crítica nacional como o primeiro livro todo em temática erótica escrito por mulher no Brasil. Nessa obra, sobressai outra das qualidades da escritura poética savaryana: dizer e não dizer, valorizar o silêncio, envolver o leitor pelas meias palavras. Nunca desvendar totalmente o que tem de ser misterioso e secreto: o erotismo. Clarear o texto mais do que a este ponto resvalaria no pornográfico. E Savary, pela mediação poética, sabe estabelecer perfeitamente essas nuanças e limites entre o dizível e o apenas sugerível.

Em *Hai-Kais* (1986), tem-se a reunião de cem haicais, parte inédita e parte retirada de livros anteriores. Aqui, a poeta espelha sua identificação com a cultura japonesa e, especialmente, com o caráter sintético do haicai, o que fez fosse reconhecida pelos cultores do gênero como a primeira haicaísta brasileira.

Com *Linha-d'Água* (1987), Savary elege a água como signo maior de seu texto. Origem de todas as coisas, a água manifesta o real e o transcendental e pode ser vista sob planos rigorosamente opostos, mas nulamente irredutíveis: fonte de vida e de morte, criativa e destruidora, Eros e Tânatos. E o erotismo explode nesta obra, como, de resto, em toda a poesia savaryana, como vida, energia. A natureza é mais que natureza: é a natureza do corpo, a água do corpo, a água do orgasmo.

A obra *Retratos* (1989), pequena coletânea de dezessete haicais, solidifica a escolha bem-sucedida do poema curto feita por Savary. Características como didatismo, comedimento, disciplina, ordenação e síntese, entre outras, básicas no haicai, são também profissão de fé da poeta paraense.

Éden Hades (1994), com título antinômico, reflete as dualidades que perpassam todos os poemas. Nessa obra, Savary faz, conforme Olga de Sá, uma "espécie de colheita dos próprios versos, de datas e locais diferentes", unidos pela vida e pela arte, polarizados pela vida e pela morte. *Rudá* (1994), embora registre presença do erotismo, caminha, predominantemente, em outra direção. São poemas de amor, a começar pelo próprio título, *Rudá,* que significa *amor*, em tupi. Na tradição tupi, Rudá é um guerreiro que reside nas nuvens, cuja missão é criar o amor nos corações humanos, despertando-lhes saudades, fazendo-os voltar para a tribo depois de longas e repetidas peregrinações. Era invocado ao pôr do Sol ou da Lua, em cantos pausados, monótonos e melancólicos. Assim sendo, Rudá é mais do que um significante, é uma *realidade*. O *nome*, para os primitivos, é quase a coisa ou a pessoa, com todas as prerrogativas. Ao invocar-se o nome, invoca-se a pessoa; o nome tem o *poder* da pessoa.

Em 1998, Olga Savary teve a satisfação de ver reunidos em livro seus poemas escritos desde 1947. Com o título *Repertório Selvagem*, o livro engloba, além das obras de poesia já citadas, outras três: *Morte de Moema, Anima Animalis* e *Repertório Selvagem.*

Morte de Moema (1995-1996), elegia dramática, foi escrita quando a autora era ainda adolescente. De temática indígena, o poema, reescrito em 1996, narra a história da paixão da índia pelo branco português Diogo Álvares, alcunhado Caramuru. A elegia é um pretexto para a poeta declarar seu amor ao Brasil. Procurou dar uma pincelada de humor, em proposital animismo, para dramatizar ainda mais a morte.

Os dez poemas de *Anima Animalis* (1996) versam sobre variados sentimentos do homem, tendo como paradigma os animais. A autora não somente fala dos bichos brasileiros; mais ainda, dá-lhes voz. Dotada de um humor inconfundível, a poeta expressa, em haicais e em apenas um poema mais longo, toda sua sensibilidade.

Repertório Selvagem (1997-1998) exibe o fazer poético cheio de erotismo, harmonizando o sentir com o dizer. De acordo com a poeta, " 'selvagem' é ser primitivo, mais puro, natural, como os índios. Não ingênuo, não simples. Sábio". Em "Introdução a Repertório Selvagem", a poeta diz serem os poemas e a paixão a "busca do absoluto", e é por isso que ela procura viver intensamente, admitindo seu perfil "animal", o lado sensual da mulher-fêmea.

Berço Esplêndido (2001) rendeu à autora o Prêmio Nacional de Poesia Inédita 1987, da Academia de Letras da Bahia. Foi indicado ao Prêmio Jabuti, da Câmara Brasileira do Livro. Refletindo todo o vigor poético da autora, *Berço Esplêndido* une o já consagrado erotismo, tão presente nos poemas savaryanos, a uma calorosa declaração de amor ao Brasil. Como ela mesma frisa: "À falta de um amado determinado, coisa que há muito não me interessa, nomeio amados meu país e minha terra natal".

Ao penetrar no complexo e não menos poético universo da prosa, Olga Savary publica uma reunião de contos intitulada *O Olhar Dourado do Abismo* (1997). Êxito comprovado, esgotou-se a edição em três ou quatro meses. Mereceu três honrarias: Prêmio Nacional Afonso Arinos para Contos Inéditos 1988, da Academia Brasileira de Letras, Rio de Janeiro; Prêmio Nacional Eugênia Sereno para Contos Inéditos 1988, do Instituto de Estudos Valeparaibanos, São Paulo; Prêmio Nacional APE para Contos Inéditos, 1996, da Associação Paraense de Escritores, Pará. No ano 2000, a Editora Bertrand Brasil/Record fez à autora proposta para reeditar a coleção, acrescendo-lhe nove contos inéditos. Co-editou a obra a Fundação Biblioteca Nacional e, deste modo, o empenho ficou com o título original, ao que se incluiu um subtítulo, passando a denominar-se *O Olhar Dourado do Abismo: Contos de Paixão e Espanto**, saído em 2001. Sobre essas narrativas assim se expressa a autora: "São baseados na vida, no que vivi, no que observei, no que ouvi, em tudo que me cerca. Como escrever senão com a nossa experiência

---

*   Savary salienta que acrescentou subtítulo a fim de reforçar que se trata de outro livro, uma vez que houve distração do editor da Bertrand, que repetiu o título anterior, embora ela tivesse dado cinco ou seis opções outras.

de vida, com nossa própria visão de mundo? Dessa maneira, posso dizê-los, de certo modo, autobiográficos. Mas só de certo modo. Algumas histórias me foram contadas (poucas). Outras, presenciadas. Outras, desenvolvidas a partir de uma frase escutada ou de notícias de jornal". A poeta percorre, com a mesma fluência e clareza de idéias, o terreno da produção em verso e o da escrita em prosa, seja qualquer uma dessas formas utilizada para um relato ou para argumentações de caráter introspectivo.

Além do trabalho profissional dedicado à literatura desde 1947, Olga Savary tem presença ativa em projetos culturais e comunitários. Com voz e gestos sempre delicados, ar de tranqüilo recato, rosto de Mona Lisa guajarina e depois de Copacabana, Olga Savary tem uma poesia fundamente feminina, em que ao vigor poético, com a paixão pela palavra, matéria-prima do poema, alia-se profunda brasilidade. As raízes culturais brasileiras estão presentes em todos os seus textos, até no uso de palavras em tupi, as quais ela tem o cuidado de traduzir para o leitor. A participação, como único convidado representante do Brasil, no Poetry International 1985, na Holanda, e no Encontro Internacional de Poetas "Poesia em Lisboa 2000", entre 16 e 20 de maio de 2000, em Lisboa, é mais uma demonstração, entre tantas outras, do apreço e reconhecimento que tem recebido no Brasil e no exterior.

Três vezes foi escolhida "Mulher do Ano na Área de Cultura": em 1975, pelo jornal *O Globo*; em 1996, pela Secretaria Municipal de Cultura e Departamento de Bibliotecas Públicas de São Paulo (na gestão de Rodolfo Konder e Cláudio Willer, na Biblioteca Mário de Andrade) e, em 2001, pela Soka Gakkai International/Unesco, entidade de Educação e Cultura de São Paulo, com sede em Tóquio, Japão.

Em 1989, a Secretaria de Estado da Cultura de São Paulo, no Museu de Literatura/Casa Mário de Andrade, homenageou Olga Savary por quarenta aos de ofício e serviços prestados à cultura brasileira, durante quinze dias (com palestras – entre as quais uma que proferi –, vídeos, depoimentos, recitais e exposições sobre seu trabalho).

Em 1991, a Biblioteca Nacional prestou-lhe homenagem, no Teatro do Texto.

Foi agraciada, em 1995, com o título de "Cidadão Benemérito do Estado do Rio de Janeiro", no Plenário do Palácio Tiradentes – Assembléia Legislativa do Rio de Janeiro (pelas mãos da escritora-deputada Heloneida Studart), em razão dos serviços prestados à cultura brasileira.

Em 1997, foi eleita (única mulher até hoje) presidenta do Sindicato dos Escritores do Estado do Rio de Janeiro.

* * *

"Livros e Vida" se equivalem, assim, no rico histórico dessa hábil criadora. Transcendendo o ofício da escrita, Savary tem o poder de, *dormindo com as palavras*, transformá-las em arte, em vida.

* * *

O que daqui para frente o leitor vai encontrar é um desdobramento das informações e análises acima oferecidas. Foi-me possível realizar o trabalho, porque, de um lado, obtive a colaboração da própria poeta Olga Savary, que me concedeu entrevistas, participou comigo de palestras e debates sobre sua obra, fez anotações em meus livros e cedeu-me generosamente farto material com entrevistas, depoimentos a diversos órgãos da imprensa nacional e estrangeira. De outro lado, contei com a colaboração de Heliane Aparecida Monti Mathias (dela já é a segunda) e de Márcio José Pereira de Camargo, ex-alunos na Universidade de Sorocaba, hoje grandes e conscientes profissionais.

Num primeiro momento, pensei em construir um longo diálogo entre Olga e mim, já que material é que não me falta. Afastei, contudo, a idéia quando me lembrei de que o primeiro livro sobre a poeta paraense, que publiquei em Portugal em 1999, *A Voz das Águas – Uma Interpretação do Universo Poético de Olga Savary* (merecedor do prêmio APCA – Associação Paulista dos Críticos de Arte), está esgotado há tempo e era preciso oferecer aos leitores um estudo que contemplasse também as obras escritas por Savary de 1999 para cá. Acertada ou não a escolha, o caso é que aí vai *Olga Savary: Erotismo e Paixão*. Que seja útil a professores, estudantes e pessoas interessadas em adentrar no universo da produção savaryana.

Reservo para o futuro – que espero não muito distante – a construção, a partir do rico material de que disponho, de um perfil ou biografia da amiga escritora, amazônida de nascimento, mas, antes de tudo, grande cidadã brasileira.

Caminho 1

Espelho Provisório

Olga Savary estréia em livro com *Espelho Provisório*, editado pela José Olympio em 1970, com prefácio de Ferreira Gullar, que, então, dizia haver na poesia de Savary "[...] um misto de explosão e delicadeza, de desatino e recato, como se ela temesse, por falar alto, quebrar o encanto do que vive: seja uma criança, uma lembrança, uma cidade".

Não sem razão a poeta teve Ferreira Gullar e Antonio Houaiss como incentivadores de sua trajetória. Veja-se o que diz o jornalista José Casado Silva[1]:

> Uma poetisa que já estréia antológica: Olga Savary. Seu *Espelho Provisório* é das melhores coisas no gênero, aparecidas nos últimos meses. Seus poemas são cheios de imagens invulgares, conquanto nenhuma esquipática [*sic*]. Suas meditações, em termos pessoais e concretos, sobre o estar-no-mundo se expressam em forma igualmente distante do trivial e do esotérico. Compreende-se facilmente, após ler algumas de suas composições, por que escritores tão competentes e de tanta acuidade crítica quanto Ferreira Gullar e Antonio Houaiss a estimularam a publicar um livro. Nela não há prenúncio nem promessa, mas afirmação.

Sobre a obra, a cronista Eneida[2] faz um inusitado discurso de gratidão:

1. "Prosa e Verso", *Jornal de Alagoas*, 19 de novembro de 1971.
2. "O Espelho Provisório", em "Encontro Matinal", *Diário de Notícias*, Rio de Janeiro, 1970.

26 OLGA SAVARY: EROTISMO E PAIXÃO

Há muito tempo, nesta cidade, um livro de versos não provocava verdadeira onda de aplausos e louvores como este *Espelho Provisório*, de Olga Savary. [...] Tupã te abençoe, Olga Savary, e eu te saúdo em nome de Belém: em nome dos poetas e das poetisas, das mangueiras, de todas as nossas árvores, principalmente das nossas palmeiras de quem deves ser parenta, de nossas frutas, de nosso chão, de nosso Sol tão pertinho que parece podermos tocá-lo com as mãos, em nome do vento manso que nos manda a Guajará. Em nome de Belém, muito obrigada, Olga Savary, pelos teus versos, pela tua sensibilidade. Nós te agradecemos na certeza de que continuarás levando tua poesia pelos teus dias afora.

E Savary seguiu mesmo seu caminho: sua poesia teve reconhecimento internacional. É atentar para o que diz o periódico trimestral *Books Abroad* [3]:

The poetry in *Espelho Provisório* is a mixture of genuine inspiration – in the best sense of the word – and extremely agile verbal exercise. Of the 88 poems in the book, one could say that a third or mores are examples of linguistic virtuosity, practiced by one who obviously knows the physical possibilities of the written word.

As enevoadas lembranças do passado, as impressões do cotidiano perpassam os poemas de *Espelho Provisório*, cujo título pode muito bem significar espelho d'água, onde a imagem se reflete por momentos e depois desaparece. Água: já nesse primeiro livro surge como signo forte, poderoso, privilegiado, arquetípico, que irá percorrer todas as veredas da produção savaryana. E, com a água e pela água, a sensualidade, a sedução, o erótico. Veja-se o comentário da poeta sobre esse tema em anotações a meu exemplar de suas obras reunidas em *Repertório Selvagem*: "A água, em toda a minha obra = origem da vida (a vida nasce na água e nós *idem*, no líquido amniótico), as águas da Terra, as águas do corpo. Água = movimento, também".

3. *Books Abroad – An International Literary Quarterly*. Review, Joaquim-Francisco Coelho (Stanford University), Norman, Oklahoma U.S.A, January 1972.

O título *Espelho Provisório* também alude ao desejo da poeta em encontrar e, de alguma forma, fixar, por meio da poesia, o que há de constante por trás do mutável. (Ferreira Gullar, no citado prefácio, sugere que Olga está em busca da integridade e unidade que dão sentido à existência, mas a experiência mostra que "tudo se renova".) Sobre o título da obra, Olga comenta que:

> Espelho provisório = o eu como espelho, isto é, semelhança do mundo, natureza e tudo que rodeia o sujeito. Tirado de parte de um verso de poema meu. Mas este 1º livro ia se chamar originalmente Pássaro (no singular) da memória. Pássaro = bater de asas, movimento, energia vital, sonho, utopia, liberdade.

Mas o primeiro título, *Pássaro da Memória*, embora não usado para a obra toda, acabou sendo incorporado como nome da primeira parte, só que no plural: "Pássaros da Memória". Ao juntar-se este ao segundo, "Nada termina tudo se renova", conclui-se que, nos versos de Savary, a fenomenologia das coisas é um "espelho provisório". No mundo, tudo se abala, tudo é e não é. E a poeta está envolta nessa mutabilidade angustiante. *Espelho Provisório* é a expressão de suas experiências, às vezes agressiva, mais freqüentemente cautelosa, silenciosa, dentro de um turbilhão de imagens que se acumulam e se sucedem, provisórias. Ao ser interrogada pela professora de Literatura Brasileira da Universidade Federal do Pará, Fátima Nascimento, a respeito de seus poemas, se de alguma forma, refletem sua vivência, Olga responde:

> Com certeza, uma vez que cada poeta vai transmitir em seus textos a sua particular visão de mundo. É inevitável, e é bom que seja assim, não significando que serão todos os textos onde o autor está colocado totalmente, isto em autobiográficos. Como eu poderia escrever de maneira tão apaixonada e exuberante não fosse eu da região onde nasci, a Amazônia?

E *Espelho Provisório* reflete, de fato, a imagem de Savary – a beleza, a paixão, a alegria de viver são sintetizadas em seus versos. Luiz Carlos Lisboa[4] acrescenta:

> Um livro de grande beleza, para quem gosta de boa poesia e para quem ainda acredita no poder mágico da palavra. [...] Olga Savary faz a gente lembrar que tudo pode ser poesia – e nem por isso o mundo é menos real.

Espelho Provisório recebeu em 1971, ano seguinte à publicação, o Prêmio Jabuti "Revelação de Autor", da Câmara Brasileira do Livro, em São Paulo.

Esse não foi o primeiro laurel da vida de Savary. No Colégio Moderno (em Belém do Pará, onde fez o curso Clássico e era a melhor aluna em Português), ganhou concurso de poesia, o qual tinha, entre os jurados, o crítico Benedito Nunes, seu mestre de Filosofia, o professor Francisco Paulo Mendes e o poeta Ruy Guilherme Barata.

Numa espécie de autobiografia precoce, surpreende-se Olga Savary debruçada sobre muitos dos temas que a perseguirão (ou pelos quais é perseguida, quem sabe?), ao longo da fértil carreira literária. O "mote" de *Espelho Provisório* foi buscado em T. S. Eliot. "[...] Estou aqui, / ou ali, ou mais além. Em meu princípio". Se não neste verso de "East Cocker", em algum outro do poeta tão marcadamente preocupado com o tempo. A cuidada autobiografia precoce de *Espelho Provisório* – que se desenrola toda sob o signo da "viagem" – busca marcar, precisamente, o "começo", a *arqué*.

Não por acaso, "A Nova Paisagem", último poema, encerra-se com uma localização precisa, inspirada em Eliot:

> Como o pássaro bebendo o ar,
> bebo esta nova estação de vida:
> aqui é meu começo.

---

4. "*Espelho Provisório* é a Redescoberta da Boa Poesia Contemporânea. Vale a Pena Ler", *O Estado de S. Paulo*, 14 de março de 1971, Suplemento Feminino.

O sopro do princípio lhe trouxe o dom da vida. Mas permanece sempre o desejo de mudar o imutável, conforme me disse a poeta:

Minha mãe está embutida neste poema. E muitos outros aspectos da vida e obra. Também a divisão, o amor impossível, o desejo – quem dera! – de encouraçar-se. Por todas as expectativas vitais, quem dera uma nova estação de vida, um novo começo, ou recomeço, como se fosse possível passar a existência a limpo. Fraude = tentar vencer o medo, os medos.

"Passar a existência a limpo..." No primeiro poema que abre a coletânea, a poeta recorre ao "Mito" das coisas para tentar amenizar amarguras. Nos "Sonhos Esquecidos", talvez o desejo de afastar a percepção de dores profundas. É o que relata Savary:

Cheguei no Rio com minha mãe em 1943, com nove anos, no início deste ano de 43. Por quê? Porque todos os parentes da mãe Célia já estavam no Rio morando: irmãos, cunhadas, sobrinhos. Bruno e Célia separaram-se quando eu tinha seis anos e meio. Fiz dez anos de idade no Rio. Ainda não acabara a 2ª Grande Guerra Mundial. Eu via os documentários terríveis no cinema, antes dos filmes, sobre nazismo, campos de concentração, Holocausto – e passava às vezes três noites sem dormir, impressionada, aflita, angustiada. Já fazia poesia mentalmente. Inventei o jornalzinho artesanal para colocar beleza em minha vida e na dos outros.

No tropeço da humanidade, a "Queda" foi inevitável. A poeta, "castigada com impossibilidade de seus vôos", fica apenas com o gosto "amargo de existir não existindo", acometida pelo "remorso", talvez causado por sua impotência.

Porém, na vida, é preciso saber sobrepor-se aos contratempos. Ao deixar as impressões ruins em um canto da memória, Savary abre espaço ao que de bom existe. Em "Tranqüilidade na Tarde", volta ao lado positivo da *arqué*:

Ah, derramar-me líquida sobre o mar
– ser onda indefinidamente –

esperar pela primeira estrela
e dela ser apenas
espelho.

Ser espelho d'água, voltar aos primórdios da vida – esse o acalanto de sua alma. Diz a poeta nos comentários: "Tranqüilidade = simplicidade humilde de pertencer, de entregar-me toda à água, de onde vim". E a busca pela paz tem continuidade no poema "Quero Apenas":

Além de mim, quero apenas
essa tranqüilidade de campo de flores
e este gesto impreciso
recompondo a infância.

Porém a paz, na plenitude, é pura ilusão, principalmente quando se trata de amor, tema rico na obra savaryana. No poema "Submágica", dedicado a Sérgio (Sérgio de Magalhães Gomes Jaguaribe), a entrega total gera sentimento de perda de identidade:

[...]
Em pouco
nada de meu restará
em mim: dou-te um ombro
                    a cada tarde.

Esclarece a autora:

Todos os poemas *para Sérgio* referem-se ao ex-marido, em 1953 e 54 apenas amigo, depois namorado, noivo e marido (cumprido todo o ritual).

Dou um ombro a cada dia, cada *tarde* (tarde, sentido duplo, não poder voltar atrás, tarde demais). Vampirizada, me perdia de mim mesma, cada vez mais. Ele conferia-me este *poder*, mas me *tolhia*. Dizia não poder dar um passo sem mim. Eu, todos.

Dar o ombro = solidariedade, estar presente sempre. Mas cansei. Precisava do meu tempo para *respirar*, *escrever*. Neste poema, não há revolta. Resignação. Mas não nasci para resignações.

Entre idas e vindas, o "Contraponto":

Onde florescem as rosas
Floresce a cor de teus olhos.

Comenta Savary: "Olhos de Sérgio: dias eram azuis e outros dias eram verdes. Comparo-os às folhas. Nele, presentes o amor, êxtase, amizade, tesão. Eu: muita ternura, amizade, solidariedade".

Ternura e amizade também eram ingredientes do relacionamento mantido com Carlos Drummond de Andrade. Em "Cantilena em Setembro" e "Depois", versos exprimem a profunda empatia:

E embora eu não quisesse
essa vontade estranha me anulou,
me fez somente desejo de sair
contigo pelo ar (na distância
uma cidade de pedra nos chamava),
te castigar de toda memória,
fugir com toda memória que trouxesses
e nela te guardar como coisa secreta
nunca revelada.
                    ("Cantinela em Setembro")

Depois da confidência[5]
me retirei da tarde.
                    ("Depois")

---

5. Observação de Savary: "Logo de início, Drummond contou-me toda a sua vida, como se me conhecesse sempre. Confiança total".

Nos manuscritos, afirma:

CDA, por parte dos Savary, vem a ser meu primo, segundo ele me contou. Antes, fomos amigos desde agosto/setembro de 1955 até sua morte, em 1987. Fizemos poemas um para o outro, que farão parte de livro – ensaio poético – que escrevo sobre CDA desde este início.

Já em "Do Outro Lado", versos revelam que a empatia ia um pouco mais além:

Melhor talvez fora cortar
As flores divisadas
E replantar
Outras que nos bastassem.
Jardim incultivado: nosso remorso.

Sobre o último verso do poema, confessou-me a poeta:

Vale dizer: o que *poderia ter sido e que não foi*. Ele me disse isso mais de uma vez. Eu o amei platonicamente; ele, não. O dele era amor total.

Porém o amor platônico, de minha parte, era estranho: foi o único homem que me deixava literalmente em extrema comoção, de perna bamba, e que, se eu não me encostasse à parede, iria desabar no chão, quando o via. *Amizade amorosa*, disse-lhe. E ele: "Amizade amorosa, coisa nenhuma. Amor mesmo, de verdade". E os olhos cintilavam. Está no livro *Os Sapatos de Orfeu*, de Cançado.

Em "As Mãos Estendidas", as "impossibilidades" se justificam:

Em outro lugar
cisma outra criança.
Triste é não poder
ter outro vôo
que não o poético

da imaginação
para a consolar.

Explica a autora o que quer dizer "outra criança": "CDA. Desejo de que eu e ele fôssemos contemporâneos para um possível amor, sem os impedimentos atuais de 1955 a 1987". E como as mãos do destino a guiaram para outros caminhos, vêem-se, em "Noturno", sentimentos contrastantes:

E como o óleo
sobre a desconsolada cabeça
que não mais o suportasse
quisesse a solidão
que te decifra,
mãos em vôo além
da janela aberta
foram beber no ar
teu sortilégio, retrato
da lua e seu inventor.

Logo após o poema, a explicação de Savary:

Inventor da lua = Deus.

A imagem do óleo, na época, para mim significava o compromisso, o noivado, porque dois meses depois – ou menos – em 9.11.1955 eu me casava com Sérgio de Magalhães Gomes Jaguaribe (mais tarde assinando-se Jaguar). Ambos morriam de ciúme um do outro por minha causa. Se admiravam e se detestavam.

Em "Autodespedida", a poeta faz, mais uma vez, menção a seu casamento:

Tão pouco tempo – e tenho de deixar-me
e queria nunca ter de repartir-me.
Começa a raiva da saudade
que inventei vou ter de mim.

E o comentário:

Escrito dois dias antes do "sacrifício", da "ida ao matadouro" = casamento.
Creio piamente que o criador jamais deveria casar-se. Não dá para repartir-se. Dedicação total deve-se ao trabalho. Pelo menos é o que tiro do balanço da minha vida. Na "economia da vida", único lucro foi a obra; o resto, desperdício.

Sacrifícios à parte, em "O Lago em Caieiras", poema dedicado a Jack Dubbelt, da segunda parte de *EP*, intitulada "Nada Termina, Tudo se Renova", a poeta fica extasiada ao avistar uma escultura viva:

O lago ocultou um corpo livre
em abraço oco
como faca cortando espelhos.
Veio a vontade de ser esse lago
esse lago lago, que se permitia
magoar desejo há muito aprisionado.
Alguma coisa cresceu dentro de mim,
me fez virar o rosto para outro lado.
Queria ser esse lago lago lago
– só isto –
Debaixo do céu inutilmente azul
por ninguém se importar com ele
porque essa foi a mais selvagem,
a mais bela coisa que já vi.

Também, aqui, comentários da poeta, ao final da página:

Jack, em sua alegria holandesa, o corpo livre de roupas, mergulha no lago: belo, liberto, selvagem. Fascínio. Caieiras, localizada a meia hora de São Paulo é onde fica a Companhia Melhoramentos, fábrica de papel. Lá meu pai, engenheiro eletricista, trabalhou e viveu anos até se aposentar, numa casa de sala, três quartos, dependências e linda varanda envidraçada, com vasos de violetas africanas em meio a enorme jardim, que descia até um rio. E pomar, onde tinha até videiras.

E a deslumbrante cena não mexeu apenas com o exterior – atingiu, feito uma seta, o coração. Em "Proibido Proibido", o amado é comparado a um "centauro":

Tempo
horrível tempo
em que um centauro esplêndido me passeia
e acorda em mim azul azul
como o espelho azul dói entre nuvens
nuvens no azul de alguma tarde.

Esclarece Savary:

Centauro = meio homem, meio animal (*animal* no melhor sentido). Poucos homens me fascinaram na vida. Jack, holandês, vivendo e trabalhando em São Paulo, mas sempre dizendo que voltaria para a Europa, foi o primeiro. Quase casamos. Ficamos quase noivos. Meu pai conversava com ele horas, mas disse que se eu fizesse questão, que me casasse, mas que ele não aprovava de todo. Isso e o fato de ter de ir embora do Brasil um dia me fizeram decidir por cortar o namoro. Porém me ficou a impressão que Jack seria o homem da minha vida. Talvez porque tudo ficou no meu desejo, sem se concretizar.

Em "Desperdício", haicai também dedicado a Jack, Savary diz, no depoimento a mim concedido, terem sido os versos a expressão do *desejo não realizado*:

Olharia teu corpo tempo infinito
Sem saber o que era pior: a imobilidade
Ou esta idéia fixa.

Não só desejos irrealizados deixam marcas fortes; também os afastamentos, conclusos ou inconclusos, como escreve em "Serenata Aérea para Sasuku Asakura":

A despedida é, em si mesma, morte
– e aqui estou eu só para a verificação.

Ao pé da página, mais uma declaração, de natureza pessoalíssima:

Dedicado ao aviador japonês Sasuku Asakura, namorado com quem quase me casei na adolescência-juventude. Nascido em São Paulo, ele foi trabalhar em Belém, onde eu estava, acabando meu clássico (de 51 a 53).

Também a espera angustia. "A Carta", poema dedicado a Wagner Cavalcanti De Albuquerque, trata disso:

Perdem-se, num longo sono de espera
Olhos cansados de mil anos perdem-se.

As palavras circulam pelas praças,
Vêm nos jornais, nos telegramas, na memória.
Mas perto
O silêncio empoeirou-se a toda volta.

As palavras esperadas, onde?
As palavras não existem.
O que existe é só a espera delas.

Na estrada, a lua envelhecendo.
E os olhos fincam a noite para ver
Além da noite ruínas de um mistério:
O silêncio.

Mais uma vez, Savary toma a palavra para falar de si, repetidamente, às vezes, como próprio dela:

Wagner, primeiro namorado, quase platônico. Retornando ao Pará, a Belém, para terminar o Curso Clássico no Colégio Moderno, aluna de Benedito Nunes (Filosofia), Francisco Paulo Mendes (Português), entre outros ótimos, aguardava cartas de Wagner. Eu o amava, ele me admirava. Desencontros.

Desejos realizados e não realizados, despedidas, esperas – assim a vida vai indo. Altos e baixos. Amores, casamento, filhos. E sempre a saudade de si mesma.

A viagem em busca do começo, que Savary cumpre, como ritual, neste primeiro livro, dá-se não apenas no espaço, pelo mapa do Brasil (poemas localizados e datados como "Ouro Preto I", "Ouro Preto II", "Ouro Preto III", "Arraial do Cabo"), mas principalmente como trânsito entre as realidades do mundo interior. "Em Maio, para Olenka" (primeiro poema da segunda parte de *EP*), que deu início à longa jornada, a autora fala de melancolia e justifica o pseudônimo usado no título:

> Escrito no dia 21 de maio, dia do meu aniversário, fazendo eu 23 anos, já casada e esperando o primeiro filho: Flávia nasceu em 11 de setembro de 1956. Eu tinha *saudade* de mim. É o que o poema demonstra: saudade de mim mesma e da minha literatura. *Olenka* = diminutivo de Olga em russo e pseudônimo utilizado no início.

Esclarece ainda:

> Publiquei os primeiros poemas com meu nome: Olga Savary. Meu pai admoestou-me: "Você só deve usar seu nome quando tiver certeza do que escreve, quando estiver firme, segura, senhora do seu texto. Use um pseudônimo no início". Ele tinha razão. Porém, com a arrogância da adolescência, ofendi-me. Criei *Olenka*. Espero que hoje, com tanto reconhecimento, onde ele estiver, possa orgulhar-se da filha escritora e jornalista, agora Savary, fazendo jus ao nome do clã.

Porém, se enquanto *filha*, o destino não lhe permitiu concretizar um desejo, enquanto *mãe*, a sorte a perseguiu. Em "Poeminha para Flávia", Savary é só realização:

> Flávia, você é bela e forte e sábia
> como o vento que destrança os cabelos n'água
> como a flor que na água se desfaz em água
> como o silêncio perfeito do fundo d'água.

Flávia, você é bela
Como suas mãos de asa, que fingiam pássaros
Quando você era bem pequenininha.

Flávia, tradução da felicidade que advém do símbolo mais forte de Savary – a água, elemento desencadeador de vida. Sobre os versos, falou-me a poeta: "Poema de amor para a filha Flávia (com dois anos). Levando-a a passear na rua, praia e praça, ela agitava com alegria as mãos (como asas)".

Mas *viver* apresenta dualismos: ora há encantos, ora desilusões. Em "Percepção", Savary diz que a vida se renova a cada nascer do sol: é no astro-rei que a esperança se faz presente e afasta os "olhos terríveis" da vida. No poema *Comentário*, revela um pouco de seus desencantos:

O amor é peixe cego.
Amor é amar absurdo:
a coisa provisória,
o amor abrumado,
falta de paz.
Amor é um peixe cego
e a água nos chama
fria.

E a observação da autora:

Fria = indiferente.
Tento, também, uma indiferença a fazer frente à frieza (paradoxo, contraste) do amor. Amor é "bonitinho mas ordinário" (para usar a expressão de Nelson Rodrigues). Aliás, expressão não, título de uma de suas peças: Bonitinha...). Dispenso os dois, faz tempo. Minhas palavras de ordem: alegria, paz, harmonia. Não estou interessada em amor, mas sim respeito. Quase sempre amor não vem acompanhado de respeito. Prefiro o último.

O respeito não provoca feridas, não deixa marcas. Savary aprendeu a lidar com a vida, a superar as intempéries. Uma gran-

CAMINHO I

de dor foi a partida precoce deste mundo do filho Pedro, que ela celebrara num doce poema, datado de setembro de 1962:

> Voa nuvem Pedro
> – pássaro em seu sono.

A poeta escreve ao pé da página de meu exemplar de *RS*:

> Pedro Savary Jaguaribe, segundo filho, nasceu em 6.2.1958, no Rio de Janeiro, então Distrito Federal. Pedro faleceu (do coração) em 17.5.1999.
> A imagem mostra uma atitude de pássaro no sono do filho, uma bela imagem presente na memória até hoje.

A dor da ausência de um filho – ferida na alma, irreparável. Todavia, a viagem da vida continuava. Estradas e mais estradas deveriam ser percorridas. E foram. Viagem ao longo da qual os gestos, as visões, as imagens se vão transformando em "cicatriz", como se lê em "Ouro Preto III". Nesse poema – terceiro de *Espelho Provisório* em que aparece como cenário uma cidade do interior, distante do mar – a poeta está frente a uma janela, "janela antiga", vendo a cidade ao longe, sem se deixar tocar, apenas apontando cicatrizes.

E "cicatriz", aqui, é polissêmico: ferida do passado, dor com marcas tácteis, corte, pele nova. E vem associada a Ouro Preto, capital do Brasil colonial e mineiro, das minas, de ferro, ouro, pedras preciosas, diamantes, escondidos no coração da terra. Terra que tem de ser cortada, para revelar-se em suas riquezas. Em "Ouro Preto III", "cicatriz" vale quase como símbolo. Digamos que a própria busca dessa palavra exigiu garimpagem profunda, viagem pelo passado e, igualmente difícil, viagem pelo dicionário. Veja-se o desabafo expresso nas anotações ao pé da página de meu exemplar de *RS*:

> Cicatriz = a volta à cidade mágica que amo e a dolorida e prazerosa chaga de um amor impossível: King Kong. Encontrei-o a primeira vez

em Ouro Preto. Em outra cidade podia eu esquecer. Em Ouro Preto, não. Tudo lá era definitivo. Como escapar? Boneca de corda sem corda = paralisação, perplexidade.

O eu lírico, em "Ouro Preto III", vê o mundo através do filtro do vidro de uma janela antiga, tendo o vidro como obstáculo, não à vista, mas ao tato. A mesma idéia de falta de con-tato, re-aparece no poema em "boneca de corda / sem corda". Nada como as bonecas de corda que dependem do contato físico, da mão de alguém que as tome e lhes sopre vida, ânimo.

Em "Ouro Preto III", a viagem de Olga Savary mergulha fundo no passado, em seu passado de "bonecas de corda", no passado das primeiras cicatrizes. No passado ("arquetípica memória", de "Arraial do Cabo"), em que encontrava e saudava como velha companheira ("Bom dia ...") a magia.

Se em "Ouro Preto III" a poeta reencontra ecos da infância, em "Arraial do Cabo", datado de um mês depois, é levada para mais longe no passado. É ainda o tema da infância, só que tomado de um ponto ainda mais remoto: aqui, a lembrança vem pelos ouvidos ("ouvidos provam...").

As palavras fortes em "Arraial do Cabo" são "astúcia" e "arquetípica memória", que, com "ouvidos provam", fazem lembrar logo a figura de Ulisses, o astucioso, cujos feitos foram contados de ouvido a ouvido e formam hoje nossa comum (e arquetípica) memória de poesia. E isso sem precisar deixar de lado a lembrança ainda mais antiga que os homens (quaisquer e todos) têm de uma primeira viagem em "navio cego" (navio sem janelas?), por água, de "falsa paz": a viagem do útero ao nascimento, "uma aventura". A respeito do poema diz Savary:

[...] dedicado a Elizabeth Lins do Rego, a filha mais velha do escritor José Lins do Rego, minha amiga desde início de 1960 e madrinha do meu primeiro livro. Foi ela que o levou à editora José Olympio, a melhor editora na época.

Sempre em *Espelho Provisório*, acompanhando uma viagem mês a mês, teremos um "Salto", de parto, um difícil mas necessário confronto com a medusa, a mãe ancestral que todos temos de exorcizar. A "Medusa" de Olga Savary é, ao mesmo tempo, condenação e ameaça a pesar sobre o futuro. Daí que seja necessário exorcizá-la.

Se em "Ouro Preto III" já havia um *esboço de diálogo* ("Bom dia, magia"), em "Medusa, o Nome Mágico (Um Exorcismo)", tem-se, pela primeira vez, em *Espelho Provisório*, uma clara presença do interlocutor: "*tua* ausência", "*tua* semelhança", "*teu* veneno".

Por mais que todas as referências ao contexto, neste poema, possam ser lidas por meio do conto mitológico, é fácil aceitar que, aqui, o eu lírico se defronta com a mãe. E é nesse poema que mais se evidencia uma dicção assumidamente feminina. A poeta salienta:

> Medusa = minha mãe. Denominei-a assim. Seduzem-me símbolos, arquétipos, temas emblemáticos. Quando o 1º livro saiu, muitos escritores consideraram este dos mais fortes de E. P., sem saberem da origem do poema, da mãe. A carga ódio/amor (mais amor, é verdade) é densa. Fiquei sem ver a mãe 20 anos, depois mais 10. Ela morreu sem conhecer meus dois filhos, os netos. Não discuto. Só disse: Você fez por onde. Voltar ao Pará em 2000 reconciliou-me com ela, embora já morta.

Qualquer leitura, por mais apressada e superficial, de alguns ensaios de Freud aponta para o papel fundante da figura materna, seja para os homens, seja para as mulheres. Os homens, pode-se dizer, começam a "crescer" ao se desligarem definitiva e irremediavelmente da mãe, e só crescem, se operarem separação total, absoluta. "Por isso, o homem deixa o seu pai e a sua mãe para se unir à sua mulher" (Gên 2: 24).

As mulheres, por outro lado, para crescer, precisam justamente "exorcizar" a figura materna, o que vale dizer "afastá-la", "neutralizar-lhe" o poder por meio da palavra, do discurso, da conscientização. Porque a mulher, para "crescer" afetivamente, como indivíduo, tem de aceitar a herança feminina que recebe da mãe (assim como o "modelo"), mas tem de dar-lhe vida individual. Desse modo, numa paráfrase livre, pode-se dizer que, em relação à mãe, só é adulta a mulher que a exorcizou e, portanto, se separou dela para crescer, como indivíduo, ainda que, em mais de um sentido, "igual" à mãe. Outra, portanto, embora "como ela".

Não é outro o sentido de *odiar pai e mãe* evangélico (cf. Lc. 14:20), em que ódio não quer dizer raiva, mas libertação. No caso, libertar-se da figura materna para poder afirmar-se e aderir, sem traumas, remorsos ou condicionamentos, ao totalmente novo; no Evangelho, adesão à novidade de espírito e de vida trazida pelo Messias, presença do Reino no mundo.

Na poesia de Olga, além das implicações freudianas, é libertação da *ars poetica* antiga, convencional (ainda que pós-moderna, inovadora), materna (porque herdada), para abrir-se ao novo, ao processo criador inédito, pessoal, não-recebido. Ser mulher, e adulta, neste sentido, pode ser dito como o diz o eu lírico de "Medusa": "Eu posso olhar-te, Grande Feiticeira..." e se não o faço é porque não quero fazê-lo. Ser adulta é ser livre e é ser poeta.

Referências Bibliográficas

Books Abroad – An International Literary Quarterly. Review, Joaquim-Francisco Coelho (Stanford University), Norman, Oklahoma U.S.A, January 1972.

Eneida. "O Espelho Provisório". *Diário de Notícias*, Rio de Janeiro, 1970, "Encontro Matinal".

Lisboa, Luiz Carlos. "*Espelho Provisório* é a Redescoberta da Boa Poesia Contemporânea. Vale a Pena Ler". *O Estado de S. Paulo*, 14 de março de 1971, Suplemento Feminino.

Savary, Olga. *Espelho Provisório. Poesia*. Prefácio de Ferreira Gullar.

Capa e retrato da Autora por Carlos Scliar. Rio de Janeiro, José Olympio, 1970. Prêmio Jabuti 1970 da Câmara Brasileira do Livro. Esgotado. *In*: SAVARY, Olga. *Repertório Selvagem – Obra Poética Reunida (12 Livros de Poesia)*. Poesia. Prefácio de Antonio Olinto. Prefácios e críticas dos livros anteriores da Autora. Rio de Janeiro, Fundação Biblioteca Nacional/Universidade de Mogi das Cruzes/ MultiMais Editorial, 1998.

SILVA, José Casado. "Prosa e Verso", *Jornal de Alagoas*, 19 de novembro de 1971.

Sumidouro

Massao Ohno e João Farkas editam, em 1977, *Sumidouro*, de Olga Savary, livro que tem capa e desenhos de Aldemir Martins e prefácio da crítica, ensaísta e professora Nelly Novaes Coelho. Foi escolhido como o melhor livro de poesia do ano pelo *Jornal do Brasil* e recebeu, ainda, o Prêmio de Poesia 1977, conferido pela Associação Paulista de Críticos de Arte – APCA.

Se interessa ao leitor perscrutar o universo criador da poeta, *Sumidouro* figura como o trajeto mais eficaz para tal sondagem. É o que fica evidenciado pelo comentário da autora acerca do título: "Sumidouro = mergulho que o poeta faz para dentro de si mesmo através da poesia, o sumido ouro", o que denota a visão polissêmica da poeta, que não se limita ao significado estrito de sumidouro, que é "rio que some para o centro da terra, para a profundeza". Observe-se que limite é coisa que Olga não se impõe, dado o gosto pela liberdade. Reconstitui a própria criação na inquietude pura de um colibri que "bebe o mel feroz do ar / nunca o sossego" (*Ar*). E simboliza, no elemento ar, a liberdade de que é constituída. Auto-retrato pintado a pincel fino, ainda sob a égide descompromissada do simples esboço, confere a si – e a qualquer poeta – o sentido de liberdade (o que se ratifica, mais ao final do livro, em "Retrato III e IV").

De todos os quatro elementos que utiliza para dar início a esse autodesvelamento, talvez o ar seja aquele que se encontra mais distante de um erotismo declarado. Em *Fogo*, primeiro poema do livro, presencia-se o nascimento do magma na obra savaryana, ainda que, de forma sutil, revele-se um erotismo incipiente, posto que fogo, aqui, é comunhão com a natureza. "A água", explica a própria autora, em comentário ao poema "A Água", "como não poderia deixar de ser, está aqui com o ímpeto do erotismo, uma constante na obra. Este erotismo refere-se à falta. Não o vazio, a falta". Encerra-se o ciclo vital da Natureza em "Terra", cujo dístico final é manifestação contundente do mito Eros-Tânatos, que permeará o signo da paixão savaryana na obra ulterior da poeta: "devora-me até que eu / não respire mais". Melhor explicado pela autora:

> Erotismo com a morte. Muitas vezes me perguntaram o que acho da morte. Sempre disse: um Grande Orgasmo [...] Digo isso há anos nas entrevistas, quando me perguntam sobre morte. Não tenho medo. Desejo-a. Só não gosto de deterioração. Da vida, aceito tudo. Até seu reverso: morte.

Os quatro primeiros poemas de *Sumidouro* representam "Os quatro elementos da paixão", que são, na verdade, como admite a poeta, "só pretexto para falar de vida, morte, paixão". Como dito anteriormente, *Sumidouro* aproxima do leitor a Natureza criadora do poeta. Mas não só a criação que parte do poeta, ao produzir sua obra. Revela a própria Natureza que constitui o nascimento do poeta. Valendo-se dessa interessante metáfora, Olga concebe o ideal de poeta como o fogo que arde em magma (= sutil erotismo), o ar (= liberdade e inquietude), a água (= erotismo impetuoso) e finalmente a terra (= a satisfação plena da paixão, representada na morte).

Estabelecida a configuração do ser-poeta, em "Retrato I", Savary dá início ao mergulho empreendido em *Sumidouro*, cerrando-se entre as paredes de um "quarto fechado = o mais profundo do ser", lá onde guarda suas "torres = aspirações, sonhos, realizações".

O caráter introdutório presente em "Retrato I" permitiu à professora Nelly Novaes Coelho, ao prefaciar a obra, definir a Olga-poeta como "a que se volta para dentro de si mesma, onde deverá encontrar o ponto de apoio ou de partida para a redescoberta da Vida e do Mundo".

"Pituna-Ara"[1] presta-se a revelar a relação íntima da noite com a poeta que, no dístico inicial, assim se define: "exilada das manhãs / de noite é que me visito". Concebe-se o vínculo de entrega e cumplicidade. Como um sonâmbulo a vagar pela casa escura, Savary desveste-se de si mesma, deixando-se levar por tudo que a cerca, até o ponto em que se dá conta de que somente ela é irreal em meio a um mundo de realidade. De "Pituna-Ara", diz a autora: "Poema nascido numa noite feliz de solidão, em meio à família (marido, filha e filho) adormecida. Era quase manhã, na rua Sá Ferreira, 161, ap. 604, 6º andar, Copacabana, Rio de Janeiro, 1972".

A velha solidão é tema recorrente, a acompanhar a trajetória savaryana pelas profundezas do eu criador. "Sextilha Camoniana" inaugura uma série de poemas que tratam da solidão e da auto-suficiência. Aqui, o desejo de Savary é estar "como alguém coagulado em outra margem", isto é, estar só, distante dos outros. Sua auto-sustentação é fortemente revelada em "Sétima Camoniana"[2], onde o "eu" é definido como autocariátide[3] "Nua de vestes", se vê *despojada, plena de vida* – o que fica transparente no segundo verso: "em lugar dos vestidos, pus a vida". A série completa-se em "Ciclos":

O poema inventa o silêncio,
o tempo é reinventado no poema.

1. Do tupi: noite-dia.
2. Juntamente com *Sextilha Camoniana* e outro poema com epígrafe de Camões, foi citado pelo poeta e professor Gilberto Mendonça Teles, em seu livro *Camões e a Poesia Brasileira*, MEC, 1973; 2. ed., 1976.
3. Cariátides eram figuras humanas esculpidas em fachadas de construções da Grécia antiga, responsáveis pelo suporte de vigas ou ornamentos.

> Esperemos o que virá
> substituir a palavra silêncio.

Incólume à vã superficialidade, vale-se a poeta do espelho do silêncio, no anseio desmedido de revelar a solidão que sente (e não menos desejada). Em artigo publicado em agosto de 1978, no jornal *O Estado de Minas*, intitulado "Síntese e Linguagem Poética", Fritz Teixeira de Salles assim define o silêncio na poética savaryana:

> Silêncio – eis o elemento de trabalho da autora: extrair da palavra a sensação do silêncio; aquilo que o não-falar nos revela quando situado no relevo do que foi falado, ou seja, dizer as coisas sem ruídos nem a futilidade do supérfluo.

Salles destaca, ainda, o absoluto rigor na capacidade de síntese na linguagem da poeta, a qual diz ser

> [...] uma síntese da síntese, porquanto se organiza à base da palavra poética em si mesma. Palavra que veste e reveste a emoção estética, ela sozinha, limpa, substantiva e escoimada como o sal da terra e, ao mesmo tempo – violenta como toda palavra única. Assim, o livro [*Sumidouro*] se nos depara como uma espécie de jóia-miniatura medieval: tão íntimo e, ao mesmo tempo, tão distante, tão suave e tão feroz, onde se pode fruir a severidade densa da pedra, a pureza do marfim, a carícia do veludo e o silêncio do ferro.

É, pois, de notar a fluidez de estilo da poeta, pertinaz em seu propósito de esculpir seus poemas no mármore puro do significado, sem recorrer ao ardil dos subterfúgios vagos do exagero formal. Entretanto, não se considere como menosprezada, na obra da poeta, a Estética, que, de forma límpida e refinada, dá ritmo e musicalidade aos versos savaryanos.

Em seu livro *A Sombra de Orfeu* (Rio de Janeiro, Nórdica, 1984), Ivan Junqueira, poeta, crítico e membro da Academia Brasileira de Letras, destaca no estilo savaryano

CAMINHO I

O poder de síntese, a correção no uso da língua, a delicada musicalidade do verso, o dom do silêncio que dorme dentro da palavra e, acima de tudo, essa postura de recolhimento interior – na qual se enlaçam a reflexão comovida e a emoção pensada [...].

A sensibilidade da poeta faz-se presente na relação estreita que estabelece entre seu próprio "eu" e a Natureza. *Nuvem* ganha voz na boca[4] da poeta, que a animiza, "[...] como se as coisas falassem, não só o poeta". Como em *Ar*, entrega-se à liberdade, encontra na itinerância da nuvem a fugacidade de seu próprio existir: "Eu itinerante, eu partindo / e sempre voltando aos planaltos do nada".

Como a própria autora afirma, os contrastes são uma constante em sua obra, em que, no tecido da dicotomia, entrelaçamse as questões mais representativas da reflexão sobre a essência e a existência do ser humano: Vida e Morte. Como em *Vida?*[5], na afirmação de que "a vida é que me aprendeu", assume a condição de submissa à vida e revela, ao comentar o poema: "É como entendo a Vida: ela é maior que eu, sua súdita. Humildemente – eu que não sou humilde – reconheço". Se a aceitação da Vida é condição a que se submete a autora, a aceitação da Morte é símbolo da entrega incondicional a um erotismo mais exacerbado, tal como se depreende da última estrofe de *Quarto de Nuvens*:

Não falo mais do céu fora de alcance;
falo do que os pés alcançam,
falo da terra que me cabe,

---

4. Interessante observar o comentário de Savary sobre o modo como nascem seus poemas: "coloco em minha boca (melhor, em minha caneta, pois escrevo primeiro à mão)", revelando que a palavra manuscrita precede à palavra proferida na voz da poeta.
5. Juntamente com outros poemas inéditos da autora, foi incluído na composição musical "Vita Vitae", de Vânia Dantas Leite, na I Bienal Brasileira de Música Contemporânea (Sala Cecília Meireles/RJ – outubro de 1975).

da terra que me cobre
e que me basta.

Sutil, mas forte signo do erotismo (falo = 1ª pessoa do verbo falar/falo (substantivo) = pênis), explica-se na observação da poeta: "Para mim, morte é um Grande Orgasmo".

Consoante o estilo poético é o modo de viver de Olga Savary, sobretudo no gosto do simples, assumido pela autora: "Aspiração de total simplicidade. Respirar espontaneamente como qualquer animalzinho, sem os fatais (e chatos) questionamentos transcendentais e neuróticos". É o que se comprova em *Projeto* "de ser: respirar / como uma erva respira, / útil e clara como cartilha da infância". Desejo que se traduz em clareza da forma e exatidão do pensamento, reflete uma Olga cúmplice da palavra forte, que se compara a *David*: "o poeta nas palavras / põe essa força de nada: / sua funda é o poema".

O mergulho de Savary no "sumidouro" do eu-poeta parece atingir o ponto crucial em *Cerne*, onde, metalingüisticamente, a poeta demonstra a preocupação com o "refletir o início, o princípio de tudo na vida, o cerne". Precisa e consciente do que diz, a autora dispõe, simetricamente, palavras que não se opõem propriamente, mas que sugerem preocupações divergentes:

Nada a ver com a fonte
mas com a sede

Nada a ver com o repasto
mas com a fome

Nada a ver com o plantio
mas com a semente

Tal é a preocupação que Savary se aplica a desentranhar, de poemas, mistérios cuidadosamente guardados na face obscura de seus versos. E qual não é a surpresa da poeta, leitora de si mesma, ao ver-se envolvida pela atmosfera enigmática da palavra forte, cuja autonomia, por vezes, suplanta até mesmo a possibilidade de ser interpretada pelo poeta-criador. Os dois únicos versos que compõem o poema "Midas" são um exemplo manifesto da inquietação da autora perante sua obra, porquanto se demonstra o distanciamento que ocasionalmente separa criador e criatura (autor e obra): "Venenos eu os bebo todos. / Ouro? Só tua ausência". Intrigada, ao falar do poema, a autora admite:

> Este poema é um mistério para mim. Não pode ser mais explícito, nem posso *entendê-lo de todo*. Às vezes tenho uma "revelação" e no minuto seguinte perdura o mistério. *Único* nessas circunstâncias. Por isso gosto dele. Poesia é *mistério, magia*.

Magia, mistério é o que envolve esse "magma" incandescente de inquietação, que desemboca no *Sumidouro* em que culmina a viagem de autoconhecimento empreendida pela poeta. Já em 2002, ao comentar o poema (escrito em 1977), diz: "É antigo, mas adoro este poema. Tem a minha cara até hoje. Meu retrato sempre".

> Talhe de audácia
> e da covardia,
> meu rei e vassalo,
> engolir de pássaros,
> golpe de asa,
> fartura de água
> na árvore da vida,
> na terra me tens
> com os pés bem plantados.
> Aqui nado, aqui vôo,
> telúrica e alada.

Se a natureza da autora é feita de paixão, os quatro elementos essenciais que a compõem encontram-se aqui representados. Ao deitar o olhar sobre o poema, torna-se possível observar que se parte do elemento ar ("engolir de pássaros, / golpe de asa") para se chegar, por fim, à terra ("na terra me tens"). Exatamente no centro do poema está a água, elemento essencial à árvore da vida ("fartura de água / na árvore da vida"). No último verso, completa-se a fusão ar-terra ("telúrica e alada"). Uma vez mais, recorre-se ao não-dizer para fazer emergir das profundezas do sumidouro poético o elemento-chave do erotismo savaryano: o fogo. O jogo de opostos (audácia/covardia, rei/vassalo) e a tenacidade que se obtém do verso "engolir de pássaros" deixam transparecer pura metáfora do orgasmo, por meio do qual se articulam todas as peças desse jogo complexo que se chama ser poeta.

Como subsídio ao que foi exposto, considerem-se as palavras de Nelly Novaes Coelho, no citado prefácio a *Sumidouro*, onde define o ser-Poeta como

> [...] aquele que faz do ato de viver o ato essencial de escrever poesia: o ato de nomear o Real e o Possível e que, mais do que oferecer uma forma de vida ou uma imagem-de-mundo, propõe ao homem uma convivência mais íntima e gratificante com o mundo que lhe cabe viver.

Referências Bibliográficas

Junqueira, Ivan. *A Sombra de Orfeu*. Rio de Janeiro, Nórdica, 1984.

Salles, Fritz Teixeira de. "Síntese e Linguagem Poética". *O Estado de Minas*, agosto de 1978.

Savary, Olga. *Sumidouro*. Poesia. Estudo de Nelly Novaes Coelho. Capa e desenhos de Aldemir Martins. São Paulo, Massao Ohno/ João Farkas, 1977. Escolhido "melhor livro de poesia do ano pelo *Jornal do Brasil*" (Rio de Janeiro). Prêmio de Poesia 1977 da APCA – Associação Paulista de Críticos de Arte. Esgotado. *In*: Savary, Olga. *Repertório Selvagem – Obra Poética Reunida (12 Livros de Poesia)*. Poesia. Prefácio de Antonio Olinto. Prefácios e críticas dos livros anteriores da Autora. Rio, Fundação Biblioteca Nacional/Universidade de Mogi das Cruzes/MultiMais Editorial, 1998.

Altaonda

> Sua escama de fel nunca se anula
> e seu rangido nada tem de prece.
> *Uma aranha invisível é que o tece.*
> *O meu amor, paralisado, pula.*
> *Pulula, ulula. Salve, lobo triste!*
> *Quando eu secar, ele estará vivendo,*
> *já não vive de mim, nele é que existe*
> *o que sou, o que sobro, esmigalhado.*
> *O meu amor é tudo que, morrendo,*
> *não morre todo, e fica no ar, parado.*
>
> CARLOS DRUMMOND DE ANDRADE

Um primeiro olhar sobre *Altaonda*, o terceiro livro de Olga Savary, logo me remete a *Sumidouro*. Escritos no mesmo período (1971-1977), os poemas de ambos os livros revelam sua gêmea origem, construídos que foram sob o signo da reflexão do ser-poeta. Desafiante ofício caber-me-á, doravante: o de estabelecer as nuanças entre esta terceira obra e a anterior, identificando as veredas percorridas pela autora em seu caminhar poético.

Diferentemente de *Sumidouro* (publicado em 1977), os poemas de *Altaonda* tardaram dois anos para serem publicados. Assim, em 1979, Massao Ohno e Edições Macunaíma reúnem-se para editar *Altaonda*, ilustrado com xilogravuras de Calasans Neto e prefaciado por Jorge Amado. Recebida com elogios por inúmeros críticos, a obra mereceu o Prêmio Lupe Cotrim Garaude de Poesia 1981, conferido pela União Brasileira de Escritores de São Paulo.

Reitera-se o propósito da autora em dar continuidade à viagem que faz ao interior de si mesma, neste permanente descobrir-se. Tal como observamos em *Viagem*, cujo tom é revelado logo nos primeiros versos: "Busco a paisagem / do que há em mim: / viajo na mata / sem sair do quarto", aqui, uma vez mais, a poeta veste o manto da solidão para seguir sua viagem. Assim diz a autora: "Preocupa-me sempre, desde sempre, a viagem. Não a viagem corriqueira, mas aquela fundamental para dentro de si mesmo: o Grande Mergulho". Mergulho que é clara referência à definição que a própria autora deu para *Sumidouro*, corroborando a interseção proposta para os dois livros.

Embora mantendo o foco da abordagem no interior do ser, a poeta deixa transparecer uma preocupação constante com o exterior. Desenha-se o rompimento entre o ser que começa a nascer e suas próprias origens, como se revela no verso que encerra *Xe Maenduara*[1]: "O medo: um náufrago". Interessa-nos, para o momento, observar que o verso se reporta a outro de igual valor semântico: "do medo – meu naufrágio –", que se extrai de *A Nova Paisagem*, poema final do livro *Espelho Provisório* e que, não por acaso, é posto como intróito da versão original de *Altaonda*.

O "Mapa de Esperança" da autora é visão da vitória. É o encontro com o desconhecido oceano de incertezas, para finalmente libertar-se de seu domínio opressor no solo firme da lucidez. O subjugado dá lugar ao ser-autônomo, livre do medo, disponível para interagir com o mundo exterior e todas as descobertas que ele sugere. Afinal, no dizer da poeta, "O eu poético está sempre liberto de qualquer amarra que queiram impingir a ele. Que outra coisa faz o poeta senão cavalgar sem freio por onde quer que seja?"

---

1. Do tupi: a lembrança de mim, minha lembrança.

Como que se descortinando pela janela da natureza, revela-se à poeta, observadora de si mesma e do mundo exterior, a vida breve, fugaz e dominadora a que se submetem os seres. Partindo-se da visão da poeta em uma praia deserta, o poema "Gaivotas Mortas no Cais da Baleia" é retrato concebido pelo pincel imaginário da artista ao dar-se conta da fragilidade dos seres, como acontece às sete gaivotas que vê mortas na praia. A visão leva à reflexão, conclui o crítico Fábio Lucas, ao apresentar o livro na seção "Literatura Brasileira" da revista *Colóquio/Letras* (Lisboa, Portugal), em julho de 1981:

> [...] o lado pictórico da composição é ventilado pelo comentário existencial, sob o prisma elegíaco que apanha a natureza efêmera das circunstâncias:
> Antes
> nada as tocava;
> agora
> água e vento lhes desmancham
> o nome.
> [...]

Ao incluir-se entre os frágeis seres oprimidos pelo jugo da natureza, a autora admite fazer uma reflexão em tom filosófico... "[...] sobre a precariedade e a indiferença da vida, da natureza. Hoje vivos, amanhã não mais. Hoje altivos, arrogantes alguns, amanhã tudo nos desmancha o nome. Aceitação do nada".

A despeito das visões exteriores encontradas neste livro, Savary privilegia a essência das coisas como ponto de partida para a reflexão que empreende. Diante do poema *Resumo*, resta evidente o que acabo de expor: "lambendo todo o sal do mar / numa única pedra". É visível, conforme palavras da própria autora, o "desejo de chegar ao cerne das coisas, ao essencial, à essência de tudo". Aliás, cumpre lembrar o leitor – se já não o fez espontaneamente – a relação intrínseca deste poema com "Cerne", analisado atrás, em *Sumidouro*. Note-se a primazia da essência sobre todas as coisas. Em "Cerne", não é sobre a "fonte" que a poeta centraliza seu foco, e sim, sobre a "sede"; a preocupação da autora não é o "repasto", e sim, a "fome"; não é o "plantio", mas a "semente". Observo, ainda, que "Cerne", embora presente em *Sumidouro* (publicado anteriormente a *Altaonda*), foi escrito em 1974, portanto, posteriormente à composição de "Resumo", que se deu em 1972. De tal fato se conclui, em uma perspectiva diacrônica, o quão recorrente é o tema da essência, dada a importância que assume para a poeta, em sua vertente mais existencialista, na explicação que busca para a vida.

No afã por definir o ser-poeta, Savary, uma vez mais, recorre a metáforas, como no poema "Pássaro": "Tuas asas seguem as estações. / É tua a curvatura da terra". Compara o poeta à ave, em cujas dimensões de liberdade se equiparam, num plano de vida sujeito apenas ao "plano de vôo" que empreendem, cada um a seu modo. Neste quadro em que se pinta a liberdade do poeta, ao falar de si mesma em "Limite", a autora faz uma ressalva: "mas estou presa às molduras / de todos os meus retratos". Admite, portanto, as limitações que lhe são impostas, sem, no entanto, abandonar o constante desejo de liberdade que a move. Demonstração clara de tal intento podemos colher em "Living", mais precisamente em seu verso final: "enquanto ela cavalga sem freio pela sala". Em meio à resistência que impõe às amarras que lhe obstam o completo libertar-se, persiste uma espécie de "liberdade entre quatro paredes". Tal fenômeno parece estar explicado no artigo: "Alada, Marinha: Olga Savary", publicado em 6 de janeiro de 1980 pelo jornal *O Globo*, de autoridade de Ivan Junqueira, poeta, crítico e membro da Academia Brasileira de Letras desde 2001, ocupando a vaga deixada por João Cabral de Melo Neto. Servindo-se, como parâmetro, do poema "Praia Grande de Arraial do Cabo", argumenta Junqueira:

> [...] Olga Savary soube manter intactas suas virtudes poéticas. E de fato. Toda aquela suave musicalidade dos versos, aquela vocação de silêncio que lhe ilumina o núcleo das palavras ou aquele ascético recolhimento interior, na concha do qual se conjugam a reflexão comovida

CAMINHO I

e a emoção pensada, perduram ilesos em *Altaonda*, como se a autora os houvesse preservado na memória do mar – que, de certa forma, é a sua – e este os devolvesse agora à orla intemporal de uma sala qualquer debruçada sobre as águas: "Na sala invadida, / a memória do mar / devolvida num búzio". E o mar penetra de tal forma estes poemas que eles, às vezes, nos parecem quase líquidos, ainda que sempre alados, como o provam os três pequenos e admiráveis versos de "Heráldica", com suas silenciosamente farfalhantes vogais abertas em a: "Piso tapetes de vento / e asas de largas asas (águas)[2]: / sagra-me um surto de pássaros".

Ao debruçar-me na análise de *Altaonda*, neste lento e cuidadoso caminhar pelos versos savaryanos, dou por encerrada a primeira etapa do presente capítulo. Não que a obra se apresente compartimentada em duas faces distintas. Ao contrário, definir o ser-poeta parece constituir-se obsessão de Savary. Ressalto, no entanto, a importância que assume, para a autora, a figura do poeta, primo e amigo Carlos Drummond de Andrade. No prefácio a *Altaonda*, denominado "Dinastia de Luas, Sons Noturnos", Jorge Amado lembra, não o parentesco biológico, mas o literário que une Savary ao poeta...

[...] o "menino antigo", a quem o livro é dedicado, mestre Carlos Drummond de Andrade. A economia no dizer, o corte brusco da emoção, a revelação inesperada da vida na dureza, na crueldade e na fraternidade, no amor. A lição do menino antigo se faz ofício de quem é "nau submersa, árvore áspera". Em "dinastia de luas, sons noturnos" [...].

Em entrevista a mim concedida[3], que fiz constar do livro *A Voz das Águas: Uma Interpretação do Universo Poético de Olga Savary* (publicado em 1999 por Edições Colibri/Faculdade de Letras da Universidade de Coimbra/Universidade

---

2. Embora o artigo faça menção ao verso como sendo: "e asas de largas asas:", na obra reunida da autora o poema traz o verso na seguinte forma: "e asas de largas águas:"

3. Entrevista publicada na revista *Língua e Literatura* (Revista dos Departamentos de Letras da Faculdade de Filosofia, Letras e Ciências Humanas da Universidade de São Paulo), São Paulo, XIII(16): 71-76, 1987-1988.

Cidade de São Paulo, Lisboa, Portugal, pp. 107-108), disse-me a autora:

Sou amiga do poeta há 30 anos ou mais, desde 1953, desde que um dia me aproximei dele no Patrimônio Histórico do MEC, com um caderno de poemas manuscritos e alguns já publicados debaixo do braço. Nasceu daí uma amizade, quase amor, uma cumplicidade. Conversávamos sempre pelo telefone, horas a fio, falando sobre mil coisas: sobre a vida, sobre a morte, sobre poesia, sobre nossos trabalhos, sobre coisas pessoais de ambos, sobre tudo. Também nos víamos nos "Sabadoyles", as famosas reuniões literárias, em casa de Plínio Doyle, todos os sábados (era amigo de Drummond de muitos anos, seu antigo advogado para assuntos de direitos autorais). Essas reuniões se realizam há 22 anos nessa "academia sem fardão", como dizem os escritores, em clima ameno e inteligente, engraçado e intelectual.

Voltemos, pois, à análise dos poemas. "Nheengare-i"[4] representa uma carinhosa saudação da autora ao poeta de Itabira (MG), a quem se refere como o "menino antigo":

Menino, te amo tanto
preso assim nesta gaveta.
Um dia já foste velho;
hoje, mais jovem que um feto.

Menino, tu és o selo,
a marca mais indelével
e sinete em minha fronte,
lacre de ferro no sótão
e de magma no porão.

Menino, guerreiro manso,
ferro, fera, ferra a fera,
fere os punhos na pedra.
Menino, teu olho duro
de ferro, de água pura,
teu olho azul de ternura,

---

4. Do tupi: cantiguinha.

menino que eu mais amava,
menino do sempre amor.

Oi menino, imaginemos
ir pra tua cidade de pedra,
pra tua cidade de ferro
com tua leveza de paina.
Menino, querido pássaro
mensageiro da manhã,
toda uma febre de feltro
represada no olhar denso
e na fala monossilábica,
vinda da montanha e da mata
– ah acidentes geográficos
não conseguindo conter
o imaginar grandes águas.
Curumi[5], catar pitangas
de outubro a dezembro,
rir de tudo, rir do vento,
declarar todas as gírias.
Menino, falar tupi.

Menino, todo um abismo
mas abismo de água clara
na magia que se espraia
desta ilha imaginada.
Menino, menino antigo,
curumi, assim te amo:
tocar flauta de bambu,
amansar todos os bichos,
pular carniça, jogar
bola de gude, pedrinhas,
contigo pisar o céu
no jogo da amarelinha.
Menino, caule do dia,
bem me importa não te ter.
Curumi, menino amado,

5.   Do tupi: menino.

encontrado e perdido
– ou perdido antes de tido?

Rio de Janeiro, 31 outubro 1972.

Em um de seus comentários apostos ao rodapé dos poemas, no exemplar da *Obra Reunida* que me dedicou, a autora revela:

> Sem modéstia, duvido que alguém tenha feito poema pelo menos mais amoroso para CDA. E pessoal. Ele sabia disso e escrevia nas cartas a Julieta, a filha. E a filha, em minha casa, me relatou isso, agradecendo o carinho que tanto o aquecia (p. 154).

"Altaonda", o poema final do livro, enseja um breve comentário que julgo apropriado. O leitor atento há de observar que se trata de poema inédito, dentre tantos que se fizeram analisar até o momento, incluindo-se os livros anteriormente publicados. Ocorre que, diferentemente de *Repertório Selvagem – Obra Reunida –* material que serve de base ao presente estudo – quando se toma a obra *Sumidouro*, em sua publicação isolada, lá está o poema, logo no início do livro, servindo-lhe de antífona. Mais que a contemporaneidade de sua produção, os poemas de *Sumidouro* e *Altaonda* encontram, neste poema-chave, o ápice de seu encadeamento temático. Explica a poeta:

> Como em música, como se o fim de um movimento iniciasse o seguinte, criando um elo de cumplicidade entre os livros, como se os irmanasse, seguindo aquela teoria de que passamos a vida escrevendo um livro só.

Ouçamos, pois, a voz melodiosa de Savary, neste poema dedicado a Carlos Drummond de Andrade:

> Alta onda,
> Altaonda, constrói o teu retrato
> de raro sal de ferro, violento,

e esta imagem me invadindo as tardes,
eu deixando, certo certo
contaria todos os meus ossos.

Então é isso:
o rigor da ordem sobre o ardor da chama
de história simples com alguma coisa de fatal,
estátua banhada por águas incansáveis,
tigre saltando o escuro
nos degraus da escada, apenas pressentido,
este ir e vir sobre os passos dados,
rua sem saída, esbarro no muro.
Altaonda, diz teu silêncio,
um silêncio ao tumulto parecido,
um mistério que é teu signo e mapa
sumindo no fundo do mar."

Rio de Janeiro, 31 de outubro de 1977.

Comenta a autora:

A 1ª alta onda é separada. A 2ª é como nomeio CDA[6], as duas palavras unidas que, em celta, significam Drummond: Drum = alta e ond = onda. Ele me disse e depois colocou em uma crônica. Por isso meu livro é toda uma homenagem, a partir do título (p. 163).

A "marca indelével" que o primo e amigo deixou para a poeta parece ter sido a identificação com que se vê ligada a ele, a julgar pelo que revela a escritora: "O que digo sobre ele, vale para mim". Importa-nos, pois, observar o que escreveu Savary em texto encomendado pela UFRJ para homenagear o "Centenário de CDA":

[...] Fraterno e polífago, CDA tinha esse olhar que vê, que reflete, não o que mede. Porque o olhar que mede é preconceituoso – e ele era aquele que a rigor não tinha preconceito nenhum. E o mais impressionante: unido à sua terra, à sua Minas, ao Brasil (do qual só saiu uma única vez, para ver a filha Julieta, que morava em Buenos Aires, sem

---

6. Forma abreviativa para Carlos Drummond de Andrade.

nunca ter ido sequer a São Paulo), sem se fragmentar em viagens desnecessárias, por saber que a grande viagem é a que se faz para dentro de si mesmo. Singular e plural, particular e universal, assim via e vejo o nosso eterno poeta, tão vivo hoje, como sempre, pois poeta bom não morre, fica "encantado".

REFERÊNCIAS BIBLIOGRÁFICAS

JUNQUEIRA, Ivan. "Alada, Marinha: Olga Savary". *O Globo*, 6 de janeiro de 1980.

LÍNGUA *e Literatura* (Revista dos Departamentos de Letras da Faculdade de Filosofia, Letras e Ciências Humanas da Universidade de São Paulo), São Paulo, XIII(16): 71-76, 1987-1988.

LUCAS, Fábio. *Colóquio/Letras*. Lisboa, Portugal, julho de 1981, Seção "Literatura Brasileira".

SAVARY, Olga. *Altaonda*. Poesia. Prefácio de Jorge Amado. Xilogravuras de Calasans Neto. Salvador/São Paulo, Edições Macunaíma/Massao Ohno Editor, 1979. Prêmio de Poesia Lupe Cotrim Garaude 1981 da União Brasileira de Escritores de São Paulo. Esgotado. *In*: SAVARY, Olga. *Repertório Selvagem – Obra Poética Reunida (12 Livros de Poesia)*. Poesia. Prefácio de Antonio Olinto. Prefácios e críticas dos livros anteriores da Autora. Rio de Janeiro, Fundação Biblioteca Nacional/Universidade de Mogi das Cruzes/MultiMais Editorial, 1998.

TOLEDO, Marleine Paula Marcondes e Ferreira de. *A Voz das Águas: Uma Interpretação do Universo Poético de Olga Savary*. Lisboa, Portugal, Edições Colibri/Faculdade de Letras da Universidade de Coimbra/Universidade Cidade de São Paulo, 1999.

Natureza Viva

Atendendo a expectativas dos meios literários, Olga lança, em 1982, *Natureza Viva*, uma seleta de seus melhores poemas (Recife, Edições Pirata), com prefácio de Ferreira Gullar, capa de Pedro Savary, retrato da Autora por Guita Charifker e comentário da quarta capa pelo professor Joaquim-Francisco Coelho (Stanford University, USA). Sobre o livro, explica em manuscritos:

[...] convidada, e a insistentes pedidos do editor poeta Jaci Bezerra, enviei selecionados 80 poemas dos meus livros *Espelho Provisório* (1970), *Sumidouro* (1977) e *Altaonda* (1979). Enviei 80 para terem boa margem de escolha. A seleção foi feita pela poeta portuguesa Maria de Lourdes Hortas, que, radicada no Recife, privilegiou os poemas mais antigos, a maioria da adolescência. Todos os livros desta coleção eram mesmo pequenos e feitos de maneira mais artesanal. Aprendi uma lição: desse dia em diante, prefiro eu mesma fazer a seleção de meus livros.

REFERÊNCIA BIBLIOGRÁFICA

SAVARY, Olga. *Natureza Viva: Uma Seleta dos Melhores Poemas de Olga Savary*. Poesia. Prefácio de Ferreira Gullar, capa de Pedro Savary. Retrato da Autora por Guita Charifker e comentário da 4ª capa pelo

Professor Joaquim-Francisco Coelho (Stanford University, USA). Recife, Edições Pirata, 1982. Esgotado. *In*: SAVARY, Olga. *Repertório Selvagem: Obra Poética Reunida (12 Livros de Poesia)*. Poesia. Prefácio de Antonio Olinto. Prefácios e críticas dos livros anteriores da Autora. Rio de Janeiro, Fundação Biblioteca Nacional/Universidade de Mogi das Cruzes/MultiMais Editorial, 1998.

Magma

1982, ano da edição de *Magma* por Massao Ohno e Roswitha Kempf, marca o início de uma nova fase na literatura erótica brasileira. Reunindo quarenta poemas escritos entre 1977 e 1982, a quinta publicação de Olga Savary é reconhecida pela crítica como o primeiro livro integralmente em temática erótica escrito por mulher no Brasil.

Contando com capa de Tomie Otake e apresentado às orelhas por Antonio Houaiss, *Magma* é saudado pela crítica especializada com inúmeros artigos, e, no ano seguinte, laureado com o Prêmio Olavo Bilac de Poesia, conferido pela Academia Brasileira de Letras.

O professor da Unicamp Jesus Antônio Durigan, doutor em Letras, em seu livro *Erotismo e Literatura* (São Paulo, Ática, 1985), procura explicar a relação entre a sexualidade e a literatura erótica. Ao refletir sobre o pensamento de diversos estudiosos da Psicologia, Antropologia, Sociologia e Literatura, especialmente aquela de temática erótica, cita o escritor mexicano Octavio Paz, para quem "o erotismo não é uma simples imitação da sexualidade: é sua metáfora". E Durigan chega à conclusão de que "o texto erótico é a representação textual dessa metáfora".

A metáfora de que fala Durigan é constante neste quinto livro de Olga Savary e já se faz presente logo no título *Magma*, palavra muito ao gosto da poeta, como representação do lúbrico da sexualidade, uma vez que é líquido que emerge das entranhas e aquece, inunda e incendeia tudo a seu redor. *Magma* é o próprio erotismo textualizado. É o complicado jogo amoroso que se desnuda diante do leitor e, travestido em palavras, revela-se em seu sentido mais autêntico. Pela janela da poesia, à luz da visão feminina da poeta, pode-se presenciar o desenvolvimento do exercício erótico, livre do preconceito repressor e cúmplice no processo de libertação do corpo. A expressão do ser é posta em prática obedecendo a forças que levam da centralidade do mais íntimo à amplitude do mais universal.

O fazer poético é proposta de inovar, como inovador e alheio ao convencional é o fazer erótico, na visão da poeta. Desvincula-se a mulher de seu papel passivo no processo sexual, inserindo-se merecidamente como co-autora do evento erótico. A este propósito, observe-se o poema *Saturnal*:

> Paraíso é essa boca fendida de romã
> – bagos de vida,
>
> paraíso é esse mistério de água ininterrupta
> fluindo do terminal das coxas,
>
> é a vulva possuída-possuindo
> violáceo cacho de uvas,
>
> é esse dorso de vinho navegável
> atocaiado para um crime.

Provocante jogo de palavras – "vulva possuída-possuindo" – tece em fina teia o papel ativo da mulher na realização do ato sexual. Sobre "Saturnal", um comentário bem-humorado de Savary:

Este poema foi musicado por Paulo Ciranda, compositor/cantor que se apresentou e se apresenta em shows do Rio. Foi apresentado, em 1985, em dois locais muito conhecidos do Rio: o Teatro Glauce Rocha e

CAMINHO I

o Circo Voador, ambos no centro do RJ. Música, *poesia*, dança, um espetáculo belíssimo. O filho do produtor e encenador, à época, uma criança, se apaixonou pela música e cantava nos ônibus tudo, inclusive a história da "vulva possuída". Ríamos muito. Comédia pura.

Ao refletir sobre a mulher e sua sexualidade ativa, nem a anatomia da genitália feminina escapa à observação atenta da poeta:

E que ela se abra como se abre uma urna
que se abre não revelando o conteúdo"

("Acomodação do Desejo II"[1])

E a própria autora explica: "sexo da mulher, embutido, por isso não revela conteúdo".

Ultrapassar limites. Transgredir normas. Savary é pura liberdade. Esse é o lema da poeta ao se referir às mulheres de suas obras. Veja-se o que disse em entrevista, por escrito, à professora Fátima Nascimento[2]:

Minhas mulheres – as mulheres que apresento nos poemas e contos – não são submissas; são as que determinam e norteiam sua própria vida. Elas são para elas mesmas. Algumas pessoas, principalmente homens, da geração mais jovem, adoram estas mulheres; já os da minha geração estranham, às vezes não gostam, ficam incomodados. Dia virá que não estarão mais em estado de perplexidade, espero. Quanto a mim, faço minha parte, dou meu recado.

Um recado muito bem dado. E em meio às conquistas femininas, tanto no terreno sexual quanto no social, a poesia de *Magma* aparece como metáfora do autoconhecimento, do processo em que os amantes se descobrem mutuamente quando se vêem reciprocamente refletidos e perfeitamente identificados.

---

1. Acerca do título, comenta a autora: "é título de quadro de Salvador Dalí, de quem gosto. Adoro a expressão 'acomodação do desejo', que utilizo, dialogando com Dalí em I, II e III'".
2. Professora de Literatura Brasileira da Universidade Federal do Pará (UFPA).

É o que se tem em "Coração Subterrâneo"[3]: "Amando e se tornando amado, o corpo / do outro é de repente nosso corpo".

A consumação do prazer leva, contudo, ao esgotamento quando se integraliza o amar-e-ser-amado. Chega ao ápice a relação Eros-Tânatos, que se concretiza em plena harmonização com a natureza, o cosmos, o universal.

Ainda em "Coração Subterrâneo", avoca-se o não-dizer, com o que o silêncio pode suplantar a palavra em eloqüência: "O sortilégio de uma palavra / há que ser gritado como o desenfreio / dos cavalos e da bilha derramada. / Porém, calado, o tempo é dos amantes / e, deliqüescidos, eles não dizem nada".

Em *Magma*, é visível o papel da água como elemento primordial na construção da *ars erotica* da autora. A recorrência desse signo no livro foi motivo de comentário de Antonio Houaiss, que disse à poeta: "Cuidado, menina, tem tanta água neste livro que prefacio que você está arriscada a morrer por afogamento". Água, aqui, entende-se por arquétipo de origem, criação, nascimento, vida e renascimento.

E não é aleatória a escolha feita pela poeta. Já em *Ser*, o poema inicial de *Magma*, a água aparece como elemento configurador do sentido erótico: "o sexo tão livre, natural, / obsessão de areia e seixos rolados: / regresso à água". E se a água é substância amorfa, sem volume próprio, facilmente a tudo se molda. Talvez daí emane seu poder.

O olhar penetrante de Savary, que a tudo observa pela ótica do auto-reflexo, vale-se da metáfora para representar a origem do ser e sua ligação com a sensorialidade. Sobre a essencialidade do binômio água-vida, comenta Reynaldo Bairão, em seu artigo "Magma: A Essência da Vida" (*Jornal de Letras* – 2º Caderno, 1983): "[...] o que mais caracteriza esta poesia admirável de *Magma* é a eterna e quase inatingível essência da vida, tipicamente já encontrável em publicações anteriores de Olga Savary [...]".

---

3. *Coração subterrâneo*: metáfora que Olga Savary inventou para o sexo da mulher.

CAMINHO I 69

Em "Sensorial", Savary deixa claro o caráter gerador da água: "pela água meu amor incestuoso". E em comentários a esse segundo poema do livro, ela explica: "incestuoso porque a água é mãe, origem". Na irrequietude da poeta, a viagem para dentro de si mesma revela o desejo de conhecer-se. É movida pela paixão e, na ânsia de liberdade, empenha-se em expulsar os demônios que carrega, desnudando o mais íntimo de seu ser. Os caminhos, tanto quanto prazerosos, podem imprimir doses de perigo, como se vê mais adiante em *Rota*: "Que arda em nós / tudo quanto arde / e que nos tarde a tarde". Insinuante jogo de fonemas em que as oclusivas dão o tom de turbulência no trajeto percorrido. Excitante escolha faz a poeta ao incursionar pelos lindes do auto-conhecimento, processo pelo qual se fortalece, mas, ao dissecar sem pudor seus íntimos e irrefreáveis desejos, deixa exposta sua identidade, tornando-se mais vulnerável diante do imprevisível.

O desenredar de viagem tão enigmática talvez se possa obter em Donaldo Schüler, em fragmento extraído de seu artigo "Recuperação do Sentido de Afrodite", publicado no jornal *O Estado de S. Paulo*, em 1982, pouco depois do lançamento da primeira edição de *Magma*:

> Sabedoria não é só o que encontra abrigo em fórmulas abstratas; nem só com palavras constroem-se os discursos. A esfera não ilumina-da pela razão é bem maior do que os territórios em que nos movemos pensantes e falantes. Esse mundo sombrio e temido oferece substância e vida aos versos de Olga Savary [...].

Nesse mesmo artigo, Schüler cita Merleau-Ponty, para quem o conhecimento dos sentidos é necessariamente anterior à elaboração mental e à verbalização. Pelas veredas da senso-rialidade, o ser viajante acaba por descobrir-se no Amor dico-tômico, que se explica pela relação Eros-Tânatos, como se de-preende dos dois poemas seguintes: "Ycatu" e "O Segredo".

Terceiro poema de *Magma*, "Ycatu" (do tupi, "água boa") foi escolhido pelo prof. Ítalo Moriconi para fazer parte de sua antologia "Os Cem Melhores Poemas do Século" (Rio de Janeiro, Objetiva, 2001). Nele Olga dá ao mar o título de ideal amante, de cujo poder sedutor não há como escapar. Tal qual a paixão, tem nos peixes a rapidez, nas medusas a lentidão e nas ostras a mudez. Na próxima cena, "O Segredo" se revela: mar é sinônimo de estardalhaço, explosão e êxtase: "entre pernas guardas: / casa de água / e uma rajada de pássaros". No dizer de Savary, "O Segredo" é a metáfora do orgasmo.

Constantemente renovada a "ode ao mar", que canta a poeta neste livro, intensifica-se a cada instante o papel de protagonista que a ele confere, na representação do erótico. Como nos versos de *Mar I*:

> Para ti queria estar
> sempre vestida de branco
> como convém a deuses
> tendo na boca o esperma
> de tua brava espuma.

Alusão à mitológica origem de Afrodite, a deusa do Amor, que nasceu da espuma do mar de Chipre, e que viria a ser a mãe de Eros, entidade que representa a atração física e sexual dos seres vivos.

Em "Mar II" encontra-se o apogeu da caracterização do mar como amante sedutor e possuidor do ser amado, signo forte da realização do evento erótico em pleno gozo:

> Mar é o nome do meu macho,
> meu cavalo e cavaleiro
> que arremete, força, chicoteia
> a fêmea que ele chama de rainha,
> areia.
>
> Mar é um macho como não há nenhum.
> Mar é um macho como não há igual
> – e eu toda água.

Todo o livro parece ter sido construído como o movimento das águas do mar, quebrando na areia da praia. O turbilhão das ondas, borbulhando pleno de energia, movimento e barulho intensos, até o encontro com a terra. No embate, o clímax, após o qual tudo é lasso e se desfaz em um instante. O desejo é então traduzido em prazer. Mas a satisfação plena não se esgota no prazer físico. O mito de Eros é aqui revelado pela inquietação que norteia o eros feminino. O anseio pela continuidade passa a orientar o processo de autoconhecimento da mulher. Mas a representação erótica transcende o plano físico-biológico do ser e invade o espaço cosmogônico, revestindo-se de sentido criador de vida. Esse sentido, a poeta o traz, em metalinguagem, no próprio ritmo da poesia, que, no vaivém das palavras, meticulosamente escolhidas e precisamente dispostas, imita a realidade do ato erótico.

Em "Vida I", vê-se a manifestação de um erotismo incipiente, o que se deduz do verso "com a fúria de rios pelos joelhos". Água que ainda não tomou conta do ser, mas que gradativamente vai ganhando força. Em "Vida II", constrói-se a imagem do falo erétil ("na direção a que se propõem macho e fêmea"), por meio de interessante emprego polissêmico da palavra *falo*: verbo ou substantivo. Saliente-se ainda o caráter de iniciação conferido à relação erótica, traduzido pela palavra *espiga*, presente no terceiro verso, representativa da origem do pão.

A violência da paixão já se reproduz em *Signo*, onde a poeta procura simbolizar, por meio de King Kong (personagem recorrente em sua obra, personificadora da paixão violenta), a entrega total a um amor selvagem. Em "É Permitido Jogar Comida aos Animais", o frêmito de que se reveste a paixão vivida pelo eu lírico torna-se ainda mais evidente nos dois últimos versos: "ponho-me nua para ser domada / e o coração do magma eu atiro à fera".

A paixão, conforme Savary, despe-se de seu caráter meramente humano para transformar seres amantes em macho e fêmea, cavalo e cavaleiro, e insere, repetidas vezes, elementos do mundo animal no insinuante jogo erótico representado pelas relações de contradição entre medo e desejo, doçura e aspereza ou sedução e intimidação. Em síntese, é o que se observa em "Guerra Santa":

Tenho um medo da fera que me pélo,
ao vê-la quase perco a fala
(embora seja a fera o que mais quero)

mas reagindo digo-lhe palavras doces
e palavras ásperas, torno
igual minha voz à voz dos bichos

para seduzi-la ou para intimidá-la,
para que pontiaguda me tome das entranhas
depois de dilacerar com as garras meu vestido.

Numa sucessão de poemas em que procura definir o Amor ("Venha a nós o Vosso Reino", "Nome I", "Cânon"), o erótico acaba por sobrepujar o campo das hipóteses, e dá lugar à ação: "Amor, chega de gastar teu nome: / agora arde" ("Venha a Nós o Vosso Reino"). Ação que revela a praticidade característica da poeta no poema "Em Uso":

Não acredito em empertigadas metafísicas
mas numa alta sensualidade posta em uso:

que o meu homem sempre esteja em riste
e eu sempre úmida para o meu homem.

O trajeto percorrido ao longo dos poemas de *Magma* revela um processo criativo intimamente ligado à Natureza, mãe de todas as criações. O eu poético constrói-se a partir do eu telúrico, do eu erótico e de tantas vozes que se harmonizam na composição uníssona e concomitantemente polissêmica da poeta.

Erotismo desvelado, que se desentranha dos recônditos da alma da poeta, desemboca todo esse "magma" de intenso sentimento no poema *Sumidouro*, que rendeu o seguinte comentário de Olga Savary:

CAMINHO I

Sumidouro I é o poema que mais gostei de ter escrito na vida. Pelo menos um dos, porém acho que é o preferido. Por quê? Por ter saído de um jato, quase sem retoques. Escrevo e às vezes "aparo as arestas", "enxugo", como costumo dizer. Gosto da Trilogia, mas o 1º é *a minha cara*.

Diante disso, que a poeta fale por si:

Sumidouro I

Tocas a fímbria dos desfiladeiros,
fruindo a cor do figo e da romã
no nascente e secreto sumidouro.
É tarde nas folhas e nos muros,
nas sombras do tanque de lodo e musgo,
é tarde já, é noite – e o sol vem vindo
e a primavera vindo onde a água
é o mel feroz de pássaros em tua língua,
onde o amor deságua em delta e tudo é fogo.

Referências Bibliográficas

BAIRÃO, Reynaldo. "Magma: A Essência da Vida". *Jornal de Letras*, 1983, 2º Caderno.

DURIGAN, Jesus Antônio. *Erotismo e Literatura*. São Paulo, Ática, 1985.

MORICONI, Ítalo. *Os Cem Melhores Poemas do Século*. Rio de Janeiro, Objetiva, 2001.

SAVARY, Olga. *Magma*. Poesia erótica. Prefácio de Antonio Houaiss. Capa de Tomie Ohtake. São Paulo, Massao Ohno/Roswitha Kempf – Editores, 1982. Prêmio Olavo Bilac 1983 da Academia Brasileira de Letras. Esgotado. *In*: SAVARY, Olga. *Repertório Selvagem: Obra Poética Reunida (12 Livros de Poesia)*. Poesia. Prefácio de Antonio Olinto. Prefácios e críticas dos livros anteriores da Autora. Rio de Janeiro, Fundação Biblioteca Nacional/Universidade de Mogi das Cruzes/MultiMais Editorial, 1998.

SCHÜLER, Donaldo. "Recuperação do Sentido de Afrodite". *O Estado de S. Paulo*, 1982.

Hai-Kais

Chega agosto de 1986. Com ele, o lançamento de *Hai-Kais*, reunião de cem haicais, parte inédita e parte retirada de livros anteriores. Com apresentação de Gerardo Mello Mourão e capa do pintor Sun Chia Shin, a responsabilidade editorial ficou também a cargo de Roswitha Kempf, de São Paulo.

A identificação com a cultura japonesa, e especialmente, com o caráter sintético do haicai, fez que Olga fosse reconhecida pelos cultores do gênero como a primeira haicaísta brasileira, tendo desde menina escrito haicais e, depois, ao longo de toda a carreira, divulgado esse tipo de poesia oriental, em traduções, palestras, artigos para jornais e revistas etc. Sobre a origem do "encantamento" por essa forma de "poetar", Savary diz em entrevista concedida ao jornalista e poeta pernambucano Marco Polo Guimarães[1]:

> Comecei a escrever aos 10 anos e já escrevia haicais. O irmão mais velho da minha mãe era apaixonado pela cultura japonesa e me iniciou na poesia oriental. Dizem os haicaístas que eu sou a primeira mulher a escrever haicais no Brasil.

Mais à frente, continua:

---

1. "Olga Savary – Haicai é uma Coisa Zen", *Jornal do Comércio*, Recife, 4 de outubro de 1993, Caderno C, p. 9.

É, para mim, um bom exercício para a poesia, que é uma síntese, uma coisa magrinha, sem a obesidade de palavras. E o haicai é a forma mais sintética de poesia que existe. Ao mesmo tempo – e eu descobri isso há poucos anos – é uma coisa meio *zen*. Quando você escreve um haicai você também se ordena espiritualmente.

Cinco anos depois, em outra entrevista, declara a Cecília Costa[2]:

Tem gente que despreza o haicai por ser pequeno. É dificílimo colocar uma idéia em três versos. E para mim tem uma outra dimensão, que só o haicai me deu. É uma espécie de meditação. Ele é muito filosófico, faz a gente pensar no tempo, nas estações. E falo também sobre a natureza. Manoel de Barros diz que detesta que chamem a poesia dele de ecológica, mas a mim não incomoda. Sou um bicho da natureza. Uma índia na cidade.

Essa outra paixão de sua vida e a longa dedicação a tal modalidade poética incluem Savary entre os maiores e mais prolíficos haicaístas brasileiros. Falando de suas traduções, destacamos *O Livro dos Hai-Kais: Bashô, Buson e Issa*, editado cuidadosamente por Massao Ohno, em 1980, com introdução de Octávio Paz e ilustrações em cores de Manabu Mabe. Em 1987, veio a segunda edição, já estando prevista uma terceira, uma vez que as duas anteriores se encontram esgotadas.

Prefaciando a si mesma, Olga Savary declara que compôs os haicais com uma liberdade não muito característica do gênero, condicionado a número fixo de sílabas e versos. Ainda em entrevista a Marco Polo, Savary esclarece:

O haicai – a explicação vai para quem não sabe – é um poema de três versos, de cinco, sete e cinco sílabas cada, se for seguir rigorosamente a forma. Mas não é necessário ser tão rígido. Um dos haicaístas de quem eu mais gosto, o Millôr Fernandes, faz um haicai totalmente

---

2. "Sou um Animal Erótico, uma Índia na Cidade", *O Globo*, 5 de dezembro de 1998, p. 3, "Prosa & Verso".

CAMINHO I

solto, inclusive com humor, que originalmente não existe. O haicai japonês, típico, é mais reflexivo e contemplativo. Fala da vida, da morte, da natureza, as estações do ano, o fluir do tempo.

A respeito dessa iniciativa poética, Gerardo Mello Mourão[3] comenta que "o soneto, em todas as nossas literaturas, tem sido trabalhado também, fora dos rigores canônicos que nos vêm dos italianos, sobretudo Petrarca, sem que com isso se tolde a lírica beleza de sua forma. É o que ocorre com os haicais dessa admirável poeta que é Olga Savary".

Além dos temas habituais (impressões da natureza e do fluir do tempo), Savary incluiu outros ligados a sua visão ocidental, apesar de admirar a cultura oriental e, em muitos aspectos, identificar-se com ela.

Nos haicais inéditos do livro *Repertório Selvagem*, com síntese e transparência, a poeta diz, em *Amandaba*[4], biografar-se no corpo do amado: uma forma de despir-se dos cascos e de se libertar de suas crinas de égua. Aqui, com alma nua, mostra-se como é – "Bem meu retrato" –, diz Olga em seus comentários. E, se por um lado se "desmancha", por outro "constrói" sua face paradoxal. É o que se apreende de *Teipó*[5]:

Tudo o que sei
aprendi da água, ela diz.
E arde sem saber.

Pelo contraste fogo/água, a revelação de ter aprendido além do que imagina.

E experiência de vida é um dos lemas de Olga – de janelas sempre abertas, revela-nos, em "Enuçaua"[6], amar o perigo e sobreviver entre auroras. Ultrapassar limites, vencer obstáculos – devemos ser "Acrobatas" da própria existência. Nesse haicai,

3. Cf. "Apresentação", em *Hai-Kais, op. cit.*
4. Do tupi: circular.
5. Do tupi: finalmente.
6. Do tupi: postura.

a poeta exprime o embaraço do confronto com o outro: "Assim, por que é perturbador / outro animal nos olhar de frente?" Encarar o outro, o mundo, sem temer. Em "De Foz em Fora", a poeta define os seres fortes, guerreiros como ela: "venha a nós o vosso reino porque somos / gente audaz que não teme a guerra / e deseja seja qual for a paz".

E para Savary, serenidade e amor caminham juntos. Em "Nome", diz ser este último o próprio nome da vida: uma "tentativa, também de definir o amor = essência da vida", afirma em suas observações sobre o poema.

Se de um lado está a face racional, do outro está a selvagem, seu "Paleolítico" ser, que grita ao mundo a força do natural, do primitivo:

> Bonito como um cavalo, ama só o natural:
> água nascente de rio e os cheiros de mato
> somados aos do ar e do cio.

E como a própria autora revela: "esses versos são a aceitação do bicho, animal = saudável. Não me aceito só mental".

Ao aceitar-se por inteira, por saber amar de forma tão intensa, seus passos por vezes chegam a se confundir com os do amado. Em "Uaruá/Caapura"[7], a poeta desfia o sentimento que transforma dois seres em um – na trilha da vida, os rastros se misturam.

Mais adiante, "Hora do Recreio" esbanja o lado lúdico e alegre:

> Comer, quero comer
> O bicho de três patas:
> roê-lo até o osso.

Nesse clima de descontração, esclarece: "Bicho de três patas é o homem: dois pés e um falo. Brincando".

---

7. Do tupi: espelho/dentro do mato.

"Cantiga de Roda para Adultos" – a seguir – traz a insinuação do ato sexual:

Anel de fogo para teu dedo sou.
Adivinhem que anel
e qual o dedo.

Do "fogo" para a "água" – uma passagem brusca forma, no poema seguinte, "Descoberta", a antítese que sempre traduz em seus versos: "heráldica é o mar / vassalagem o resto". Tudo enfim está submetido à força da água – o começo da vida e o fim do fogo. Mas até que ponto devem arder as chamas da paixão? Será o "Amor" inevitável? Nesse poema, a dúvida – "deve é ser comido / qual fruto – verde ou maduro – / mesmo sem vontade?" No poema seguinte, "Amor:", os dois pontos apontam para a tentativa de definir a questão: "o que importa / é a fome, o comer / não importando o fruto?" Mas a procura da resposta acaba gerando outra pergunta – talvez não haja explicações para o amor.

Tratar o sexo como saudável recreação e, por vezes, menosprezar o amor. A vida é feita de momentos e, nesses "instantâneos", batemos de frente com os paradoxos. É o que vemos em "Umbueçáua"[8], haicai que mostra a poeta, amante da vida, injuriar o amor:

De coisas plenas melhor
não fazer alarde. Amor
que mais é senão gorjeta?

Numa afirmação heróica e ao mesmo tempo irônica, defende, em "Mairamé"[9], que o amor pode ser visto como religião ou prisão. Dois lados de uma mesma moeda. Um que tem a chave da libertação dos pecados, outro que nos tranca – pobres mortais – numa cela, prendendo-nos a um sentimento indomável.

8. Do tupi: aula.
9. Do tupi: quando.

Da realidade paradoxal para o mundo da fantasia. A mortal vira "vampiro" em Iaraqui[10]:

Vampiro, em uma tarde
bebo-te todo o sangue
da vida.

Aqui, o desejo de vida, de sugar o que há de melhor no outro, de ter "Bom Apetite", bebendo "veneno e antídoto no mesmo copo", de extrair o que de melhor existe no mundo. E dentre as coisas boas, as palavras: oxigênio da poesia. "Entre Erótica e Mística" enfatiza o enlace:

Antes que me esqueça,
Poesia, as palavras não só combato:
durmo com elas.

Nas anotações de meu exemplar Savary escreveu: "O público, das inúmeras vezes que me apresentei em espetáculos de poesia no Rio e estados, gosta muito desse poema. Eu também, que o considero síntese de um fazer e sentir".

Em "Aetecupi"[11], agora o entrelaçamento, não de palavras, mas de corpos:

Dois ventres destilam licores raros
no momento final de êxtase e horror.
E quatro olhos vêem a beleza do naufrágio.

Aqui, os versos traduzem a conseqüência do ato sexual terminado: arrebatador, uma vez que leva ao gozo; banhada de horror, porque, depois do auge, encerra-se um ciclo de prazer. Savary, em suas notas, explica o sentido de naufrágio: "cópula e orgasmo". E os amantes, extasiados, sofrem uma espécie de

10. Do tupi: bebida inebriante.
11. Do tupi: assim sim.

CAMINHO I

"Alquimia": encontrada a "pedra filosofal" do prazer, o "[...]
corpo aceso, / agora tornado ouro", descansa. Em "Epitáfio:
Paz", o desejo de eternizar o "falso" sossego: "Eu quero é a
falsa paz: / algo estranho, maldito e nobre". Talvez essa paz não
verdadeira seja aquela encontrada após o gozo. O prazer da carne, no entanto, não satisfaz totalmente a alma, por isso é "algo
estranho", desafiante. Sobre os versos, Savary comenta: "Esse
poema traduz o que fiz da vida. Não sou um ser convencional.
Desprezo as coisas convencionais. Quero uma paz só minha,
essa daí. Quero ser o barqueiro do barco do meu destino". Ter
uma paz especial, individual. Em "Catuana"[12], a poeta revela a
"sangria desatada", o outro "diluviando" seu ser; talvez aí tradução popular: depois da tempestade, vem a bonança.

E ao sintetizar seus prazeres e sentimentos, percebe-se que,
sem fugir ao espírito do haicai, Savary inova-o (está sempre
exorcizando a medusa...). Aos instantâneos da vida, da natureza, do cotidiano alia outros mais apropriados a seu entendimento de ser mulher e poeta. E, propositadamente ou não, aproveita
a brevidade e concisão do haicai para expressar o chocante, o
insólito, o inesperado:

> O pão nosso e o circo?
> Não, o *não* nosso
> de cada dia.
> ("Sem Escolha")

Novamente aqui a recorrência bíblica: "o pão/ não nosso de
cada dia" (cf. Mt. 9: 11).

Olga parece valer-se deste expediente para cristalizar seu
pensamento (ou intuição, sentimento) em meio à transitoriedade de tudo o que contempla a sua volta – mas também para criar
paradoxos, atingindo o leitor pelo inesperado.

Idéias e sensações reveladas em obras anteriores de forma
menos contida – embora a poeta nunca faça concessões à conci-

---

12. Do tupi: paz.

são e incisividade – configuram aqui a mais alta realização da síntese. É o caso de "Retrato II" e "Vida", últimos haicais do livro:

De mar o esquisito gosto de areia nos dentes,
de flor só o prazer de mastigar a pétala:
iguaria há mais fina pra poeta?
("Retrato II")

Vida é o som
do não, do sim, da pata
do poeta: acrobata.
("Vida")

Em "Retrato", a marca do fazer poético de Savary: a fusão mulher-paisagem, iguaria que muito bem sabem apreciar os poetas.

Em "Vida", o abandono de toda a metafísica para abarcar uma espécie de totalidade de idéias, imagens, sons, animais, atitudes, no savaryano *ser/acontecer*. Aqui, os dois poemas se fundem. É o que se depreende do comentário da própria Olga sobre o haicai "Vida": "Bem o retrato do Poeta, qualquer. Meu, em particular".

Formalmente, a poeta tende para a síntese, e seus haicais podem ser considerados um posto avançado na caminhada poética.

Referências Bibliográficas

Costa, Cecília. "Sou um Animal Erótico, uma Índia na Cidade". *O Globo*, 5 de dezembro de 1998, p. 3, "Prosa & Verso".

Guimarães, Marco Polo. "Olga Savary – Haicai é uma Coisa Zen". *Jornal do Comércio*, Recife, 4 de outubro de 1993, Caderno C, p. 9.

Savary, Olga. *Hais-Kais*. Poesia. Prefácio de Geraldo Mello Mourão. Capa de Sun Chia Chin. São Paulo, Roswitha Kempf – Editores, 1986. Esgotado. Savary, Olga. *Repertório Selvagem: Obra Poética Reunida (12 Livros de Poesia)*. Poesia. Prefácio de Antonio Olinto. Prefácios e críticas dos livros anteriores da Autora. Rio de Janeiro, Fundação Biblioteca Nacional/Universidade de Mogi das Cruzes/ MultiMais Editorial, 1998.

Linha-d'Água

Com uma epígrafe de John Keats (*Aqui jaz aquele que sempre teve seu nome inscrito na água*), a poeta-haicaísta abre seu sétimo livro e elege a água como signo maior de todo o texto. Nada mais pertinente para comemorar trinta e oito anos de poesia. *Linha-d'água* (prefácio de Felipe Fortuna, desenhos de Kazuo Wakabayashi e apresentação de Antônio Houaiss, Massao Ohno/ Hipocampo Editores, São Paulo, 1987) mostra a poeta num momento grande de processo criador, naquele em que se empenha na busca do definitivo – como se existisse – explorando todas as possibilidades poéticas para dizer tudo, para não esquecer nada.

As significações simbólicas de água resumem-se, tradicionalmente, em três linhas de interpretação: "fonte de vida", "meio de purificação", "centro de regenerescência". Pode-se dizer que essas três vertentes, sob diversos graus e formas, sempre estiveram presentes na poesia de Olga Savary, "inconscientemente a princípio, na adolescência, quando comecei a escrever aos catorze anos de idade; conscientemente, hoje, de maneira que bem-humoradamente diria obsessiva", conforme me declarou ela, por carta.

Nesta tríplice simbologia, *água-vida, água-regenerescência, água-purificação*, volta, subliminarmente, a recorrência bíblica, talvez para cristalizar e sacralizar os elementos e suas relações com a poeta, como foi dito.

Água-vida:
Deus disse: Pululem as águas de uma multidão de seres vivos (Gên 1: 20).

Água-regenerescência:
Os infelizes que buscam água e não a encontram
e cuja língua está ressequida pela sede,
eu, o Senhor, os atenderei,
eu, o Deus de Israel, não os abandonarei. Sobre os planaltos desnudos, farei correr água,
e brotar fontes no fundo dos vales.
Transformarei o deserto em lagos,
e a terra árida em fontes (Is. 41:17-18).

Água-purificação:
Derramei sobre vós águas puras, que vos purificarão de todas as vossas imundícies e de todas as vossas abominações (Ez. 36:25).

Em título homônimo à obra, o primeiro poema faz alusão à origem de todas as coisas. Aqui, a água manifesta o real e o transcendental. Pode também ser vista sob planos rigorosamente opostos, mas nulamente irredutíveis: fonte de vida e de morte, criativa e destruidora, Eros e Tânatos. E o erotismo explode em *Linha-d'água*, como, de resto, em toda a poesia savaryana, como vida, energia. A natureza é mais que natureza: é a natureza do corpo, a água do corpo, a água do orgasmo. Mar é igual a elemento componente do mundo natural, mais metáfora do órgão masculino, símbolo da fecundidade da natureza: "Falo do falo" é a respeito de que a poeta quer falar (poema "Do que se Fala"). E se a vida tem seus discursos, algumas palavras são *digeridas* e outras apenas *engolidas*. Savary se sente meio avessa em relação àqueles que não sabem saborear o que lêem. É o que se depreende de seus comentários: "Poema um pouco irritado porque parece que as pessoas não lêem, se lêem não entendem – ou não querem entender. Em poesia, pelo menos, reduzem, são minimalistas".

Entender poemas, entender a vida, entender o amor... Amar mesmo, só o que a visão, a razão reconhecem, do mesmo modo

CAMINHO I

como aceita "a água toda limpa / com algum limo no fundo", mas "não a água toda visgo / toda lodo, toda lama" (poema "Mineração da Água"). *Visgo* e *lama* poluem, tiram o oxigênio, causam desprazer, afastam o amor. E em meio às vicissitudes, Savary afirma em suas observações:

> "Briguei" com a vida muito tempo, não a aceitava de todo. Até que relaxei e aproveitei. Este *amor* é em relação à *vida*. E a água (origem) sempre diz presente neste poema e em outros, quase todos. Segundo Antonio Houaiss, de tanta água, eu acabaria *afogada*. Eu diria: afogada em vida, em amor.

Essa Olga Savary, que transborda, inunda e carrega consigo tudo de bom que a vida lhe proporciona, tem também a virtude de saber contornar as mais diversas situações, equilibrando-se em corda bamba. É o que mostra "Retrato", que ela diz ser seu próprio retrato:

> [...]
> harmonia que é na corda bamba
> equilibrando-se em não sei o quê,
> assim se move, trapezista,
> geminiana alada mas mulher de água
> que nem
> várzea alta, várzea baixa, várzea alagada.

Já em "Nome", mar e água se unem no amor pleno de cheiros, cor e sons. E a cópula mar (com variante rio) e água (com variante ilha) se realiza na quase totalidade dos dezessete poemas que compõem *Linha-d'Água*.

Linha-d'Água é o instrumento do *fieri*. Quer dizer, conforme foi salientado algumas vezes, há uma paixão que comanda tudo, que induz a cópulas, do homem com a mulher, da mulher com a paisagem, da paisagem com o mar, do mar com a mulher... E daí surge a vida, por meio do fazer poético. É mais ou menos assim que a poeta define o *ser*, abrindo mão, como fizera anteriormente, de toda metafísica: o fulgor da manhã, misturado com folha, água, pássaros, amando aquilo que é mais do que amor (*Ser*). É um envolver-se interminável com o natural, com aquilo que reflete beleza e harmonia. Macksen Luiz[1], em comentários sobre a obra, salienta:

> Olga Savary em *Linha d'Água* (Massao Ohno/Hipocampo Editores) não se afasta da sua obsessiva procura de integrar à sua poética a sensualidade e os movimentos da natureza. Mas, neste caso, a presença ecológica (se assim podemos chamar os sinais da vida que ela transporta como paradigmas libertários) se torna bem mais forte, quase primitiva.

Em *Rio Quente*, aparece a cópula rio-mulher:

> O quente rio goiano em Caldas Novas
> de ardentes línguas nos invade o vale
> do corpo.

Mais adiante, no mesmo poema, a integração poeta-água atinge o orgasmo. Aqui, o coito é um ato cultural que se realiza como que no útero e produz a vida:

> O poço de pedra finge útero
> para o corpo poder sentir a vida
> vinda em borbulhas do coração da terra.
> Vulcão extinto ou rio subterrâneo,
> seja o que for, a duelar o orgasmo
> dos que se entregam a ele com paixão
> de culto.

E o envolvimento da poeta com a água é tão intenso, que, por vezes, chegam a se comunicar verbalmente. Foi o que me relatou a poeta:

---

1. "Poesia Ecológica", *Manchete*, Rio de Janeiro, 1987, seção "O que Há para Ler".

Em Caldas Novas, Goiás, num findar de tarde, em 1972, a água *falou* comigo. As piscinas naturais de antigo vulcão estavam com pessoas, que aos poucos foram indo embora. Pensei que alguém falava em torno. Quando vi que não havia nenhuma alma viva, tive medo em meio a grande fascínio.

Só duas vezes a água *falou*. De outra vez foi em Marataízes, praia do Espírito Santo, anos depois. Da primeira, *uma* voz; na segunda, *várias*, um coro, suponho, de marinheiros dando ordem de levantar mastro e outras coisas assim, provavelmente mortos. Mas as vozes eram vozes alegres. Em Goiás, solene, erótica.

Poetas dizem ouvir estrelas, água, terra, universo... Ouvem, enfim, tudo que amam. Olga Savary oscila entre esta paixão cósmica e o amor humano, que aparecem, na simbologia de um velame singrando as águas, em "Maíua"[2]:

Amo esta incerteza com que me sagras
e o belo horror do abismo: amor,
sempre o terror do ter, não tendo.

Mais uma vez o tema recorrente do *prazer/dor* e do anseio irrealizável por continuidade existente na alma feminina. Por isso, o amor é paradoxalmente um "belo horror", cujo prazer pode levar à morte ("abismo"); igualmente por isso o amor é o "terror do ter, não tendo". Com dualismos ou não, o amor tem seus encantos, suas atrações. Em "Yruaia"[3], a poeta se volta mais uma vez à beleza da origem, da nascente do prazer que leva ao orgasmo:

[...]
Amo este começo de água
lá onde és roxo
e não te escondes, te dás
sem te entregares nunca

(mas se não te entregas,

2. Do tupi: bicho do fundo do rio, boto encantado.
3. Do tupi: canal que não seca.

88 OLGA SAVARY: EROTISMO E PAIXÃO

então quando?)
Amo este início de água,

água onde tu começas
quando em ti levanta
este levante de pássaros".

Mas nem tudo na vida é verão. Em "Çaiçuçaua"[4], vemos
que a nostálgica paisagem do outono chega ao inverno. O fogo,
porém, não repousa – é sempre primavera, tudo é bonito quando existe prazer. E na realização, na satisfação de se estar viva,
encontra-se também o ato de poetar. Este é o acalanto da alma
da poeta, seu álibi, como me confessou: "É fato: só me entrego
na poesia. Poesia é meu álibi".

E é justamente em "Só na Poesia?" que se desvela sua
defesa:

Eu te pareço bela ou bela
é só minha poesia quando
só assim me entrego?

Dentro do universo poético, Savary diz sem dizer, ou sugere mais do que diz. Sempre a mediação poética para evitar
o grosseiro e levar ao prazer estético. É o que se depreende do
seguinte comentário extraído da revista *IstoÉ*[5], em que há referência ao poema "Uquiririnto"[6]:

Consciente das múltiplas armadilhas das palavras, sua [dela, Olga
Savary] militância poética – já traduzida, em parte, no exterior – se
orienta na direção certa. Procura chamar a atenção, por exemplo, para o
silêncio possível entre cada verso, a limitação que a vida impõe à poesia
mais como um aviso do que um susto: "Que és o mar, meu mar, eu sei /
mas sobre isso não direi palavra alguma. / Falar é que não pude pois sou

4. Do tupi: amor, amado.
5. "*Linha D'Água* – de Olga Savary", *Isto É*, São Paulo, 18 de novembro de
1987.
6. Do tupi: mudez, sem falar, silêncio.

tímida". É essa discrição que vira música na palavra enfim transformada em arma. Pois o objetivo é fazer regredir a insensibilidade do discurso, transferir sangue a um país esvaído de suas águas.

Sem dúvida, munida de palavras, Savary dá vida a seus versos e contagia a todos com seu jeito perspicaz de ver o mundo. Também o erótico, tão envolvente e persuasivo, pode ser enfocado como objeto de contemplação estética, porque tem como mediadora a poesia: "pátria é o que eu chamo poesia / e todas as sensualidades: vida" (poema "Iraruca"[7]).

Nascida às 8,00 da manhã de 21 de maio de 1933, em Belém do Pará (filha de russo com ascendência francesa, daí o Savary; e mãe paraense, de origem pernambucana, com sangue indígena), Olga Savary é precisamente

> geminiano ser
> sempre indeciso,
> hoje quer, amanhã também,
> depois de amanhã não quer mais,
> harmonia que é na corda bamba
> equilibrando-se em não sei o quê,
> assim se move, trapezista,
> geminiana alada mas mulher de água
> que nem
> várzea alta, várzea baixa, várzea alagada
> ("Retrato")

que tem como elemento de origem o ar. Mas é a água que tem tido presença forte em sua obra, em sua vida:

> Há tanto tempo que me entendo tua,
> exilada do meu elemento de origem: ar,
> não mais terra, o meu de escolha,
> mas água, teu elemento, aquele
> que é o do amor e do amar.

---

7. Do tupi: casa de mel.

Se a outro pertencia, pertenço agora a este
signo: da liquidez, do aguaceiro. E a ele
me entrego, desaguada, sem medir margens,
unindo a toda esta água do teu signo
minha água primitiva e desatada.
("Signo")

No sangue meio índio, "Mirauiú"[8] homenageia seus ascendentes:

Iandara em tupi é meio-dia.
Iaciçuaçu é lua cheia
Ou como eles dizem: lua do rosto grande.
Iacipirêra: lua minguante ou casca de lua.
O que prosaicamente diríamos chove,
Para eles: o *kyr amana* = dasabam as nuvens.

Tanta poesia assim não me é difícil
Amar um índio, dono da terra, água.
Inda mais eu que nem sei meu nome.

Logo abaixo, no rodapé da página, em meu exemplar, um comentário entusiástico da poeta:

Adoro este poema. Me satisfaz este e o da página seguinte. Exato o que eu quis dizer – e *sem retórica*. A poesia detesta adiposidade, conversa fiada; ela gosta é de escrita *afiada*. Branco fala demais. Por essas e outras me considero índia, oriental. Pouco falar. Lâmina no ar. Primeira vez que palavras em tupi entram *dentro* do poema.

O poema seguinte, citado por Savary, é "Cateretê"[9], um canto de louvor à poesia:

Poesia: fera absoluta,

8. Do tupi: gente de flecha, índio.
9. Do tupi: o que é muito bom.

escorregadia enguia,
água, bicho sem pêlo
onde poder agarrar

e onde se tem a mão.

Sobre o poema, também uma observação ao pé de página:

Musicado por Madam, como outros 17 poemas. Ao todo, 18.
A poesia: escorregadia enguia que queremos armadilhar e que nem sempre se consegue.

Pelo que se vê, o leitor é que é armadilhado pela poesia. Está ilhado, preso a ela, assim como ao amor e à arte de viver. Direitos? Apenas o da "Liberdade Condicional", exarada, ironicamente, em linguagem da publicidade e propaganda:

Que eu toda me torne desterro,
lugar de exílio, exílio em ti;
meu corpo é um edifício erguido
com vista para o mar, ou seja,
como o mar rodeando a ilha,
tudo com vista para ti.

Referências Bibliográficas

"*Linha d'Água* – de Olga Savary". *Isto É*, São Paulo, 18 de novembro de 1987.

Luiz, Macksen. "Poesia Ecológica". *Manchete*. Rio de Janeiro, 1987, seção "O que há para ler".

Savary, Olga. *Linha-d'Água*. Poesia. Prefácio de Felipe Fortuna. Apresentação de Antonio Houaiss. Capa e desenhos de Wakabayashi. São Paulo, Massao Ohno/Hipocampo Editores, 1987. Esgotado. *In*: Savary, Olga. *Repertório Selvagem: Obra Poética Reunida (12 Livros de Poesia)*. Poesia. Prefácio de Antonio Olinto. Prefácios e críticas dos livros anteriores da Autora. Rio de Janeiro, Fundação Biblioteca Nacional/Universidade de Mogi das Cruzes/MultiMais Editorial, 1998.

Retratos

Na primavera de 1989, Massao Ohno, o editor que tem acompanhado de perto a carreira literária de Olga Savary, publicou-lhe, em São Paulo, *Retratos*, pequena coletânea de dezessete haicais, com prefácio de Dalma Nascimento, ilustrações (nanquins) de Henri Matisse e capa (óleo) de Kazuo Wakabayaschi. Como disse a jornalista Elizabeth Veiga[1]: "Um belo livro. Que vale a pena ser lido. E visto".

Nesses retratos, confirmou-se a escolha bem-sucedida do poema curto feita por Savary. Características como didatismo, comedimento, disciplina, ordenação e síntese, entre outras, básicas no haicai, são também profissão de fé da poeta paraense. Introduziu mudanças, em relação ao modelo japonês, tanto na temática (o erotismo, por exemplo) quanto na forma (um quarto verso, como arremate, coda, à moda da música; uso de título nos poemas, algumas vezes, rima interna ou no final do verso).

Essa "ocidentalização" do haicai corresponde à necessidade que a poeta teve de adaptar a nossa cultura traços de outra bem diferente, fato que, em nenhum momento, empobrece seu texto. O jornalista Leomar Fróes[2] destaca que

---

1. "Um Belo Livro. Que Vale a Pena Ser Visto. E Lido", *Jornal da Tarde*, 9 de dezembro de 1989, "Caderno de Sábado".
2. "Voz Própria", *Jornal do Brasil*, 1986.

[...] em nada adianta o raciocínio lógico para "sentir" o haicai. É inútil intelectualizar a poesia. Assim, quando se tenta a fusão das duas formas, o haicai típico (modelo japonês) e a poesia (versão ocidental) essa "tênue linha de respiração" corre perigo de "engrossar" ou desaparecer entre o silêncio e as palavras. Tal não acontece quando se trata de Olga Savary, 36 anos de poesia e amor pela cultura japonesa desde menina. Especialmente o haicai, "a essência mesma da poesia em seu estado mais puro".

Por que *Retratos*? Num prólogo, a própria autora responde: "Porque, a pretexto de estar falando de temas caros e eternos da poesia e da vida, estou é falando do poeta de modo geral e da poesia em sentido mais amplo".

Desta maneira, os retratos de *Retratos*, de uma forma ou de outra, já foram mostrados em livros anteriores.

Savary exercita nos dezessete haicais de *Retratos* sua capacidade de dizer muito, com muito pouco.

O que é o poeta? Juntemos dois haicais: "consentido autista / e mais ainda pateta"; "cria o sonho, / compensando o que lhe falta / com o muito que lhe sobra".

O poeta é autista, porque o que cria sai de si mesmo. Pensa comunicar-se, passar ao outro, mas sempre fala de si, cria-se e recria-se a si mesmo a cada poema que faz.

O poeta cria o sonho. Dá forma ao possível, ao que reside dentro de si e talvez dentro do homem. Só que o poeta sabe transformar o sonho em palavra e as palavras lhe sobram.

Palavras. É preciso saber lidar com elas, com economia, valorizar o silêncio, porque nem tudo é dizível: "do amor não direi nem a metade / quando é esta a verdade que me cabe".

E a vida? A vida, a poeta a quer "despida de literatura". E voltamos ao que dissemos: poeta, poesia, natureza, vida, é tudo acontecer.

Dalma Nascimento, prefaciando a obra, define *Retratos* como "fragmentos de existência em sínteses literárias, dezessete fotografias em série" e aponta-lhes "o desejo de reter, no limite do código, as formas fluidas da realidade e o ilimitado transcendente".

Em virtude da síntese característica do gênero, é preciso meditar cada palavra, relacioná-la com o título do poema, envolvê-la de todas as sugestões que possa provocar. Assim, o que estaria por trás do "Retrato I", o haicai que abre a coleção? "A solidão desenhava / talhando para o ser, não para o estar, /desde sempre tua ausência."

Como em Olga Savary tudo é acontecer, um "retrato" não é apenas a fotografia, mas a contemplação da fotografia, com tudo o que possa provocar. Provocou saudade irremediável, sentimento de perda completa, ausência sem fim. Por isso, o retrato é talhado pela "solidão". O mais pungente é que a "ausência" diz respeito ao "ser", não simplesmente ao "estar".

A ausência irremediável tanto pode ser a morte, quanto a condição essencial do retratado: um eterno ausente, alguém que não se dá.

Nessa estrada poética Savary parece caminhar sem se preocupar com a sorte ou o "Destino", título do segundo poema. Como diz, sabe-se lá que nome tenha o futuro de sua jornada, o que importa é a sua visão de vida e o rumo escolhido: a poesia.

No haicai seguinte, "Nome", a complementação da idéia anterior: se sua vida são os versos, seu destino é ser poeta. "Autista" ou "pateta" – como diz, "uma brincadeira amorosa com o poeta, qualquer poeta" – não importa; viver do arranjo harmonioso de palavras: aí é que mora o prazer da existência.

Mas a satisfação de viver não está somente no mister de poetar; encontra-se também nos feitos da guerreira, nas glórias da conquista, no fruto da luta. Em "Gesta", Olga Savary brinda suas vitórias com "água" – a origem, "onde tudo começa e acaba".

É é no misterioso princípio das coisas que a poeta encontra a "Paz", título do poema seguinte. Uma serenidade "exata" e ao mesmo tempo "vaga" – a briga em meio ao paradoxo, a luta do não-definível.

Enigmática também é a "Mulher", haicai que diz ser a mulher "múltipla e una", ajustando-se a qualquer situação; repleta de encantos – "menos real que pressentida" – conhecedora do lugar onde pisa. Pode ser uma ou várias – ao contrário do "Homem", como diz no poema posterior – "sem métrica ou rima" – um bicho provido de asas.

Ser poeta é isso: traduzir em versos o intraduzível, o misterioso, o enigmático, o possível e o "Impossível" – haicai que expressa a desilusão de um amor que não valeu a pena: "O amado não é, não era / nem o último baile da Ilha[3] / quem me dera, nas eras".

E como a realidade às vezes não corresponde aos desejos, uma possível saída é o mítico. É o que ocorre em "Mito", haicai cujo início lembra conto de fada. Relata a história de dois seres que se encaixavam tal como a *mão à luva*: "Era uma vez rapaz chamado Zeus / que entrava em Dânae[4] qual uma luva: / ouro o engodo da mais bela chuva". Todavia, como a perfeição não existe, havia a mancha do "engodo" – isca sedutora que usa o coração para enganar os olhos. Essa mácula surgida na imagem do casal perfeito pode ser causada por uma "Adversária", a qual "adora tentar dobrar / a espinha dorsal de um homem, / muito mais quando não pode". É o estigma originado pela "outra", a marca da traição, que pode dar "Fruto" – resultado da união da água com o açúcar – uma "melancia", "congelada lava", a concretização do pecado.

Assim vai-se "criando pedra e fantasia", como vemos no haicai "O Poeta"; a imaginação cria asas, consegue até inventar o futuro. Esse é o poeta: amante da vida, do mundo e, principalmente, de si mesmo – consegue olhar-se no espelho "e ao se ver não amar senão / rútilo reflexo" – como diz em "Narciso?"

Enfim, concentrar todas essas reflexões e sensações na concisão do haicai é emblematizá-las, fundindo-as numa percep-

---

3. Ilha Fiscal, onde aconteceu o último baile da monarquia.
4. Dânae: filha de Acrísio, rei de Argos. O oráculo predisse que ela daria à luz um filho, que mataria o avô. Para fugir à profecia, Acrísio fecha a filha num subterrâneo, para que não tivesse contato com homem. Júpiter, encantado com Dânae, penetrou na câmara onde estava a prisioneira, disfarçado em chuva de ouro. Nove meses depois, nascia Perseu.

ção única e nova. E a criação de uma percepção nova a partir da síntese de múltiplas sensações parece ser o procedimento usual de Savary na composição dos minipoemas de *Retratos*.

"Vida I", por exemplo, identifica a existência com uma perseguição frenética a um animal veloz, que nunca se apanha de todo, mas de quem apenas se morde o calcanhar. Poder-se-ia pensar que a poeta aponta para a angustiante impossibilidade da perfeita realização existencial. Mas não. Na busca frenética do existir, não importa propriamente o ponto de chegada, mas o próprio caminhar. Em outras palavras: viver é perseguir, não é alcançar. Bem de acordo com a cosmovisão savaryana, em que o que interessa é o acontecer, mais que o solucionar. Como o pessoano "Navegar é preciso".

Outro retrato ("Retrato II") fecha a coleção. O que sugere agora? Que a vida "sem sede de heróis e mitos" é "tédio infinito". Referimo-me à sacralidade ancestral que percorre de ponta a ponta a poesia savaryana. E ela está presente aqui, na última composição de *Retratos*.

Se "heróis" e "mitos" deixam de acontecer, a vida é um tédio. Compete à poesia manter acesa a chama. A cosmogonia, cheia de lances eróticos, está sempre acontecendo, rediviva pelo fazer poético.

REFERÊNCIAS BIBLIOGRÁFICAS

FRÓES, Leomar. "Voz Própria". *Jornal do Brasil*, 1986.

SAVARY, Olga. *Retratos*. Poesia. Estudo de Dalma Nascimento. Capa de Wakabayashi. Desenhos de Matisse. São Paulo, Massao Ohno Editor, 1989. Esgotado. *In*: SAVARY, Olga. *Repertório Selvagem: Obra Poética Reunida (12 Livros de Poesia)*. Poesia. Prefácio de Antonio Olinto. Prefácios e críticas dos livros anteriores da Autora. Rio de Janeiro, Fundação Biblioteca Nacional/Universidade de Mogi das Cruzes/MultiMais Editorial, 1998.

VEIGA, Elizabeth. "Um Belo Livro. Que Vale a Pena Ser Visto. E Lido". *Jornal da Tarde*, 9 de dezembro de 1989, Caderno de Sábado.

Éden Hades

Com *Éden Hades* (prefácio de Olga de Sá, capa de Guita Charifker, foto de Agnese Purgatorio, São Paulo, Massao Ohno Editor, 1994), Olga Savary dá mais um passo – passo largo – na trajetória poética, feita, como sempre e paradoxalmente, de avanços e recuos. De avanços, porque ela sempre cresce; além disso, perseguindo o tempo, a poeta vai acumulando livros sobre livros. De recuos, porque, obsessivamente, sempre está de volta aos primórdios, à *arqué*.

E esse retorno, que pode ser visto já na sugestiva capa da obra, foi objeto de uma das observações da professora Dalma Nascimento[1]:

> [...] Assim, o eloqüente título, *Éden Hades*, logo nos induz a uma leitura mítica de seus versos, confirmada pela expressiva e primorosa capa, aspecto já tradicional nas edições da Massao Ohno.
>
> Nela, exuberante vegetação e aves do paraíso misturam-se a uma mulher nua – a Eva da queda adâmica? – reclinada no chão, lembrando, de forma estilizada, também a Olympia do quadro de Manet. Acima, São Jorge guerreiro lanceta o dragão, em simbólica representação da vitória do cristianismo sobre o paganismo. A ilustração reflete bem o amálgama mítico-sagrado da cultura do ocidente medieval, de que todos nós somos herdeiros.

1. "Poesia sem Cárceres de Savary", *Tribuna da Imprensa*, Rio de Janeiro, janeiro de 1995.

Para Olga de Sá (prefácio a *Éden Hades*), Olga Savary está fazendo uma "espécie de colheita dos próprios versos, de datas e locais diferentes", unidos pela vida e pela arte, polarizados pela vida e pela morte.

O título antinômico reflete as dualidades que perpassam todos os poemas (outro paradoxo: a unidade dos poemas é dada por um dualismo).

Éden, segundo a Bíblia (Gên. 2:8), é a região em que estava localizado o paraíso terrestre, onde Deus colocara o homem.

Hades, para os gregos, era simplesmente a morada dos mortos, lugar de sombra e desesperança. Na tradição cristã, identifica-se com o *Scheol* judaico. É também a morada dos mortos, que, antes do advento salvífico do Messias, lá se encontravam privados da visão de Deus, numa vida diminuída e silenciosa, à espera do Redentor (cf. Sl. 89:49). Era o estado de todos os mortos, justos ou maus – o que não significa que sua sorte fosse idêntica (cf. Lc. 16:22-26).

Olga escolheu como epígrafe de seus versos duas citações do Gênesis para revelar, arquetipicamente, a beatitude primordial e a perda irrevogável dessa beatitude: no jardim (*parádeisos*, em grego, quer dizer jardim) do Éden brotava da terra toda árvore agradável à vista e boa para a comida; porém, uma vez provado o fruto proibido, o homem foi expulso desse jardim, cuja porta foi definitivamente fechada, estando sob a guarda de querubins (cf. Gên. 2:8-9; Gên. 3:22-24).

Essa felicidade perdida, convencionalmente irrecuperável, deve ter sido o critério da poeta para selecionar os poemas de *Éden Hades*. Entretanto, a poeta é o avesso do convencional. Por isso, ainda em epígrafe, cita Dante e Milton que celebrizaram o mesmo tema, mas contrapondo-o à Escritura, polemizando, de certa forma, a Revelação, ao acenar para uma possibilidade de recuperar o estado edênico, de unir céu e inferno, eliminando a tristeza. E qual o caminho? Não a oposição e a transcendência, porém a conciliação e a imanência: o desejo, o amor-paixão, os sentidos, o verde, a terra, o Mundo:

Meu desejo, porém, não perde o verde.
....
O amor, com que alguém diz ter certeza
De que o caos muita vez será converso.
....
Volvia o Amor, que move sol e estrelas.

(DANTE ALIGHIERI, *A Divina Comédia*)

Do Inferno Céu fazer, do Céu Inferno.
....
Olhando para trás então observam
do Éden (há pouco seu ditoso asilo).
Diante deles estava inteiro o Mundo.

(JOHN MILTON, *Paraíso Perdido*)

Para a poeta, a oposição Éden-Hades não tem conotações morais e escatológicas. Dá-se aqui na terra, no mundo, na vida. E mais do que o contraponto entre felicidade e infelicidade, muito abstrato e ascético para o gosto do poeta, é o contraste entre tristeza e alegria, dor e gozo, na concretude da vida e dos fatos, nos desejos e frustrações, no passar irrecuperável do tempo, no fim irrevogável de tudo.

Éden acena, primeira e principalmente, para a *arqué*, para os primórdios arquetípicos, anteriores à temporalidade. O que então havia era sempre maior, mais perfeito do que o existente hoje. De certa forma, está aí subentendido o tópico do *florebat olim*, associado a um pouco de neoplatonismo.

Em "Vida", que abre a coletânea, a poeta descobre-se *menor* que seu *amor*, isto é: a vivência existencial, concreta e individual do relacionamento amoroso, é uma pálida sombra do arquetípico amor. Vêm, conseqüentemente, as antíteses: "vela e nau, / porto e naufrágio, místico ateu, / lobo e cordeiro, nave que parte / e ancora". O que causou a mudança? O tempo, a cultura, a racionalidade associada à linguagem: "Como reger o tempo?" [...] "quando falo de um lugar [...] o lugar já não existe, / quando falo de alguém / este alguém já está morto?".

Na opinião da poeta e ficcionista Denise Emmer[2], Olga Savary

[...] nos revela uma poética de visões de dois níveis para resultar na compreensão total do mundo. Se em "Altaonda" a presença de Eros se insinuava em gestuais aquáticos, agora, mais sereno, ele persiste numa sensualidade equilibrada da madura idade, desejosa mas serena, certa de sua trajetória rica em experiências.

Caminhar rumo à maturidade e decifrar as verdades contidas nas entrelinhas. Em "Ábaco", vemos que, por trás dos ditos populares, existe o saber coletivo. Na adição dos provérbios, o total é o aprendizado:

[...]
Tarde aprendi que mais vale
um pássaro na mão do que dois voando
e que uma andorinha só não faz verão.
Apanhando como boi ladrão,
O homem é o lobo do homem.
– Ah King Kong,
cada macaco no seu galho.

Em "Água Mole em Pedra Dura? Çantaçáua"[3], o dualismo primórdios-temporalidade avança pelo erotismo da paixão e resulta, inexoravelmente, em frustração, em desejo não-realizado. A poeta não consegue o amor concreto de um homem, de um aficcionado pela heráldica (portanto pelo passado, pela tradição, pelo ideal, prototípico), nem usando todos os recursos de sua sensualidade, entregando-se a todo instante:

nem me dando toda
a quantos *rounds* fossem precisos,

2. "O Prazer em Poemas Camaleônicos", *O Globo*, 16 de abril de 1995, p. 7, seção "Livros".
3. Do tupi: dureza.

nem virando brinquedo, piquenique,
virando merenda, hora de recreio,
desjejum, almoço, jantar, ceia
e enfim orgia de King Kong

nem com 30 dinheiros, pude te comprar.

Em meu exemplar, Savary anotou: "'Muro das lamentações'
ao Amado, com ironia. Tipo: fiz tudo (tudo?) e nada adiantou.
30 dinheiros = Judas. É para King Kong, como chamo o tuxaua
amado".

A mesma oposição ideal-real transparece em "Grande Coisa". A poeta menospreza o amor menor, banalizado. O termo de
comparação está em sua atemporal memória: o prototípico e verdadeiro amor, que não é medíocre nem convencional dominação
homem-mulher. Amor assim não é monumento, nem castelo,
nem catedral, nem mosteiro; não é nenhuma coisa alta; não chega a ser nem escadaria... Vejam-se as observações da poeta:

Execrando, com ironia extrema, o Amor. *Grande coisa* é expressão
típica da minha infância nortista/nordestina, significando ironia, manga-
ção (caçoada), muxoxo, desapreço. Tipo: você pensa que é o máximo?
Pois não é. Amor = grande Engodo.

No poema "Vida", primordial e verdadeiro ser é asa de águia,
com vôo alto, a poitar numa roseana terceira margem, "empe-
dernindo a lida". Sobre esses versos, diz Savary: "O título, com
vírgula, inicia o poema – como em outros. Não posso suportar
poema sem título. É como menino sem nome. Poema *tem* que ter
título. Asa de águia = altivez do poeta, deste e de qualquer".

A recorrência à "Medusa" (cf. "Medusa" de *Espelho Provisório*) traz de volta a enigmática figura da mãe, que agora entra
na orquestração, sempre repetida e sempre nova, o arquetípico
contraponteando o real:

Mãe-madrasta,
umbilical adversária,

como de ti escapar,
rainha das incoerências,
se o melhor mel derradeiro
é o mel de tua placenta?

Na opinião de Olga:

Medusa, da mitologia grega, aquela que transforma os que a olham e enfrentam com o olhar em pedra, quer dizer, paralisa. É como chamava minha mãe, por ironia, mas também imensa dor. Ver, em *Espelho Provisório*, a mesma Medusa.

Este é um retrato fiel dela, Célia, de quem fiquei afastada 20 anos, depois mais dez. Total: 30 anos. Só fui vê-la quase à morte. Célia não conheceu meus filhos, e disso se queixou. Não discuto, só disse: você fez por onde. Tenho a maciez do aço, como me define a amiga jornalista Rosa Cass.

A placenta que tem mel é a mãe ancestral, típica, instintiva. É o ser mãe como a Grande Mãe, a terra, a matriz que acolhe, sepulta, fecunda com seu húmus e permite o renascer. A mãe concreta, personalizada, minimaliza o arquétipo; trabalhada, ela também, pela vida, causa sofrimento sem o querer:

em teu colo dado e negado,
generoso e escasso,
abrigo e deserto,
trópico e caatinga,
visão do esplendor
em esplendorosa calma,
ainda e sempre a cruenta inimiga
e amiga a mais terna:
inimigo amor?

Mãe-medusa também é a poesia, gozo e sofrimento, "Dona Divinal dos Poetas".

Em "O Afogado", o contraponto é declaradamente entre a vida e a morte. A *água*, para a poeta, é o elemento primordial da vida. Mas as águas primordiais também entraram na corrida inexorável do tempo, e heraclitianamente "não correm duas vezes sobre o mesmo leito". Se são fonte de regenerescência, são, ao mesmo tempo, causa da morte:

> Um a um saem da água os banhistas
> quando, tal um destroço, ele vem dar à praia
> que o mar agora é só do morto.

Veja-se a explicação da poeta:

> Numa sexta-feira da Semana Santa um corpo de afogado vem dar à praia de Arraial do Cabo (cerca de Cabo Frio, RJ), na beira do mar, em frente a minha casa (que tive, alugada, por cinco anos, de 1969-1974). Convivi com ele três dias, quando o levaram para enterrar. Ninguém foi ao mar nestes dias.

Episódios de vida e de morte; de alegria e de tristeza. Sentimentos adversos se misturam. "Uma Cena", "Outra Cena..." Nesses dois poemas, a mescla do real e do irreal constituem uma imagem deformada, fora de foco. É a briga do amar não amando:

> e que já não amando é como se amasse
> e, perdido o amor, é como se o tecesse.
>
> ("Outra Cena")

Os poemas acima mencionados são encerrados com citação de lugar, dia, mês e ano: "Rio de Janeiro, 6 de maio de 1978". Talvez uma forma de congelar a cena pela identificação de uma época que encerrou um ciclo de vida – o casamento. Tal como datamos fotografias, a poeta resolveu datar o poema. Em seus depoimentos, confessa:

> Estes dois poemas narram a mesma situação: vejo entrar Sérgio acompanhado de uma mulher. Não o queria mais, dou por findo o casa-

mento, mas morro de ciúme ao ver a *cena*. São nossos sentimentos contraditórios, meus e de qualquer um. Os dois últimos versos arrematam bem o conflito de emoções: amor, sim e não. Sim? Não? Sérgio é Jaguar. Separei-me dele em mais ou menos 1977, mas ficamos juntos na mesma casa. Ele aguardou volta até 1982 (ano do divórcio).

Ao fim de tantas antíteses e frustrações, a poeta vai parar num *limbo*.

O limbo seria o lugar reservado às crianças novas, que morreram sem batismo e que, portanto, não foram libertadas do pecado original, embora não tivessem cometido pecados pessoais. Segundo Santo Tomás, gozariam de uma felicidade natural, mas seriam privadas da visão de Deus (cf. D. Leo van Rudloff O. S. B. e D. Beda Keckeisen O. S. B., *Pequena Teologia Dogmática*, 3. ed., Bahia, Tipografia Beneditina, 1951, p. 173). O *Novo Catecismo* da Igreja Católica não fala do limbo. Como pode ser visto no poema "Limbo", neste "lugar" está a poeta sem esperança e sem culpa, retida sem querer na cidade, na cultura, na temporalidade. No depoimento que me concedeu, por escrito, Savary comenta a primeira estrofe de "Limbo":

> diálogo com Carlos Drummond de Andrade,
> cujo verso está embutido – "perdi o
> bonde e a esperança".

O leitor se pergunta, diante de tudo isso, se há alguma forma de salvação, de libertação. A poeta aponta para duas, que no fundo é uma só: desistir da conciliação, viver o contraste, olhar "o bicho de frente", o bicho que se chama "desespero":

> Vamos, bicho, de mãos dadas,
> confrontar tuas irmãs:
> bom-dia, desesperança,
> boa-noite, solidão.
>   ("Encontro Marcado")

Como isso se faz? Como fazer do mal e do bem uma coisa só? Como chamar bem ao mal? Somente pela arte da palavra, da poesia, da mãe-madrasta, "Dona Divinal dos Poetas". É por isso que os versos de Olga Savary não se apresentam como uma divagação, uma filosofia natural perpassada de hedonismo, de ceticismo ou de neoplatonismo, mas são realmente versos. Ainda aqui Savary pode dizer: "Palavras, durmo com elas".

Mas a poeta dá um passo além, não-costumeiro, adentrando o sobrenatural. Dribla o religioso, parafraseia ludicamente a Escritura: "nem com 30 dinheiros, pude te comprar"; "tu, veneno curare / – e eu é que me chamo naja?". Aliás, o aproveitamento estético do sagrado não lhe é estranho. Vimo-lo, anteriormente, ao citar salmos ("Altaonda"), ao brincar nos haicais ("o não nosso de cada dia"...), ao aflorar em subtextos ("fartura de água / na árvore da vida").

Porém *ex abrupto* surge algo diferente, uma atitude de questionamento:

Fechado o paraíso primitivo ("Não há mais jardins nos pés"), aprisionado e desfigurado o homem na civilização e nas culturas ("conhecer todos na cidade / e a ninguém reconhecer"), o que resta ao homem? Nada mais que ficar *só*:

> Só. Fica o homem sozinho,
> Só com sua realidade e cons-
> ciência. Isto lhe basta?
>   ("Camicase")

Assim também a última composição ("Éden Hades"), aquela que deu nome ao livro. Resume-o e fecha-o.

O ser da poeta, imemorial e atemporal, como a poesia, abria-se como "vogal aberta"; fartavam-no "jardins de água", "sol inchado em veias", "pendendo como manga", o ar "bebido tal um vinho". Felicidade primitiva, biológica, inscrita na natureza, anterior à racionalidade.

Mas eis que "apanhada na armadilha / faz-se a treva manhã". E do Éden ficam apenas "uma placa de prata e um nome inscrito, / hoje apagado, gravado há muito, / muito tempo. E só". O que teria causado a mudança? Onde está o pecado original?

A poeta, significativamente, repete com outras palavras o que denunciara no primeiro dos poemas: é o aprisionamento na linguagem (portanto a civilização, a cultura, o *homo sapiens non sensitivus*) que estraga coisas, uma vez que "tudo perde o sentido / mal é pronunciado". Em "Vida", primeiro desses poemas, Savary já dissera: "quando falo de alguém / este alguém já está morto".

Por fim, o questionamento, apesar de a poeta ser uma antimetafísica confessa:

...Os deuses nos convocam,
nos querem a todos porque nada querem,
riem de nós, perdem-nos ao nos buscar
e às nossas perguntas
fazem ouvidos moucos,
não respondem senão ao eco
oco.
    ("Éden Hades")

Apesar de tratar ainda miticamente a Revelação e a Escritura (fala de *deuses*, não de Deus), já se percebe uma abertura ao transcendente: há perguntas feitas aos deuses; portanto, a resposta que se espera não pode estar presa unicamente à imanência. Olga Savary sempre caminha. Por que não poderia caminhar nessa direção? Nos avanços e recuos de sua trajetória poética, existe aqui, certamente, um avanço maior.

REFERÊNCIAS BIBLIOGRÁFICAS

EMMER, Denise. "O Prazer em Poemas Camaleônicos". *O Globo*, 16 de abril de 1995, p. 7, "Livros".

NASCIMENTO, Dalma. "Poesia sem Cárceres de Savary". *Tribuna da Imprensa*, Rio de Janeiro, janeiro de 1995.

RUDLOFF, D. Leo van O. S. B. & KECKEISEN, D. Beda O. S. B. *Pequena Teologia Dogmática*. 3. ed. Bahia, Tipografia Beneditina, 1951, p. 173.

SAVARY, Olga. *Éden Hades*. Prefácio de Olga de Sá. Apresentação de Marília Beatriz de Figueiredo Leite. Capa de Guita Charifker. São Paulo, Massao Ohno Editor, 1994. Esgotado. *In*: SAVARY, Olga. *Repertório Selvagem: Obra Poética Reunida (12 Livros de Poesia)*. Poesia. Prefácio de Antonio Olinto. Prefácios e críticas dos livros anteriores da Autora. Rio de Janeiro, Fundação Biblioteca Nacional/Universidade de Mogi das Cruzes/MultiMais Editorial, 1998.

Rudá

Alguns dos preciosos poemas de Olga Savary estão em *Rudá* (prefácio de Gilberto Mendonça Teles, Rio de Janeiro, Editora da Universidade do Estado do Rio de Janeiro – UERJ, 1994).

Rudá significa *amor* em tupi. São poemas de amor. Considerando-se a produção anterior da poeta, poder-se-ia pensar em mais uma coletânea de textos velada ou declaradamente eróticos. Mas Olga é aquela que surpreende: "Movida a desafio, sou feita / de rebeldia, dignidade, altivez", diz ela em "Igaratim"[1], auto-retratando-se.

O erotismo marca, ainda, presença: "[...] estou presa / à vida / como a uma jaula /"; "Um cavalo selvagem / sempre só"; "o fogo da vida"; "[...] da falta que me faz tua pele de água /(o que de mais macio meus dedos já tocaram, / incluindo pétalas, incluindo água)"; "[...] na fogueira que fomos / eu e a cidade amalgamadas".

Sobre esse tema, pergunta a professora Fátima Nascimento a Savary, na citada entrevista, se a poesia é "sempre erótica". E a poeta responde:

Deveria ser. Erotismo é vida. Estou falando do erotismo sutil, não explícito e grosseiro, pois aí cairia na pornografia. Esta é a meu ver des-

---

1. Do tupi: canoa em que o chefe índio viaja na proa.

necessária. Como leitora, por exemplo, se leio um texto sem nenhum erotismo latente, perco a atenção. Como autora, como não ter um texto erótico, desde meu início, quando comecei a colocar no papel, lá pelos meus nove anos de idade, sendo de uma região tão sensual, de sangue quente como é conhecida a Amazônia?

Embora tenha o erotismo sempre implícito em suas obras, a direção que em *Rudá* predomina é outra. É a do amor-sentimento, amor-saudade, amor-pranto, amor-sofrimento, amor-separação, amor-amizade, amor-delicadeza, amor-atenção, amor-alegria, amor-compreensão, amor-recordação. A poesia é de maturidade e prossegue, embora ainda a passos lentos e tateantes, no sentido da espiritualização e da transcendência, já esboçado em *Éden Hades*. Traçando um paralelo entre as duas obras, Dalma Nascimento[2] entende que

> Apesar do despojamento exterior, literariamente *Rudá* nada fica a dever a *Éden Hades*. Ao contrário, um complementa o outro, pois aqui os motivos recorrentes de Olga se duplicam – com diferentes matizes, é fato – no espelho das ondas poéticas que vão desdobrando os versos de *Rudá*, talvez até pelo título indígena, sem lembranças da cultura elitizada, apresentam-se mais transparentes, partem de um cotidiano compartilhado por todos.

Rudá é uma obra não somente para ser "lida"; também, para ser "degustada". É o que diz a professora Maria Beatriz de Figueiredo Leite[3]:

> Este livro editado pela UERJ (cujo exemplo bem poderia ser seguido por todas as universidades brasileiras) apresenta-se com uma roupagem artesanal bem brasileira e especialmente carioca: o formato retangular é agradável ao manuseio, a textura tem a maciez feminina e a cor

---

2. "Poesia sem Cárceres de Savary", *Tribuna da Imprensa*, Rio de Janeiro, janeiro de 1995.
3. "Poética de Frutas e Vinhos", *De Cuiabá, Terra Agarrativa e Linda*, Cuiabá novembro de 1994.

da capa lembra o bronzeado adquirido nas praias cariocas. Assim nasce Rudá, brasileiro e macio, doce e saboroso, num vagar insinuante como que a apontar a poeticidade do sentir, saboreando e degustando.

De fato, Savary respira e transpira Brasil. O primeiro poema, que também se chama "Rudá", é um haicai "ocidentalizado" pela poeta:

Rudá, em tupi, o nome
do amor de que se nasce,
amor do qual se morre

Levando-se em conta a linguagem caracteristicamente substantiva da poeta, a posição inicial destes versos (à maneira de pórtico) e a condensação reflexiva do haicai, o resultado é o seguinte:

Rudá é um termo tupi; remete, assim, ao pré-civilizado, pré-ocidental, pré-racional. Remete à mítica globalizadora, não-discursiva. Por isso, Rudá não é simplesmente a palavra que significa amor, mas é o nome do amor.

Gilberto Mendonça Teles, no prefácio, cita Couto de Magalhães para informar que, na tradição tupi, Rudá é um guerreiro que reside nas nuvens, cuja missão é criar o amor nos corações humanos, despertando-lhes saudades, fazendo-os voltar para a tribo depois de longas e repetidas peregrinações. Era invocado ao pôr-do-sol ou da lua, em cantos pausados, monótonos e melancólicos.

Assim sendo, Rudá é mais do que um significante, é uma *realidade*. O *nome*, para os primitivos, é quase a coisa ou a pessoa, com todas as suas prerrogativas. Ao invocar-se o nome, invoca-se a pessoa; o nome tem o *poder* da pessoa.

Rudá é o nome do amor "de que se nasce", mas não é simplesmente o amor *de que se* morre: é o amor "do qual" se morre. O artigo, precedendo ao relativo, indica que se trata do mesmo *amor*, o qual, portanto, preside a toda a vida do homem. Todos os acontecimentos lhe estão subordinados, inclusive o acontecimento final da morte. Amor é, então, uma *pessoa*, invisível, mas real, divina e poderosa. Espécie de deus, que rege todas as manifestações da afetividade.

Os poemas de *Rudá* estão tematicamente divididos em "Retratos (Amor a Gente)" e "Postais (Amor a Terras)". São poemas que falam da amorosidade e fraternidade de Savary.

Retratos começa por "Igaratim", auto-hetero-retrato: é Olga Savary, mulher e poeta, vista por si mesma e por amigos (Carlos Drummond, Luiz Lopes Coelho, Antonio Carlos Villaça etc.). Resulta um mistura de rebeldia, dignidade, altivez, mistério, suavidade, crueldade, dureza, desafio, irreverência... É uma crônica-poema, como outras composições de *Rudá*, até certo ponto um ineditismo na produção poética savaryana. Acreditando na vida e no poder de transformação, a poeta assina um novo "Registro de Nascimento":

> De verdade nasci em 1967.
> A vida pegou-me a mão, mostrando:
> esta sou eu e minha possibilidade.

Permitir-se renascer. Tal como a Fênix, a poeta ressurge, inova-se a cada oportunidade. O predomínio é da insistência sobre si mesma e do desejo de auto-revelar-se e auto-conhecer-se. Em "Carta a Fumiaki Miyamoto", a poeta dá outra pincelada rápida em si mesma: "esta brasileira-russa-quase oriental" (pincelada rápida, mas substantiva, como tudo em Olga, porque as referências às nacionalidades nela amalgamadas sintetizam o amálgama de contraste que a poeta é). Sobre esse poema, Olga confessa:

> Sempre foi uma sedução de parte a parte japoneses e eu. Atração de sensibilidades. Irritou-me a burra propaganda americana durante a guerra, acusando o japonês de dissimulado e traiçoeiro – quando é bem o contrário. Este, aqui, é um poético economista japonês, pura poesia.

Mas o que importa, com relação à temática de *Rudá* é que a autocontemplação é uma forma de chamar a atenção sobre si mesma, uma maneira de pedir amor, um desejo de sentir-se amada. Um *mandamento* de Rudá.

À autocontemplação segue-se a amizade, outra manifestação de Rudá:

> Amizade-quase-amor
> ou amizade amorosa
> ("Presente Carlos Drummond de Andrade")

Do *eu* a poeta passa naturalmente ao *tu*: Carlos Drummond, Henriqueta Lisboa, Fumiaki Miyamoto, entre outros mais. Mantêm-se, como foi dito, vestígios do erotismo – mas Olga ensaia um salto do sensorial para o sensível. E fala de saudade, de vontade de rever, de recordar, de estar perto:

> e escrevo agora da falta que me faz
> tua delicada voz baixa, milenária
> ("Carta a Fumiaki Miyamoto")

Nos livros anteriores, em que predominava o erotismo, Savary falava de sensações, de concretudes, e nunca teve dificuldade nem pudor com as palavras. Agora passa a lidar com *sentimentos*, com a pura afetividade e está às voltas com o indizível:

> Tanta coisa de que falar e não sei como
> dizer de longe.
> ("Carta a Fumiaki Miyamoto")

Comparando-se com a produção anterior, a relação Eros-Tânatos muda também. Antes Tânatos era o paroxismo de Eros – pois o erotismo exacerbado leva fatalmente à morte, como a uma apoteose. Agora Rudá toma o lugar de Eros e morrer já não é uma exaltação. O amor é, de certa forma, espiritualizado, e não deve levar à morte, mas superá-la. A poeta e ficcionista Denise Emmer[4] diz que a obra "mostra a autora a passear por seu passado de mãos dadas com entes que partiram, mas permanecem na lembrança".

E o recordar-se, o espiritualizar-se levam Savary à superação da morte que, em *Rudá*, percorre dois caminhos. O primeiro, de reminiscências míticas, é o do *memorial*: vai-se a pessoa amada, mas fica sacramentalmente presente em objetos, sinais, gestos e símbolos. Veja-se o poema abaixo, que, segundo me afirmou Savary, refere-se ao recebimento de duas braçadas de rosas vermelhas, presente por um prêmio literário recebido:

> Rosas vermelhas as mais
> vermelhas já ofertadas
> vêm na crista da manhã
> trazendo-te, amigo amado,
> acompanhando o poema
> que de tão belo e tão terno
> empina alegria qual pipa
> e a luz deste mais dia.
> Mesmo depois de secas
> estas flores guardarei,
> duas dúzias na braçada
> nunca mais nenhuma igual.
> Amizade-quase-amor
> ou amizade amorosa,
> O presente é tua presença
> imponderável nas rosas
> e inteiro no poema
>
> ("Presente Carlos Drummond de Andrade")

O segundo caminho, já esboçado nos últimos versos acima ("o presente é tua presença / imponderável nas rosas / e inteiro no poema"), é o da *arte*. Não se trata, porém, de hora-

---

4. "O Prazer em Poemas Camaleônicos", *O Globo*, 16 de abril de 1995, "Livros – Poesia", p. 7.

ciano *monumentum aere perennius*, porque aqui a arte é ancila do afeto.

O que importa não é recuperar o *renome*, pela arte – mas recapturar a *pessoa*. Por isso, não basta ter sido bom poeta para sobreviver; é preciso ter tido *amigos*, "amizade quase amor", empatia. Além de Drummond, é também o caso de Henriqueta Lisboa, que não está morta, mas "encantada", em outra crônica-poema cheia de sensibilidade. Aqui transparece a benquerença, a empatia:

> *Um alfenim*, como em minha terra se diz,
> dessa qualidade era a frágil figura menina
> dessa menina de oitenta anos
> ("Henriqueta Lisboa Encantada")

Igualmente a poeta vigorosa:

> Já a poesia,
> essa era forte qual baobá, embora lembrasse
> flauta
> ("Henriqueta Lisboa Encantada")

Também a morte e o esquecimento:

> Sei agora estar ela *encantada*, que nem dizia
> seu conterrâneo João Guimarães Rosa. Estranho
> só o silêncio ao derredor dessa falta. Ninguém
> a dizer nada [...]
> A mudez empoeira-se à volta dessa grande poeta
> ("Henriqueta Lisboa Encantada")

Finalmente, a retomada – pela arte – somada à amizade, comandada por Rudá:

> Morte, ledo engano: bom poeta não morre
> ("Henriqueta Lisboa Encantada")

O entendimento da morte como "ledo engano" manifesta um namorico da poeta com o transcendente. Se é "ledo engano", a morte não é definitiva, não é o fim da vida, mas uma mudança de estado. Se é "encantamento", supõe "quebra de encanto"...

Na segunda parte – "Postais (Amor a Terras)" – há de início uma fixação por Buenos Aires, cidade que – conforme me declarou – tratou-a como rainha nas três vezes em que lá esteve como convidada, no início da década de 1970. Savary começa erótica:

> Cavalo solto pelas altas torres
> das tardes e das madrugadas, ar-
> risco minhas patas pelo ar
> de uma cidade vazia de pássaros
> mas cheia de minhas asas
> ("Buenos Aires: Plaza Francia")

Do erotismo passa à identificação:

> Buenos Aires, como eu:
> na aparência, formal, fria,
> magma sob o iceberg
> ("Espelho")

Sobre o poema, Savary reflete: "Será que amor é melhor quando a gente se espelha? Sim e não. A mulher e a cidade de então eram espelhos uma da outra".

Da identificação chega à mútua transmutação, como no camoniano "transforma-se o amador na coisa amada"; aliás, a métrica namora as redondilhas quinhentistas e, coerentemente, a linguagem clareia-se e simplifica-se:

> Por agora vou-me embora
> prometendo-me voltar.
> De repente, sem idade,

descubro a mim mesma
mudada em cidade
("Espelho")

As sensações vão sendo substituídas por sentimentos:

Saudade não tem equivalência em outra língua
e é pra sentir
("Buenos Aires à Noite")

O sentimento exacerbado leva ao choro:

Choro na Calle Corrientes,
eu que há anos não choro,
choro no bar, no café
(óculos escuros disfarçam),
no mais total desconsolo
por não querer te deixar.
. . . .
Cidade–meu–amor, não quero
não quero mais ir embora,
o meu lugar é aqui
("Tango de Partida")

As lágrimas surpreendem até a poeta, que me confessou:
"Choro pouco. Sou estóica como meu pai Bruno e o clã Savary
(castigados por guerras, inclusive). Savarys = emotivos trava-
dos e contidos". Mas *os estóicos também choram*. É o que me
declara a poeta, ao pé da página 270 de meu exemplar de *Repertório Selvagem*:

Amei Buenos Aires. Lá estive em 1973 e 1976. Da primeira vez
fui com Sérgio (Jaguar [na época, meu marido]), convidados como
jornalistas, os dois, tudo pago. Da segunda vez fui só, convidada, tudo
pago, *idem*, numa delegação de jornalistas (eu, cinco da TV Globo,
uma jornalista de Recife e uma da Bahia). Chorei por não querer deixar Buenos Aires.

Dos postais de Buenos Aires Olga passa ao interior de Minas, "ao tempo parado das cidades mineiras, tranqüilas, de quarenta anos atrás mais ou menos", conforme comentou. Recua do progresso ("Gente em automóveis, ondas vivas / desafiam o tórrido olho da cidade / que não dorme" – "Buenos Aires à Noite") ao passado redivivo e cristalizado:

> Moendo milho o moinho movido à água,
> o torno torneando gamelas de pedra-sabão,
> os fifós de lata de tudo quanto é jeito
> ....
> nestes vales escondidos do interior
> das Minas Gerais
>   ("Cachoeira de Brumado")

A linguagem acompanha este recuo, por exemplo, nas expressivas aliterações dos versos iniciais.

Este intercâmbio de amores, repartidos entre a civilização e o sertão, manifesta as antinomias da personalidade da poeta, "movida a desafio", "feita de rebeldia", "na aparência, formal, fria / magma sob o iceberg". Manifesta também uma faceta de Rudá: o amor cristaliza lugares e cidades, da mesma forma que pessoas. Isto é, é possível amar a cidade grande, fruto da civilização, desde que o encontro inicial, o começo da empatia, aconteça já imerso no progresso, sem conhecimento do passado. Da mesma forma, é também possível amar com a mesma intensidade o sertão sem nenhum requinte do "interior das Minas Gerais".

Assim, com relação à geografia (que, aliás, a poeta preza muito, como já se pôde observar nos livros precedentes), não se trata do *fugere urbem* horaciano, nem do exotismo romântico, nem do "progressismo" futurista. Tudo isso, no fundo, são posturas – e não fazem o gênero de Savary, que sempre preferiu a vivência, a experiência.

Trata-se de pura empatia, de ter um coração aberto aos comandos despreconceituosos de Rudá, para amar, com a mesma intensidade, o requinte e a simplicidade.

Entretanto, a referência ao *tempo* e o confronto com o passado tornam negativas as conquistas do progresso. Ao procurar a Itabira do menino Carlos Drummond de Andrade, declarou-me a poeta:

> Fui especialmente a Itabira, mais ou menos em 1965, para conhecer a cidade do poeta, a casa de CDA[5]. Grande emoção ver a cidade, entrar na casa e em tudo que descrevo (a casa da cidade, pois a casa da Fazenda de Pontal não existe mais. Disseram-me que guardaram tudo para reconstruí-la, porém duvido).
>
> Carlos, como gostava que eu o chamasse, ficou comovido com a descrição da minha ida à terra dele, quando nos falamos na volta ao Rio, e mais tarde com o poema.

Na visita, a poeta não encontra muitas coisas que queria achar, destruídas pela máquina. Cita, também, os motivos da destruição da casa da fazenda:

> O Pico do Cauê,
> desbastado em mais de 600 metros,
> não tem mais a forma de vela de navio
> e é agora uma plataforma lisa onde
> máquinas da Companhia Vale do Rio Doce
> mamam ferro incansavelmente
> . . . .
> A casa-grande da fazenda
> da Fazenda do Pontal, já não há:
> água comeu
> pra dar lugar a uma represa
> ("Procura de Itabira")

Tal como em "Retratos", a poeta está às voltas com a angústia da transitoriedade e da perda – que é, no fundo, a angústia da morte:

---

5. Nota da poeta: Carlos Drummond de Andrade, ou CDA, como ele assinava às vezes.

Alguns segundos me perdem em cisma
nesse quarto: quede o menino, quede
o reino perdido, quede o tempo?
("Procura de Itabira")

Com relação às pessoas, a poeta já encontrara o caminho para a eternidade em Rudá, guerreiro das nuvens, amor personificado – e esta solução parece ser a definitiva, pois é reiterada aqui. Muda a cidade, muda a casa, muda o tempo, mas o menino amado, de ferro, permanece íntegro:

A visita à casa do menino
é saber no tempo a perda.
Perdeu-se a infância.
Fugiu a serra em vagões transportada
mas paira na cidade,
não britado, íntegro,
retido no tempo
o perfil de ferro do menino
– e este não passa.
("Procura de Itabira")

E a cidade? Como deter a ação do tempo sobre a geografia? Como eternizar os lugares? A poeta, tentando fixá-los e cristalizá-los em *postais*, parece fazer-se essas perguntas. Quer dizer, no fundo ela anseia por uma cidade definitiva, em que as pessoas não *pairem* apenas, como *lembrança*, mas possam eternamente *residir* em sua concretude.

A Escritura, recorrente em cada um dos livros anteriores, estranhamente não aparece aqui: a poeta é cheia de mistérios, "movida a desafio", "feita de rebeldia"... Mas está certamente subjacente em sua mensagem de comunhão, eternidade e transcendência.

O "Cântico dos Cânticos", que também é um poema de amor, afirma que

O amor é forte como a morte,
a paixão é violenta como o scheol.
Suas centelhas são centelhas de fogo,
uma chama divina.
As torrentes não poderiam extinguir o amor,
nem os rios o poderiam submergir.
(Cânt. 8:6-7)

Coincidentemente, a poeta pensa que a única força que pode superar a morte é a força do amor.

É também significativo que Savary tenha *personificado* o amor: Rudá é uma divindade que tem poder sobre os homens. E é um poder positivo, "O Nome: Paz"; é "a solidária verdade comum a todo ser"; é um sentimento bom. Essa personificação aponta, ainda que vagamente, para o anseio de ver o amor encarnado, feito *pessoa*, habitando no meio de nós e salvando-nos da angústia da transitoriedade e da morte. Ora, o centro da Escritura é a encarnação do Verbo, do filho do Deus-Amor ("Aquele que não ama, não conhece a Deus, porque Deus é amor. Nisto se manifestou o amor de Deus para conosco: em nos ter enviado ao mundo o seu Filho único, para que vivamos por ele" – I Jo. 4:8-9), sua vida, pregação, morte e ressurreição, que testificam que o amor é eterno, nunca passará ("A caridade jamais acabará" – I Co. 13:8) – assim como eternamente viverão aqueles que n'Ele acreditarem ("E todo aquele que vive e crê em mim, jamais morrerá" – Jo. 11:26).

Coincidentemente ainda, a cristalização das cidades em "Postais", que, como foi visto também, aponta para o desejo de uma cidade eterna e definitiva, é um eco da Jerusalém celeste, destino concreto, embora transcendente, de todos os ressuscitados: "Levou-me em espírito a um grande e alto monte, e mostrou-me a cidade santa, Jerusalém, que descia do céu, de junto de Deus, revestida da glória de Deus. Assemelhava-se seu esplendor a uma pedra muito preciosa, tal como o jaspe cristalino. [...] As suas portas não se fecharão diariamente, pois não haverá noite" (Ap. 21:10-11. 25).

Referências Bibliográficas

Emmer, Denise. "O Prazer em Poemas Camaleônicos". *O Globo*, 16 de abril de 1995, "Livros – Poesia", p. 7.

Leite, Maria Beatriz de Figueiredo. "Poética de Frutas e Vinhos". *De Cuiabá, Terra Agarrativa e Linda*. Cuiabá, novembro de 1994.

Nascimento, Dalma. "Poesia sem Cárceres de Savary". *Tribuna da Imprensa*. Rio de Janeiro, janeiro de 1995.

Savary, Olga. *Rudá*. Poesia. Prefácio de Gilberto Mendonça Teles. Rio de Janeiro, UERJ, 1994. Esgotado. *In*: Savary, Olga. *Repertório Selvagem: Obra Poética Reunida (12 Livros de Poesia)*. Poesia. Prefácio de Antonio Olinto. Prefácios e críticas dos livros anteriores da Autora. Rio de Janeiro, Fundação Biblioteca Nacional/Universidade de Mogi das Cruzes/MultiMais Editorial, 1998.

Morte de Moema

Fui convidada pela Editora Verbo, de Portugal, por intermédio da professora dra. Maria Aparecida Ribeiro, diretora do Instituto de Estudos Brasileiros da Universidade de Coimbra, a preparar um verbete sobre Olga Savary para a *Enciclopédia Verbo das Literaturas de Língua Portuguesa*. Tão logo tomou conhecimento da publicação, a perfeccionista Olga Savary endereçou-me carta de seis páginas de papel sulfite, datada de 23 de junho de 2002, na qual, entre outros assuntos de natureza pessoal ou profissional, colocou o que se segue:

Recebi carta de Abílio Augusto Rodrigues da Silva, da Editora Verbo, por recomendação sua, que me enviou xérox de verbete da *Enciclopédia Verbo das Literaturas de Língua Portuguesa*, volume IV, sem data. Lá consta meu verbete, feito por você. Há pequenos erros gráficos, mas tudo bem, é de praxe. Há uma inverdade: não me inspirei em Durão para escrever *Morte de Moema* e sim num quadro a óleo de Oswaldo Teixeira sobre o tema, encomenda do jornal *Gazeta Universitária*, a 1ª versão publicada em página inteira em 1951, se não me engano. Não encontrei o jornal, mas acho que é de 51. Nesta época eu não conhecia o poema de Durão, que só vim a conhecer bem mais tarde, quando o meu poema já estava escrito, baseado na imagem do quadro de O. T. Este é o fato. São duas páginas de verbete. O resto está correto.

Veja-se o "pito" que me passou a poeta por eu acreditar haver ido ela a Santa Rita Durão. Mas não era para qualquer um imaginar que, naqueles tempos, todos os professores de colégio discorressem sobre o famoso *Caramuru*? Até porque Savary sempre se disse ótima aluna em Português:

> Quando quase entrada na adolescência, início de 1943, com 9 para 10 anos (fiz 10 anos de idade no Rio de Janeiro, quando para o Rio vim com minha mãe, com a família dela – os irmãos e a irmã Helena – já todos morando aqui), minha mãe matriculou-me no Colégio Santo Amaro, no bairro Botafogo, onde passamos a morar. O Santo Amaro era de freiras – argh! – beneditinas, isto é, da Ordem de São Bento. Nele, sempre fui a melhor aluna de *Português*, *Redação* [grifos meus], História, Desenho e Geografia. E a pior em Matemática. Fui aluna de Lucília Villa-Lobos, que nos dava aulas de Canto Orfeônico (foi a 1ª esposa de Heitor Villa-Lobos, compositor e maestro). (Caderno de anotações.)

Também no Colégio em que estudou em Belém – o Moderno –, localizado na travessa Quintino Bocaiúva, n. 1808, com Braz de Aguiar, no bairro Nazaré, onde foi, dos dezessete aos dezenove anos, aluna de Francisco Paulo Mendes, sempre se apresentou a melhor aluna em Português e a pior em Matemática. Aí também recebeu o prognóstico do prof. Djalma, de Física: só daria para Letras. Tudo isso sem contar com a presença marcante do grande mestre Benedito Nunes.

Apesar de todo esse *approach*, Olga disse – foi visto – que não conhecia o poema de Durão. Terá o fato algum significado? Pelo menos dois. O primeiro é a relevância do tema, que, ultrapassando os limites do Brasil colônia, veio ser inspirador da poeta paraoara. O segundo é a maneira como Savary tratou o tema.

* * *

Ao fornecer mais uma prova de sua brasilidade, Savary organiza, entre 1995 e 1996, "Morte de Moema".

O poema que se apresenta em *Repertório Selvagem* é uma terceira versão, aumentada. A poeta frisa que escreveu, em um primeiro momento, "ainda adolescente, em 1951",

CAMINHO I

[...] para a *Gazeta Universitária*, do Rio de Janeiro, encomendado o poema para a capa desse jornal universitário, com ilustração da pintura *Moema*, de Osvaldo Teixeira, pintor e presidente do Museu de Belas Artes do Rio de Janeiro.

No início da década de 70, ressalta ainda, *Morte de Moema* quase virou libreto de ópera que o compositor e maestro Aylton Escobar queria escrever com ela (entre os 19 compositores de música erudita e da MPB a musicarem seus textos, parcerias felizes, inclusive Guerra Peixe, em CD lançado em 1996 pelo RioArte/Secretaria Municipal de Cultura/Prefeitura do Rio de Janeiro). É por isso que, diz a poeta, desde muito cedo e há muitos anos, trabalha com a temática indígena, homenagem aos primeiros brasileiros[1].

Após "ajustes" necessários, surgiu a segunda versão, em 1996, com xilogravura original do artista plástico e professor carioca Marcos Varella. Em entrevista ao jornal *Diário de Pernambuco*[2], diz Savary:

> Diz a lenda, mas também pode ter sido um fato real, que Moema nadou atrás do navio até perder suas forças e morrer afogada. O poema foi escrito há 45 anos e ficou perdido nos meus guardados. Ao remexer nos papéis, redescobri e tratei rápido da publicação.

Em anotações no rodapé da obra, a poeta diz:

> *Morte de Moema* narra a história da paixão da índia pelo branco português Diogo Álvares, alcunhado "Caramuru". Em 1510, naufragando nas costas da Bahia, Diogo caiu prisioneiro dos tupinambás. Alvejando pássaros com um mosquete, espécie de espingarda pesada, foi denominado pelos índios, que desconheciam armas de fogo, de "Caramuru", cujo significado é "homem de fogo" ou "filho do trovão". Vivendo anos entre os gentios, após preterir a heroína deste poema por Paraguaçu (fi-

---

1. Cf. "Nota da Autora", em *Repertório Selvagem*, p. 310.
2. Fernanda d'Oliveira, "A Sedução da Poesia", *Diário de Pernambuco*, Recife, 31 de maio de 1997, 2º caderno "Cultura".

128 OLGA SAVARY: EROTISMO E PAIXÃO

lha do cacique, portanto mais poderosa), leva-a para Paris, onde lá ela toma o nome de Catarina. Desesperada, Moema nada atrás do navio que leva o amado até perder as forças nas águas do mar. As ondas trazem-na morta às areias da praia. A elegia é um pretexto para declaração de amor da poeta ao Brasil, que procurou dar uma pincelada de humor à elegia, em proposital animismo para dramatizar e, ao mesmo tempo, amenizar ainda mais a morte.

E nesse louvor à cultura de nossos índios, Olga expressa o triste romantismo dos que morrem por amor. Apesar da semelhança com *Caramuru*, de frei José de Santa Rita Durão, a autora declara – como foi dito – que, "quando escreveu esse poema, não conhecia o poema daquele autor". No prólogo do livro, o professor, crítico e ensaísta Marco Lucchesi observa que

Olga logrou paisagens e vocábulos que Santa Rita Durão hauriu das bibliotecas e de Rocha Pita. Olga fixou as paisagens da infância e seus arquétipos mais arraigados. Não lhe faltou erudição poética. Aquela mesma erudição analisada por Machado – sob outras circunstâncias – em "Instinto de Nacionalidade", e revista por Mário de Andrade, nas cartas a Câmara Cascudo. Eis, então, a energia radial das palavras de Olga nesta sua Morte de Moema.

Mais à frente, completa:

Bem sei que o contexto é outro. Mas sinto em Olga Savary a nostalgia das coisas sagradas e primordiais, que ressoam em harmonia profunda com o Universo, de que dependem e ao qual remetem. Do corpo de Moema e do Corpo do Universo. Do Firmamento do corpo, como diziam os físicos do Renascimento.

Passamos neste poema de Abraxas a Tupã, do selvagem ao místico, da margem ao centro, da tribo ao texto – para falar como Antônio Risério. Tal a força e a paisagem surpreendente desta *Morte de Moema*.

Impressões da poesia. Impressões do Brasil. Olga Savary parece estar dizendo: "echeggiano ancora i nostri maracà".

"Morte de Moema" é a cena final de uma história amorosa entre um branco e uma índia. No início do poema, os ventos parecem trazer o anúncio da morte, tendo como testemunha as águas do mar brasileiro:

dando ao litoral o corpo
da índia que o amor
a vida entrega a Tupã

As manchas do luto "rasgam o céu" e "tingem as águas". Não por acaso Moema morre afogada: Olga tem o signo "água" – já visto e revisto – como essência de seus poemas. Também as oposições, tão comuns em sua obra, aparecem aqui, no contraste Sol × Lua – essa foi a maneira encontrada de expressar a contagem do tempo em sua forma mais primitiva. A índia passou dia e noite chamando por seu amado, que não a escutou e partiu. Em um gesto de desespero, Moema tenta encontrar seu amor seguindo o caminho das águas que o levaram. Porém, perdida no caminho quase sem fim, cansa-se e, já sem fôlego, cai no desalento. Da água vem a vida, na água a vida se vai. O mar, que tudo consome, engole também o último sussurro de amor:

E ouvia-se ainda
num vago murmúrio:
"Eu não te esqueci".
Sua fala em voz baixa
o mar bravo devora.

E em meio à melancólica cena, a Autora intervém como se sua voz fossem as ondas a aconselhar a pobre índia:

[...]
Este amor te mata.
Tudo bem, o amor

é mais forte que o fogo,
mais forte que a água,
o homem não destrói
nem pode apagar,
mas este amor te mata.
[...]

Agora, surge o elemento "fogo": o amor ultrapassa a força das chamas, que tudo queima e reduz a cinzas. Nesse romance as águas da calmaria não conseguiram apagar a destruição; pelo contrário, a moça de "cabelos grossos, igual crina de cavalo", foi traída pelo cansaço. E a lembrança da cultura indígena aparece nos versos seguintes:

[...]
nem branca nem negra,
não sorri mais encantada
pra nossos guizos, miçangas,
facas, espelhinhos,
a pele toda pintada
de tinta preta e vermelha
(urucum e jenipapo)

"Vestida de sonho", Moema sai da vida com um "sono fatal". A bela "aimoré (ou tupinambá)" troca de pátria – sua alma deixa as terras do Brasil e passa a habitar o mar. Quando seu corpo chega à praia, a natureza silencia:

As aves da mata,
crescidas com ela,
emudecem o canto,
chorando-lhe a sorte

É a comunhão do homem com o mundo que o rodeia; um respeito mútuo, um diálogo natural que os índios ainda preservam. São os segredos de uma cultura sábia, com poder de transformar orvalho da madrugada em lágrimas de esperança

CAMINHO I   131

na face da índia afogada. Até as penas do enduape[3] "desfazem-se num rito de dor". A morte de Moema faz a natureza chorar. A gaivota, antes em festa, percorre as sombras, na orgia da morte. É chegada a hora de os irmãos índios refrearem os "golpes da ivirapema"[4], tomarem da "cauaba"[5] e ao chão atirarem o ardente "cauim"[6]. É o fim da alegria, Moema perdera os cinco sentidos. Foi levada a Tupã pelos braços do mar.

REFERÊNCIAS BIBLIOGRÁFICAS

OLIVEIRA, Fernanda d'. "A Sedução da Poesia". *Diário de Pernambuco*. Recife, 31 de maio de 1997, 2º Caderno: "Cultura".

SAVARY, Olga. *Morte de Moema*. Poesia. Prefácio de Marco Lucchesi. Xilogravura original de Marcos Varella. Rio de Janeiro, Impressões do Brasil, 1996. Esgotado. *In*: SAVARY, Olga. *Repertório Selvagem: Obra Poética Reunida (12 Livros de Poesia)*. Poesia. Prefácio de Antonio Olinto. Prefácios e críticas dos livros anteriores da Autora. Rio de Janeiro, Fundação Biblioteca Nacional/Universidade de Mogi das Cruzes/MultiMais Editorial, 1998.

3. Do tupi: rodela de penas que os tupinambás usavam nas nádegas.
4. Do tupi: arma ofensiva, espécie de maça que era usada por índios americanos.
5. Do tupi: vaso em que os indígenas preparam o cauim.
6. Do tupi: espécie de bebida preparada com a mandioca cozida e fermentada, primitivamente preparada com o caju ou outras frutas. Ou, ainda, com milho e mandioca mastigados.

Anima Animalis

Escritos em 1996, os dez poemas de *Anima Animalis*, décimo segundo livro de Olga Savary, versam sobre variados sentimentos do homem, tendo como paradigma os animais. Nos depoimentos a mim concedidos, Savary disse não haver tido a intenção de falar dos bichos brasileiros, mas de dar-lhes voz. Sobre a origem do livro, explica:

O artista plástico, gravador e professor de arte Marcelo Frazão veio à minha casa, trazendo gravuras em técnica mista (madeira e madeira com metal) de bichos. Escolhi só os brasileiros. Propôs-me ele fazermos um livro com suas gravuras e texto meu, poesia ou prosa. Escolhi fazer hai-kais, da maneira que comentei acima. Massao Ohno faria a edição, estando com a composição pronta desde 1997. Depois os poemas de *Anima animalis* foram traduzidos para espanhol, francês, inglês, italiano e finlandês. Demorou tanto a edição, que até 2001 não saiu e entrou como inédito neste *Repertório Selvagem*. Pretendo ainda publicar *Anima animalis* com suas cinco traduções num volume. A UFPE [Universidade Federal de Pernambuco] quer reunir a *Obra Traduzida*. Pode ser UFPE [Universidade Federal de Pernambuco], UERJ [Universidade do Estado do Rio de Janeiro], USP [Universidade de São Paulo], UFSCarlos [Universidade Federal de São Carlos]. Todas convidaram. É ver quem faz livro bonito. Odeio livro feio como objeto. Por esse motivo fiquei tantos anos na Massao Ohno e R. K. (ele sem boa divulgação e distribuição. Ela pouco melhor). Há oferecimento também de Portugal, editores de lá. Minha idéia: substituir o título. O que está, quem deu foi M. Frazão.

Acho erudito demais para país como Brasil, com povo que não lê. Penso ser melhor outro título: *Voz de bichos brasileiros*, o subtítulo que dei, ou *Bicho do Mato*.

Ainda justificando a *fonte* dos poemas que compõem *Anima Animalis*, afirma à jornalista Amanda de Almeida[1]: "Nestas poesias, eu procuro comparar o bicho com o homem, e não o contrário, como a maioria faz. É uma espécie de reflexão [...]".

Dotada de humor inconfundível, a poeta expressa, em nove haicais e em um poema mais longo, toda sua sensibilidade e inteligência. Jorge Wanderley, poeta, ensaísta e professor de Literatura Brasileira da Universidade do Estado do Rio de Janeiro (UERJ) prefacia o livro. A certa altura, comenta

> Como o *bonsai*, que traz em si toda uma árvore secular, assim o haicai – onde se pode encontrar toda a poesia. Mínima forma, porém não resumo, bem ao contrário disto o haicai se abre como explosão-flor, delicada expansão de força que amplia o horizonte, partindo de modesto grão. Nada explica melhor que o haicai um lado – talvez o melhor – de uma cultura inteira, a japonesa, em sua poética. Instigada por tal desafio, que é concentrar o poético, mantendo-lhe a expansibilidade no núcleo, Olga Savary vem de há muito trabalhando esses poemas curtos, misteriosos e sutis.

E a paixão de Olga Savary por haicais fez que, em 1985, na Holanda, passasse pela experiência de fazer *renga*, haicais em cadeia, com temas definidos, com dois poetas do Japão e mais dois poetas participantes do congresso. Afirma a poeta à revista *Sokka Gakai*[2]:

> Foi uma experiência difícil, mas prazerosa, visto que não aprecio as coisas fáceis e banais. Sou movida a desafios, priorizando me superar e

1. "Poetisa Lança 'Berço Esplêndido'", *O Diário*, Mogi das Cruzes, 5 de abril de 2000, Caderno A.
2. "Aliança Ideal com o Brasil", São Paulo, outubro de 2005, p. 66, "Ensaio – Olga Savary". Obs.: Olga salienta que a origem da revista é japonesa (Tóquio – Japão). Essa é uma das reportagens que ela me enviou para eu me informar sobre o assunto.

me aprimorar. Não é para isto que a vida é feita: para romper barreiras, ousar, vencer o medo e desfraldar a bandeira da alegria? Paz e alegria são minhas palavras-chave, sempre foram, mesmo em meio à dor e aos obstáculos.

Com um passado e experiência de oriental honorária, foi procurada, em sua casa, pela BSGI, primeiramente por seu vice-presidente, Pedro Paulo Amaral, em 1993, e pelos membros Kátia Medeiros, Vânia Motta e Wallace Moura, para homenagem que lhe prestariam no Dia Internacional da Mulher, em 2001, como "Mulher do Ano na Área de Cultura". Sobre esse fato, comenta ainda à revista *Sokka Gakai*[3]:

A festa foi deslumbrante, com o salão feericamente iluminado e repleto de mais de mil espectadores, ao som de tambores japoneses ruflando vigor e harmonia. Este fato marcante, mais participação em outros belos eventos da organização, comungando com os mesmos ideais de fraternidade pela paz mundial, cultura e educação, os valores mais altos do espírito humano, solidificaram uma amizade para sempre. Gostaria que este vínculo se estreitasse ainda mais. Assim, teríamos mais perto de nós, em aliança perfeita com o Brasil, o escritor e humanista presidente Daisaku Ikeda da SGI, para lutar por uma maior qualidade de vida no mundo, uma maior dignidade entre os seres humanos, unindo forças para maior paz interior pessoal, assim como do Universo.

Estar em equilíbrio consigo mesma e com tudo que a rodeia. Em *Anima Animalis*, a tentativa de harmonizar humanos e bichos se dá pelo grito dos animais – ao dar-lhes voz, presta grande serviço à natureza, uma forma de lembrar que eles também fazem parte do Universo.

E ao penetrar na "alma animal", Savary inicia seu vôo com o haicai "Beija-flor", metáfora da liberdade e da continuidade dos seres – o pólen, que metaforiza o elemento masculino da sexualidade vegetal, é veiculado pelo pássaro, espalhando vida e esperança. Nas asas do troquilídeo a poeta comemora seu viver

3. *Op. cit.*

com vôos velozes, seguros, certa de estar dando um espetáculo à parte. Assim como a poeta se alimenta de vida, o beija-flor nutre-se do néctar das flores; o alto som do bater de asas e a característica singular de permanecer parado durante o vôo fazem desse pássaro o símbolo da perseverança e da força de vontade. E para Savary, nada traduz melhor a esperança e a liberdade do que as asas da imaginação a baterem pelos céus da poesia. No vôo do beija-flor, as cores do pássaro pintam o céu, ressaltando sua formosura. Mas, será que apenas o exterior é capaz de traduzir a beleza? No segundo haicai, *Bode*, a poeta metaforiza a beleza interior, uma vez que esse animal não é o representante da beleza antílope: com chifres direcionados para trás e para cima, exala um cheiro ruim devido a uma glândula localizada embaixo do pequeno rabo. No entanto, como a aparência nem sempre traduz a essência, Savary mostra o outro nome do bode: "fauno", o íntimo escondido, revelador de seu lado atraente. Na mitologia, Fauno é primitivamente um deus itálico, que a arte confundiu com os sátiros helênicos, embora tivesse fisionomia menos repelente e fosse menos brutal e grosseiro em seus amores. Cuidava da fecundidade dos rebanhos, recebia homenagens dos pastores e tinha lindas estátuas que o representavam com um caráter pastoril, trazendo um cabrito aos ombros. Esse é o lado bonito do bode, aquele que "não ofende", mas "homenageia as donzelas na mata", fecundando-as. Aqui, a beleza interior e a sabedoria superam as desvantagens físicas.

Há ainda seres que conseguem equilibrar a aparência e a essência, formando um todo harmonioso. Porém, quando a beleza se torna a mola propulsora da extrema vaidade, corre-se o risco de cair na insensatez. No terceiro haicai, *Cavalo*, dedicado a Mário Quintana, o que se vê é a exaltação da beleza eqüina e um inexplicável incômodo quanto à presença do poeta – "o mais belo / é não ver poeta". Sendo o cavalo um animal forte, grande, com crinas esbeltas e rabo esvoaçante – sem dúvida uma beleza digna de ser registrada em quadros e esculturas – não se pode descartar que sua agradável aparência seja retratada também nos versos de um poema. Injustiças à parte, encontra-se neste haicai o registro da presunção, da arrogância mesmo, pode-se dizer: o ato de "selecionar" como se quer ser admirado. Todavia, existem outras qualidades que ultrapassam o âmbito da beleza. *Jacaré*, título do quarto poema, único que não segue o esquema dos haicais (é bem mais longo), refere-se – é Savary quem diz – "à fazenda Jacaré", de seus avós "Hermínia e Francisco". Prestando uma homenagem ao Pará, fixa a moradia do bicho jacaré no rio Amazonas e seus afluentes. Em relação ao rio Paracatuba, explica: "rio de Monte Alegre, terra de minha mãe Célia". Ao fazer o jacaré "tremer o chão sob os vários pés", "rugir como leão", "urrar como touro" e "desafiar à luta tudo quanto é macho", coloca o réptil no topo da pirâmide animal, idolatrando-o. Afinal, ele sobreviveu "às eras no sul da América / do Norte, no norte / da América do Sul / e ao longo do vale / do rio chinês Yang-Tsé", e é considerado um dos animais mais antigos do planeta. A fibra e espírito guerreiro fizeram do jacaré uma espécie que sobrevive há milhões de anos. Existem teorias que o colocam como antecessor dos dinossauros, com registros de vida em "lugares distantes um do outro", como expõe Savary. É um mistério a existência desses animais em espaços distintos. A poeta tenta explicar essa incógnita com outra: a "Pangéia", divisão dos continentes. Um enigma explica o outro, ressaltando seu lado paradoxal. Nos versos, uma lição: a calma e a sapiência levam à longevidade.

Além de sábio, é preciso ser esperto. O quinto poema, em forma de haicai, recebe o título de "Lobo-guará", mamífero em extinção. Os versos traduzem a esperteza desse animal elegante e desengonçado ao mesmo tempo, solitário, arisco e de hábitos noturnos. No segundo verso, uma das reiterações savaryanas: a oposição "longe × perto", signos que marcam a sagacidade e a sabedoria do lobo, que expia seu alvo a distância, deixando o ataque para o momento propício. A agudeza e a sutileza desse animal revelam que é preciso estar certo daquilo que se quer e esperar o momento propício para dar asas às realizações. Nas entrelinhas da poesia, uma certeza: vence o jogador que sabe mexer as peças da vida que desencadeiam a vitória.

E para realizar boas jogadas é necessário ser versátil, driblar as dificuldades. Essa é a filosofia do "Peixe", sexto poema, também haicai, que salienta a capacidade que esse animal aquático tem de respirar debaixo d'água. Suas "guelras" ou "brânquias", aparelho respiratório dos seres vivos que não respiram pelos pulmões, dão-lhe a habilidade de filtrar e absorver o oxigênio da água. Ver "o rio nascer de sua guelra" expressa aquilo que há de mais importante: a capacidade de respirar. Sem o oxigênio não há vida, princípio de todas as coisas. Caminhar em busca da vitória é saber desvencilhar-se do "rio" de problemas que por vezes sufocam certas decisões. Ao usar as "guelras", filtram-se sentimentos, "armadilhando" os caminhos do mar, local em que se encontra, por fim, a calmaria, que dá vazão aos sonhos idealizados.

E se sonhar é preciso, fantasiar, às vezes, também o é. O sétimo poema, "Sapo", é um haicai que mostra o lado fantasioso, ilusório da vida. E a paixão de Savary pelo tema Bela e Fera. De pele rugosa, com verrugas e pequenos tubérculos, transforma-se em príncipe com um simples beijo... Um conto de fadas que traduz a ambigüidade do ser: o feio pode conter uma beleza interior que o deixa bonito aos olhos que o admiram. Assim como o "bode", o "sapo" tem seu lado místico – na cultura japonesa, é chamado "Kaeru" (voltar) e simboliza a sorte, fazendo retornar o dinheiro gasto. Ficção ou mito, tanto faz; o importante é acreditar que a vida tem seus subterfúgios, em um inventar e reinventar constante. Isso é o que ocorre com "Tamanduá", focalizado no oitavo poema. De focinho tubular e afilado, em que se aloja uma língua viscosa e longa com a qual captura as formigas e cupins, seu alimento, é abandonado pela mãe ao nascer, o que o força a defender-se por conta própria. Esse aprendizado que a natureza lhe impõe obriga-o a manobrar dificuldades para conseguir sobreviver. É uma inovação constante de vida, uma luta travada dia a dia contra suas limitações, uma vez que

é quase cego e surdo. Lutar, vencer, cultivar modos de viver...
Enriquecer a existência é um atributo da criatividade; o "desejo" de ir mais longe deve-se à força interior de cada ser, pois a vida se encolhe ou se expande de acordo com nossa vontade. O tamanduá, conforme a poeta, tem "a língua do desejo", e isso metaforiza o potencial latente, que impulsiona e leva à conquista daquilo que se almeja.

Mas se na vida existe luta, existe, igualmente, comodidade. É isso que mostra o nono poema, o haicai "Touro". Savary aponta o lado tranqüilo e filosófico da vida – é o boi a pastar, a esperar a vida transcorrer, sem preocupações. Porém a vida mostra que não se pode generalizar e que para toda regra há exceção: esse animal robusto e bravo é usado nas touradas, esporte nacional da Espanha, também popular em Portugal, no Sul da França e em alguns países latino-americanos. Conhecida como *corrida de toros*, é tida como uma nobre arte na Espanha. Os toureiros principais (*matadores*) são considerados heróis nacionais. Os *picadores* entram na arena para enfraquecer o touro com ferimentos de lanças antes de o matador entrar em cena para realizar manobras perigosas com o animal enfurecido, desviando-se de suas investidas com auxílio de uma capa: ao fim da apresentação, o toureiro executa o animal. No entanto, em algumas versões, como a tourada portuguesa, o animal não é sacrificado.

E Touro é, também, o segundo signo do zodíaco. Diz a astrologia que, por ter Vênus como regente, os taurinos são doces, simpáticos, pacientes e teimosos. Gostam de "sonhar" e, de fato, como "coalho na sombra", sabem esperar enquanto procuram tempo de "ruminar pensamentos".

Para finalizar, não poderia faltar a face paradoxal: o último poema, o haicai "Urubu", demonstra o contraste "vida e morte". Para sobreviver, essa ave se alimenta de corpos em decomposição – "carniça é morte e vida", afirma Savary no primeiro verso – quer dizer, a desgraça de uns faz a alegria de outros. Há sempre "nutrição de egos" no infortúnio alheio. Para "voar

/ do chão até a nuvem", passa-se por cima de outrem, e a humilhação vem à tona sem medir conseqüências. Em suma, os urubus da vida sustentam-se *com a infelicidade alheia* e *por meio dela*.

A poeta, assim, discorre sobre os sentimentos humanos em interessante metáfora sobre os animais. Seguindo ordem alfabética, porque a natureza tem suas regras: os hábitats citados comportam três elementos da natureza – terra, ar e água. Os contrastes, sempre presentes nos poemas de Savary, mostram que a vida tem seus paradoxos, delícias e mistérios, inexplicáveis, porém traduzíveis na voz da poesia.

Em tempo: este livro já estava composto quando foi lançado, em 10/abril/2008, na Casa das Rosas, em São Paulo, *Anima Animalis* (*Voz de Bichos Brasileiros*), a obra que Savary desejava, há tempo, publicar. O projeto inicial foi mantido: poesia (texto com nove haicais e um poema longo) de Olga Savary e gravuras de Marcelo Frazão. Contando com um prefácio de Christina Ramalho, o livro foi editado por Letra Selvagem, de Caraguatatuba (SP), 2008, 152 p., vol. 3 da coleção "Sentimento do Mundo", organizada por Nicodemos Sena. A tradução dos dez poemas foi confiada a Sérgio de Agostino (espanhol), Alda Porto (francês), Hilkka Mäki (finlandês), Aurea Domenech e Marcos Santarrita (inglês) e Agnese Purgatorio (italiano).

REFERÊNCIAS BIBLIOGRÁFICAS

ALMEIDA, Amanda de. "Poetisa Lança 'Berço Esplêndido'". *O Diário*, Mogi das Cruzes, 5 de abril de 2000, Caderno A.

SAVARY, Olga. *Anima Animalis: Voz de Bichos Brasileiros*. Poesia. Prefácio de Jorge Wanderley. Gravuras em madeira e metal de Marcelo Frazão. São Paulo, Massao Ohno Editor, 1998. No prelo.

_____. *Anima Animalis: Voz de Bichos Brasileiros*. Opúsculo de poesia. Lisboa, Portugal, em português e francês, 2000. Edição no Congresso Poesia em Lisboa 2000. *In*: SAVARY, Olga. *Repertório Selvagem: Obra Poética Reunida (12 Livros de Poesia)*. Poesia. Prefácio de Antonio Olinto. Prefácios e críticas dos livros anteriores da Autora. Rio de Janeiro, Fundação Biblioteca Nacional/Universidade de Mogi das Cruzes/MultiMais Editorial, 1998.

SOKKA *Gakai*. "Aliança Ideal com o Brasil". São Paulo, outubro de 2005, p. 66. Ensaio – Olga Savary.

Repertório Selvagem

Repertório Selvagem (1997-1998) exibe, em seus dezessete poemas, o fazer poético cheio de erotismo, harmonizando o sentir com o dizer. " 'Selvagem' é ser primitivo, puro, natural, como os índios. Não ingênuo, não simples, sábio", depõe Savary.

E assim, com toda a naturalidade que lhe é peculiar, revela, no primeiro texto, "Introdução a Repertório Selvagem", serem os poemas e a paixão a "busca do absoluto", uma vez que, obsessivamente, a verdade precisa prevalecer tanto na vida quanto na arte. Daí alegar que seus versos são a "explicação de que livros e vida têm de se equivalerem, para prestar. Livro, poema, qualquer criação não terá verdade caso não tenha a ver com a vida, com a vida *vivida* de quem criou".

Seguindo as trilhas da vida, Olga desfia seus sentimentos em palavras que, às vezes, são-lhe solicitadas por aqueles que lhe admiram o ofício de poetar. Foi isso que ocorreu com o segundo e o terceiro poemas que recebem, respectivamente, os títulos *Nome I* e *Nome II*. O primeiro apresenta como mote um pensamento de Camões: "Vede que perigosas seguranças!". Observe-se o que Olga diz sobre essas duas criações: "Poemas 'encomendados' pelo Prof. e poeta da PUC-RJ Gilberto Mendonça Teles para seu livro *Camões e a Poesia Brasileira*".

Apoiando-se no oximoro camoniano "perigosas seguranças", Olga aproveita-se dos contrastes para tentar "nomear" o "inomeado" amor – um jogo por vezes perigoso, rodeado de traições. A poeta diz que, ao perceber que sua presa tinha seu nome chamado por tantas outras bocas, viu-se limitada, sem ânimo de mergulhar nessa aventura amorosa. Em "Nome II", sua voz enfim chama por seu amado, "sem cuidado", "por acaso", "quase por engano". Esse deslize não contido deixou seu "corpo cheio como um rio" apesar de a "terra habitar seu coração", ou seja, seus pés estavam no chão, cientes do terreno em que pisavam, mas sua mente e corpo desejavam imergir nas profundezas daquela experiência. É a emoção se sobrepondo à razão, o lado selvagem dominando o humano. E esse perfil "animal" é alinhado nos versos de "Auá"[1], quarto poema, quando declara possuir um lado sensual, com fervor de mulher-fêmea. Em nossa conversa, uma confissão:

> *King Kong* surge como ironia de assim chamar o Amado e também de nomear a força animal, no bom sentido – mas também no mau – do ser. Sinto-me bicho e me orgulho disso. Não se pode negar – e não nego. Surpreendo-me *bicho* a toda hora. E acho natural e saudável. Viva eu que o admito!

Sem constrangimento, Olga defende o que sente e o que é com unhas e dentes. É seu lado "bicho", "meio fera" a falar mais alto.

No quinto poema, "Ah King Kong", a poeta ainda alega ser ela o King Kong, "telúrica", "selvagem sem uma gota de suor", "amor, covardia, paixão, / audácia e algum horror". Essa é Olga, única e múltipla ao mesmo tempo: Putzlik, Olga, Olenka, Savary[2], que diz ter renascido na primavera de 1967, época em que

---

1. Do tupi: Quem.
2. Putzlik: apelido carinhoso dado a Olga, na infância, pelo pai. Olenka é diminutivo de Olga, em russo. Foi usado durante algum tempo como pseudônimo por O. S. nos primeiros poemas publicados em jornais. É pelo sobrenome de seu clã, contudo, que gosta e tem orgulho de ser chamada.

criou seus vários "Kings Kongs". Palavras dela, escritas com esferográfica vermelha na p. 326 de meu exemplar de *RS*:

> King Kong, como metáfora, foi iniciado no conto "Ah King Kong" (1º de *Contos*, rebatizado no 2º livro de contos "King Kong *versus* Mona Lisa"). "King Kong", como vários outros "King Kongs", mais o conto "King Kong *versus* Mona Lisa" foram escritos na mesma época, cerca de 1967 em diante. Contêm uma ironia. É uma insolência chamar assim ao Amado. K.K. é metáfora do Amor Impossível.

E em seu mundo de mulher-fêmea, a procura da satisfação percorre a estrada do prazer. A busca é mostrada no sexto poema, "O Dia da Caça e do Caçador (Fuga)". Nele discorre sobre a sensualidade de corpos que se "caçam e se deixam caçar". Nessa busca, presa e predador se entendem, rendem-se e se entregam ao ato do amor. Nos comentários, Savary ressalta que "homem e mulher são caça e caçador. Ambos caçadores, uma vez que todos caçam". E essa mulher-camaleão sabe camuflar-se, transformar-se, enlouquecer seu homem de prazer. É sobre isso que versa o poema "Neputira, Paem (Polivalência)"[3]: a capacidade de ser musa e cruel sado-masoquista e menina, fêmea, mulher. Essas diversas faces femininas foram assim comentadas por Olga:

> Polivalência da Mulher; mais que no homem. Uma mulher que se preze não é uma (uma, sim) mas várias. Meu ex-marido dizia-me que era riquíssimo em matéria de mulher. Eu, a dele, valia por "um batalhão, por milhares de mulheres. Mas que, por isso, eu era seu paraíso e seu inferno".

Como bem justifica o título, a amada tem de ser "tudo", portanto, inteira, para poder completar seu amado. É preciso ter paciência, saber o momento exato de dar o bote. Em "Ode a um Etrusco", oitavo poema, Savary descreve exatamente isso, em uma composição poética permeada de erotismo, a qual apresenta seu provável relacionamento com um homem nascido na Etrúria (Itália central). Ao rever o companheiro, ambos

---

3. Do tupi: Tua amada, tudo.

se reconhecem tal como "bicho / igual pelo cheiro, pelo jeito, pelos gestos, / pelo gosto de velar animaizinhos / acabados de nascer". No reencontro, falam sobre suas "origens distantes", "riem juntos", mas não chegam a tocar-se. Somente os "hálitos bem próximos" uniam os dois seres. Vencidos pelo calor do momento, contudo, ele acaba por tê-la, adentrando seu corpo "melhor que nunca". Ao que tudo indica, valeu a pena esperar o instante propício para encontrar o prazer. Nos comentários, a declaração: "Experiência vivida. É para ser misterioso mesmo. Dedicado ao artista plástico Odetto Guersoni, de São Paulo. Vivido na imaginação".

E muitas vezes a união de dois corpos dispensa palavras. É o que se depreende do nono poema, "A Entrega da Rapadura", em que a poeta confessa ao amado que o amava sem nada lhe dizer e que ele não a compreendera, porque esperava palavras, não sabendo entender o que ela lhe dissera calada. O amor é o indefinível, o intraduzível, o indizível, o não-discursivo, entrevistos na harmoniosa antítese final: "Tentavas escutar o que eu não dizia. / E assim não ouviste o que disse calada". Olga esclarece:

"Entrega da rapadura" = expressão nortista, significando entregar tudo, entregar-se. Adoro estas expressões de extremo sabor lingüístico. Às vezes me policio, por dificultar nas traduções para outras línguas sem equivalente.

E ao entregar-se, a fêmea abre sua jaula para que o amado entre sem receios, sem limitações. Esse é o tema do décimo poema, "Umuçarae"[4], um haicai que revela o sabor de sentir-se livre. Como explicou Savary: "no lúdico, libertar-se (abrir a jaula)". E a independência despreza o correr das horas: "como no espaço de uma aula", ou seja, mesmo que por alguns minutos, a poeta consegue provar as delícias da vida. Ao abrir suas portas, uma surpresa – a fêmea demonstra ter segredos

---

4. Do tupi: Brincar.

que enfeitiçam o amado. É um "saber ser" que se molda às necessidades do momento, mesmo que para isso precise usar seu poder de contrastes. E é assim que, em "Ecce femina", décimo primeiro poema, a poeta aponta as faces opostas da mulher, que consegue ser "na rua, dama; puta na cama. / Na rua, guerreira; /na cama, cordeiro". Apesar das antíteses que se confrontam, o verso final resume o papel feminino:"Na rua / na cama, inteira". Savary diz que o poema é o retrato da mulher. E reitera: "Os contrastes com os quais sempre trabalho desde o início de escrever, porque contrastes fazem parte da vida. Difícil é harmonizar estes contrastes. Na vida e na obra".

Aqui, a busca constante do equilíbrio é resultante de interação com forças que se compensam. A filosofia oriental do *yin* e *yang* explica melhor o fato. Segundo os chineses, dois elementos básicos atuam na Natureza: Yin, representante da noite ou morte, é o pólo negativo das coisas. Yang, figurativo do dia ou vida, corresponde ao pólo positivo. Como ímã, pólos opostos se atraem, enquanto os idênticos se repelem, na busca da harmonia e do equilíbrio, só conseguidos, se mantidas as características básicas que distinguem os dois pólos.

Olga Savary segue esse caminho, ao exaltar, tanto no macho quanto na fêmea, o que há de mais distintivo, exatamente aquilo que os define como homem e mulher. Mas o foco se volta para a mulher, universo particularizado dentro da poesia savaryana. E é, também, por meio da mulher que se dimensiona o humano, em toda a beleza e fealdade, em jogo antitético, que traduz o real.

E as forças *yin* e *yang*, em contraposição, insinuam-se pelas antíteses, componente básico na estruturação de muitos poemas.

Já em "Tetamauara"[5], décimo segundo poema, a poeta revela o prazer de viajar em outro corpo, onde "o desejo arde sem crepúsculos", desligando-se do tempo que leva para fazer suas "escalas" em meio à "tempestade das roupas pelo chão".

---

5. Do tupi: Terra estranha.

Comenta: "Terra estranha é o outro, onde viajo. Viagem é a constante no ser humano, para dentro de si, do mundo, do outro. Carecemos de pontes. *A ponte* às vezes é o poema".

E se o poema lhe serve de ponte, a natureza aguça-lhe a inspiração. É isso que revela *Sem Escolha* (também título de um haicai, de *Hai-Kais*), uma declaração de amor calorosa, em que a poeta utiliza a beleza natural para apresentar o amado: o "cheiro do mar, dos frutos e folhagens / e da terra" teriam, na verdade, o cheiro de seu homem; "a perfeição do vento desfazendo areias" traduziria a voz do ser a quem tanto ama. Com o romantismo à tona, Savary declara haver tido a intenção de permear os versos com o "clima dos contos de fada", e de "enfrentar os riscos herói/heroína".

Sem dúvida, essa "amada feita de dança e maré cheia" não mede esforços para ser feliz, mesmo que para isso preciso seja lutar contra o *irrealizável*. Em "Privilégio", décimo quarto poema, Savary constrói, conforme declara nas observações, "metáforas do impossível, do proibido ou do perdido antes de tudo, como no poema a Carlos Drummond de Andrade. Este não é para CDA". Afirma que é preciso ter cuidado e manter certos segredos, insinuando um relacionamento não-permitido, uma vez que alega possuir o amado uma "verdadeira dona". São os caminhos perseguidos em busca do rio, que mata sua sede de desejo. E nessa trajetória, por vezes, Olga encontra obstáculos – é o que diz no décimo quinto poema, "Nua e Crua", onde desnuda a realidade do poeta: "vida difícil, tudo contra" (comentário). No entanto, afirma em seus versos que viver sem poesia é como ser "peixe fora d'água", é sair de si mesma sem ter "pra onde voltar". Por isso, conclui no comentário: "Então, SOS ASA (vôo, imaginação, até utopia)" – sem dúvida, a ilusão é o sustento do poeta. Sem a esperança que reside dentro de cada sonho, seria difícil suportar certas desilusões. Em "Amor?", décimo quinto poema, Savary questiona justamente as delícias e as dores de amar, esse "labirinto de perguntas / e resposta alguma". A realidade que às vezes vira faz-de-conta

CAMINHO I

– é o momento em que a mentira toma seu espaço e transforma o relacionamento em um "campo de batalha". Aqui, "a louvação e a rejeição do Amor", salienta a poeta. "Nada Além", décimo sétimo poema, foi – é Savary quem relata –

[...] encomendado por uma agência de publicidade do Rio, para uma conhecida loja de roupa feminina. E levados meus dois poemas, para esta finalidade, em campanha de quatro meses, nas rádios cariocas, nas vozes dos atores Betina Viany e Miguel Falabella, várias vezes no dia. Nome da loja: Fabricatto.

Mais uma vez a poeta é incumbida de traduzir em versos aquilo que lhe solicitam. Aqui, o "sapo é jogado n'água" – as deliciosas palavras brindam a suavidade da seda a tocar-lhe o corpo; percorre, com seu veleiro imaginário, o "cardume de peixes" criado por seus versos. Na voz de Savary, o tecido toca o corpo como um "afago" feito na água e se transforma em aconchegante "casa", com graça incendiante – "pura labareda" a lançar setas de amor. Nessas centelhas de encantamento, o mister de poetar; o prazer de estar de bem com a vida – uma perfeita "Comunhão", conforme expressa seu último poema. Diz Olga, em seus depoimentos, terem sido esses versos dedicados ao escritor e professor Carlos Felipe Moisés, quando, ao entrevistála, há muitos anos, para uma revista, *Visão* (SP), ele "pinçou" de suas respostas "poéticas", segundo ele, essas palavras. Assim, fez-se o poema. Em profunda "comunhão" com a vida, Savary discorre sobre o porquê de escrever. Para ela, que se diz "pouca e mínima / embora vária", escrever compensa a "falta", o não se bastar. E é justamente essa incompletude que a faz "raiz e haste", necessitando do outro "para dar sombra e fruto". No depoimento, arremata: "É sempre essa a razão por que me prefiro escrevendo. Escrevendo, 'saem' poemas ou 'pedaços deles'".

Nesse *Repertório Selvagem*, pôde-se penetrar nos recônditos da poeta; delinear seus contrastes; conhecer seu lado polivalente; admirar sua experiência de vida, que mistura contos de fada, metáforas do impossível com a vida difícil do poeta. Essas são as faces transparentes de Savary-selvagem, pura, natural, sempre sábia.

REFERÊNCIA BIBLIOGRÁFICA

SAVARY, Olga. *Repertório Selvagem*, 1997-1998. *In*: SAVARY, Olga. *Repertório Selvagem: Obra Poética Reunida (12 Livros de Poesia)*. Poesia. Prefácio de Antonio Olinto. Prefácios e críticas dos livros anteriores da Autora. Rio de Janeiro, Fundação Biblioteca Nacional/Universidade de Mogi das Cruzes/MultiMais Editorial, 1998.

Caminho 2

Olga Savary e o Ofício do Haicai*

"Apaixonada desde a infância pela poesia japonesa, pela cultura japonesa de modo geral"[1], Olga Savary vem-se dedicando, há mais de quarenta anos, a escrever haicais, espalhados por toda a sua obra poética.

O amor à sobriedade, à concisão, ao cerne da palavra fez que ela adotasse a forma de poesia descarnada, avessa aos excessos da maior parte da poesia ocidental, em que, muitas vezes, belas idéias ficam perdidas em meio à intensa verborragia. O haicai é a poesia da essência, da simplicidade, do equilíbrio, da harmonia, da sobriedade.

Composto originalmente por ideogramas, essa modalidade curta ganha força inusitada, já que o ideograma funciona como um catalisador da realidade externa e da natureza psicológica, convertendo-as em um "bloco" semanticamente expressivo.

Na disposição oriental, o haicai é colocado verticalmente em uma única linha, o que torna arbitrária a apresentação ocidental em terceto. Outra questão que se coloca é a que diz respeito à contagem silábica, que prende o haicai, no Ocidente,

---

*   Neste capítulo foram contemplados tão-somente os haicais do livro *Hai-Kais* (1986). As questões teóricas levantadas aplicam-se, contudo, aos haicais de todas as outras obras.

1.   Olga Savary, "Haicai à Brasileira", *D.O. Leitura*, São Paulo, 6 (67): 78, dezembro de 1987.

numa camisa-de-força, representada pelo esquema 5/7/5. Essa contagem é tão arbitrária quanto a disposição em terceto mencionada, isso porque a estrutura 5/7/5 se refere à quantidade de sons representados pelos ideogramas, os quais muitas vezes, isoladamente, já possuem várias significações. É esse o fator que garante ao ideograma uma amplitude de idéias sem correspondência expressiva direta com o som silábico das línguas ocidentais. Por isso, a própria arbitrariedade da transposição do haicai, como um todo, para a forma ocidental legitima, na última, qualquer estrutura que o poeta considere mais adequada à expressão de suas idéias e sentimentos[2].

* * *

Na obra savaryana, o haicai adquire conotação específica, já que a poeta, em sã rebeldia, não se limita aos esquemas fixados pelo Ocidente, embora conserve o hábito de concentrar os sentimentos, traduzidos em alta poesia. Dessa forma, inova ao acrescentar a alguns haicais um quarto verso, como arremate, coda, à moda da música.

"Percepção"
A vida tem olhos terríveis.
Nada termina tudo se renova
e o sol é um grande pássaro de fogo
alerta entre as árvores.
(*Hai-Kais*)[3].

Acrescente-se que Olga Savary não se deixa envolver pelo esquema rígido do 5/7/5, apesar de, algumas vezes, em atitude concessiva, até pelo mesmo expressar-se:

2. Cf. Haroldo de Campos, *A Arte no Horizonte do Provável*, São Paulo, Perspectiva, 1969, pp. 60-66.
3. Esta indicação, bem como as seguintes, referem-se ao livro *Hai-Kais*, de Olga Savary, São Paulo, Roswitha Kempf Editores, 1986.

"Amor"

deve é ser comido
qual fruto – verde ou maduro –
mesmo sem vontade?
   (*Hai-Kais*).

Em nossas longas conversas, uma dúvida colocada pela poeta: existe mesmo "a inevitabilidade do amor"? Mas, ainda aqui, é o espírito rebelde que se manifesta, tanto na inserção de título quanto no distanciamento da temática tradicional do haicai, ligada à passagem do tempo, às estações, à natureza.

De tudo isso resulta que a colocação do título, do quarto verso e de um maior número de sílabas contribui para a coerência do conteúdo e para a concisão de idéias.

Ainda dentro do libertário concessivismo aos esquemas, Olga Savary produz alguns haicais surpreendentes pela forma. "Nome" é uma perfeita quadrinha popular:

E este amor doido,
amor de fera ferida,
e esse amor, meu amor,
o próprio nome da vida.

Sobre esse poema, afirmou-me a poeta: "Tentativa, também de definir o amor = essência da vida".

Só que o amor aí descrito, arrebatador, agressivo e sensual, nada tem que ver com o romantismo das quadrinhas.

O poema "Vinheta", bem encaixado na temática tradicional do haicai, fala da fragilidade dos sonhos, comparada à evanescência das asas da libélula:

Minha pequena libélula,
leva no sonho de tuas asas frágeis
a fragilidade das asas dos meus sonhos.

A escritura é bem-comportada, com figurações acadêmicas. O estranhamento está no ritmo, que se esperaria fluido e fugidio de começo a fim – e não é. No primeiro verso, heptassílabo, a acentuação ainda é tênue e a fluidez dos sons acompanha o intangível do conteúdo, a pequena libélula. Mas os dois últimos, apesar do conteúdo etéreo (sonhos, asas, fragilidade), têm ritmo marcado, próprio para a recitação: o segundo é um decassílabo sáfico e o terceiro, um alexandrino! Até parece que por aí andou Olavo Bilac... Isto é, há uma clara e proposital – mas inesperada – incursão parnasiana.

* * *

Reunidos em um só livro, os haicais registram a vasta gama de temas, correspondentes a diferentes fases da criação savaryana.

Na primeira obra, *Espelho Provisório*, surpreende-se a jovem poeta que sente as amarras da solidão, questiona o tempo e o amor por meio de estados interiores, até mesmo de sonhos. Já no segundo livro, *Sumidouro*, os temas existenciais ganham evidência. Em *Altaonda*, dedicado a Carlos Drummond de Andrade, vento e mar tomam conta do cenário. A linguagem, mais requintada, será o cerne de um estilo que viria até os dias de hoje.

Magma, a obra posterior, abriga todos os signos representativos de água. E a temática erótica é introduzida no haicai.

Nos haicais de *Repertório Selvagem*, livro inédito, confirma-se o gosto do erótico. Amor e água continuam em cena.

O haicai de Olga Savary atinge, pela sensação despertada no leitor, um tom filosófico, justamente aquele que Bashô e seus discípulos buscaram. Em razão disso pode-se dizer que ela dá, na poesia, significação especial à maneira de viver, à vida. O Zen está presente tanto na forma equilibrada do haicai quanto na idéia por ele transmitida.

"Idade de Pedra"
Tudo o que quero agora
é a paz das cavernas
– ritmo é o existir da pedra.
(*Hai-Kais*)

E a maneira zen de enxergar o mundo permite que Olga embaralhe as palavras na intenção de transmitir a mesma idéia. Despreocupadamente, reforma o poema acima para a edição de *Repertório Selvagem* (1998):

"Idade da Pedra"
Querer, quero agora:
Ritmo do existir da pedra
Na paz das cavernas.

A própria poeta comenta a mudança, nas anotações de meu exemplar de *Repertório Selvagem*: "Este poema mudou de forma algumas vezes (ver livros anteriores) até ter esta forma definitiva. Sempre disse que não mexeria nem mudaria nada. Mas se podemos melhorar, por que não?"

Caminhando pelas antíteses comuns a Olga, o poema, tanto numa forma quanto em outra, expressa que o querer é o elemento da permanência; a paz das cavernas, o de transformação, resultante da percepção momentânea, em que o ritmo da vida é o mesmo da natureza. O homem, nesse contexto, é apenas parte constituinte dela.

* * *

Da busca do equilíbrio individual passa-se à procura da harmonia coletiva, cuja manifestação mais elementar é o relacionamento a dois, na interação macho e fêmea, integrante da natureza, na plena condição de homem-bicho, conforme a óptica savaryana.

"Acrobatas"
Na corda tensa dois iguais.
Assim, por que é perturbador
outro animal nos olhar de frente?
(*Hai-Kais*)

A igualdade é estabelecida pela própria condição animal; entretanto, a consciência da diferença *yin* e *yang* permanece, tanto é que se torna perturbador a um "animal" ter o outro pela frente. Se de fato houvesse igualdade, a repulsão dos idênticos seria inevitável; o embaraço ocorre pela atração dos opostos.

O homem-bicho é resgatado na poesia savaryana por meio da marcante presença de animais – cavalo e pássaro, por exemplo – que carregam a simbologia da sensualidade e da liberdade. A parte animal, primitiva, reprimida pela racionalidade. Se o homem é ser racional, também o é animal, e, nesta condição, deve reintegrar-se à natureza. A proposta de Olga Savary é a de um resgate ecológico do lado "bicho" do homem, no sentido mais elevado.

Usando de figurações (comparação, metonímia, sinestesia etc.), o homem é metamorfoseado em animal (o cavalo, por exemplo). E a transformação favorece o incorporar ao haicai a temática erótica, intimamente vinculada ao princípio de ação e, por conseqüência, de vida.

Como "bicho" integrado à natureza, o homem manifesta sua libido no ato sexual, versado como espontâneo, direto e livre.

"Dionisíaca"
Nos rins o coice da flama,
cavalo e égua cavalgada e cavalgando
a pradaria da cama.
(*Hai-Kais*)

Outro ser bastante presente é o pássaro, símbolo da liberdade de que o homem deve desfrutar. Lançando-se ao vôo, metaforiza a vida e sua efemeridade.

"Pássaro"

A noite não é tua mas nos dias – curtos demais para o vôo –
amadureces como um fruto. Tuas asas seguem as estações.
É tua a curvatura da terra.
(Hai-Kais)

* * *

Eros, princípio da vida, contrapõe-se a Tânatos, princípio
da destruição, pelo jogo constante de antíteses. Amor e morte excludentes, porém complementares. Com eles fecha-se o
círculo vital. Toda busca humana centra-se no princípio do
prazer, que, paradoxalmente, traz, em seu bojo, a centelha da
destruição.

"Aetecupi"[4]
Dois ventres destilam licores raros
no momento final de êxtase e horror.
E quatro olhos vêem a beleza do naufrágio.
(Hai-Kais)

Conforme interpretou a poeta, "naufrágio", aqui, é "cópula e orgasmo". E o clímax do ato de entrega, o fim da busca e
o princípio da destruição do prazer, no sentido de que representa o anticlímax, o momento do relaxamento, da dispersão
de forças.

O erotismo encontra na água seu grande símbolo.

É o que está em "Ser": o sexo livre, natural, como seixos
rolados, é um regresso à água. Ressalte-se a importância do
título "Ser", que permite inferir que o ser da água é a sexualidade. Água como "fonte de vida", "meio de purificação", "centro
de regenerescência" (Eros). A poeta quer fundir-se no mar:

Ah, derramar-me líquida sobre o mar.

---

4. Do tupi: Assim, sim.

Nesse haicai, "Tranqüilidade na Tarde", ela quer ser indefinidamente onda, esperar pela primeira estrela para espelhá-la. O poema é líquido e evanescente como as ondas: formalmente predominam as líquidas e vibrantes (derramar-me líquida), que dão plasticidade ao conteúdo. Este desfazer-se na água para integrar-se na paisagem é uma manifestação do *éros* cósmico, mas, ao mesmo tempo, é *tánatos*, pelo diluimento.

Em "Mutante", a fixação pelo mar assume concretude: a poeta entra na água e esquece-se da terra, sai e traz a água consigo, em forma de escamas, sobre a pele.

"Mutante" tem reminiscência batismal: a poeta entra na água e se transforma, recebe escamas. Torna-se um ser novo, habitante das águas. Aqui, a água é regeneração, *éros*, vida.

Em contrapartida, a perda das águas do corpo representa o esgotamento da energia vital, a presença de *tánatos*.

> "O Arcabouço da Vida"
> Ah minha mandala, mercurial
> Água do desejo, água da vida,
> E alguma sombra no fundo.
> (*Hai-Kais*)

As águas mercuriais do desejo carregam em si o lento princípio da destruição da vida, da mesma forma que o mercúrio aniquila lentamente, na lavra do ouro, o garimpeiro incauto. É ainda o jogo de antíteses que se presta à contraposição de sentimentos como temor e desejo: este, próprio do homem bicho-natural; aquele, do homem pensante, ser racional, que tem medo do prazer e suas possíveis conseqüências.

Amor

Em relação ao tema amor, vemo-lo, na poesia de Olga Savary, de modo geral, e nos haicais, de maneira particular, apresentar-se em duas dimensões: a primeira, direcionada à condição do homem-bicho, mostra o amor livre, natural, de plena entrega física; a segunda, vinculada mais à natureza do homem pensante, reflete as diferentes facetas do sentimento amoroso. O amor que decorre da combinatória sentimento e razão, das profundas redes que prendem um ser a outro, é mostrado, em algumas nuanças e tentativas de definição, que acabam por dá-lo como indefinível. Aparece em "Nome", onde a poeta – como vimos – glosa Camões ("Vede que perigosas seguranças!") e tenta, invertendo Pessoa, pensar o que nela está sentindo: o amor é o "inomeado", chamado por vários nomes (paixão? entrega? posse? alegria? sofrimento? abnegação? renúncia?...), sem corresponder a nenhum. Indefinível o amor.

Nesta mesma linha está "A Entrega da Rapadura", onde a poeta confessa ao amado que o amava, sem nada lhe dizer e que ele não a compreendera, porque esperava palavras, não sabendo entender o que ela lhe dissera calada. O amor é o indefinível, o intraduzível, o indizível, o não-discursivo. É o que revela a harmoniosa antítese final:

Tentavas escutar o que eu não dizia.
E assim não ouviste o que disse calada.

Contudo predomina nos haicais – seguindo de perto a temática preferida de Savary – o tratamento erótico-passional do amor. Em "Dionisíaca", já citado, o par amoroso é igualado a "cavalo e égua cavalgada e cavalgando / a pradaria da cama".

E é esta paixão, que ora se manifesta como entrega, ora como posse, que faz a poeta viver. O haicai "Nome" identifica-a com a própria vida: o amor doido, de fera ferida, é "o próprio nome da vida". Savary não usa aqui simples força de expressão (veremos adiante que o respeito e o zelo que ela tem pela palavra nunca lhe permitem desperdiçá-la). Se ela diz que o amor é vida, é porque assim o sente, mais do que pensa. Em outras palavras, o que a faz vibrar e sentir-se viva não é um amor aparentado com contemplação ou abnegação, porém um amor doido, que recupera positivamente o homem-bicho, "amor de fera ferida".

"Cantiga de Roda para Adultos", "Ecce femina", "Aetecupi", "Nome", "Tetamauára" estão na mesma linha de exaltação sensual e delírio erótico, sem maiores indagações. A poeta faz-se metaforicamente "anel de fogo" para o dedo do amado, isto é, todo o seu ser se concentra na entrega/posse do ato sexual. Ser mulher, portanto, é ser dama na rua, mas puta na cama, por inteiro, sem reservas ou rebuços. O orgasmo é, ao mesmo tempo, "êxtase e horror", *éros* e *tánatos*, a beleza de um naufrágio. Apenas por pronunciar a palavra amor, a poeta sente seu corpo "cheio", como se um rio habitasse o coração da terra. E assim por diante.

Em vista disso, no haicai "Em Uso", a poeta faz um credo erótico:

> Não acredito em empertigadas metafísicas
>   mas numa alta sensualidade posta em uso:
>   que o meu homem sempre esteja em riste
>   e eu sempre úmida para o meu homem.

Savary renega a metafísica, ou seja, a especulação sobre o ser do amor, para professar uma crença nos sentidos, clarificada nos versos finais: o homem em riste e a mulher úmida.

Contudo, é muito difícil abeirar-se da metafísica, ainda que para abjurá-la, sem ser apanhado por ela. E, em última análise, nos haicais "Amor", "Umbuéçaua" e "Mairamé", significativamente postos em seqüência, a poeta se questiona metafisicamente sobre a natureza do amor: é um fruto que deve ser comido, mesmo sem vontade? Ou o que importa é o comer, e não o fruto? É algo sem importância, uma gorjeta?

Savary conclui que o amor é uma religião, uma prisão. Uma "religião" significa algo sem o qual não se pode viver, porque, no fundo de todos nós, existe o *homo religiosus*. Uma "prisão", em posição antitética a "religião", lembra Camões: um estar preso por vontade...

Enfim, numa metafísica heterodoxa e não-convencional, Savary alcança e explicita a essência do amor, como sentimento contraditório, mas naturalmente imprescindível.

O haicai "Comentário", preso também à temática erótica, tem de original o fato de apresentar o amor como categoria do amante. Quer dizer, a paixão amorosa em estado absoluto naquele que ama, sem referência ao amado; um "amar verbo intransitivo", à Mário de Andrade:

O amor é um peixe cego. Amor é amar absurdo:
a coisa provisória, o amor abrumado, falta de paz.
Amor é um peixe cego e a água nos chama sem chamar,
Chama fria.

"Amor é amar", isto é, ter dentro de si a categoria amatória, sem indicação de nenhum amado em especial. Corresponde ao "desejo absoluto" de não impor ao amado "a injustiça da forma" e "o egoísmo do nome".

Amor é "peixe cego", quer dizer, voltado para si mesmo, sem enxergar nada fora de si.

A autopercepção do amor se dá pelo erotismo da água, que "chama sem chamar / chama fria". A "chama" (substantivo) do amor é "fria", não porque seja um fogo apagado, mas porque é de água. "Chama" (verbo) sem chamar, por esta espécie de intransitivação do amor.

Viagem/Sonho/Sono/Morte

O grupo recorrente de signos viagem/sonho/sono/morte faz, em Olga Savary, a ligação entre a estética e a especulação, o poético e o místico.

O poema "Amanhã" fala da necessidade de liberar os sonhos, de não represar a linguagem de flores, de soltar as asas subterrâneas, como uma preparação para o que vem amanhã, depois do Grande Sono.

Sonhar só é possível durante o sono. A vida cotidiana é a vigília, o estar acordado, sem sonhos. É a monotonia, a ausência de vôos, o tédio que não alegra nem realiza ninguém. Assim, para sonhar, é preciso estar dormindo, em estado de sono, desligado do real.

Somente neste estado é possível perceber uma "linguagem de flores". Aqui, a poeta faz referência à matéria dos sonhos. Não se trata das habituais concretudes, tais como fama, dinheiro, amor, realização pessoal – mas de estados anímicos, cuja presença é obstada pelas ligações com o real. O "desejo de asas que restam subterrâneas" esclarece melhor esta matéria: encaminha para a imaginação pura, para a fantasia.

É necessário soltar esta fantasia que o real enterra e sufoca – e é exatamente isso que a poesia faz. Não se trata de fantasias poéticas concretas, mas do ato puro de fantasiar, pensando e formalizando aquilo que não existe, que não combina, que é estranho, que é feio, mas que a poesia possibilita existir, combinar, ser belo e normal.

Em última análise, o verdadeiro sonhar consiste em ser poeta. Só o sonhar, diz a autora, permite a existência no amanhã, depois do Grande Sono, da Morte. Sonhar é, portanto, viver para sempre e, se em sonhar consiste o fazer poético, a poesia não tem fim.

A morte entendida como o Grande Sono não é um ponto terminal; é uma liberação da fantasia, isto é, do fazer poético, porque então não há mais amarras com o real. No grande sono só persiste o imaginar, o ato puro de fazer poesia.

O haicai "Viagem" insere-se na mesma linha de reflexões.

A poeta agora anseia pelo absoluto dentro do silêncio, não pergunta o nome a ninguém, não revela o próprio nome a quem quer que seja. Anseia, portanto, pela viagem que conduz à morte, que é a única possibilidade de silêncio absoluto; solidão e incomunicabilidade absolutas: "a ninguém perguntar o nome / nem dar o nosso".

Contrariando a sede de relacionamentos que ordinariamente caracterizam o ser humano (*politicón zoon*), a poeta encontra na solidão e na incomunicabilidade o bem maior, meio aparentado com a ataraxia oriental.

A forma desse haicai acompanha o desenvolvimento do tema: os versos vão diminuindo em extensão, como a sumir, na morte.

Em "Liberdade", a poeta dá um passo a mais, nesta mesma direção: ser livre é estar "desligada", ter o vento à vontade mordendo-lhe os cabelos, ter todas as idades. Existe aí ressonância do *to soma sema* [o corpo é o sepulcro (da alma)] platônico, porque, para a poeta, ser livre é estar "desligada" das contingências corpóreas, da dor, do medo, do envelhecimento... É um estar no corpo, sem estar. Volta, aqui, o anseio pela ataraxia, pois o vento pode morder-lhe os cabelos, sem ser repelido. Neste estado, ela tem "todas as idades", isto é, encontrou a forma de driblar o tempo.

O tom do poema, dado pela forma, é uma espécie de euforia, como a de quem tomou um "pilequinho". O primeiro verso é apenas a palavra "desligada"; o segundo, o mais longo, reflete o esvoaçar dos cabelos tocados pelo vento; o terceiro é apoteótico e vibrátil: "tenho todas as idades".

Em "Retrato I", "cerrar os olhos" (dormir, sonhar, morrer) "é viajar", ser livre. Todas as "torres", todas as amarras, ficam guardadas no "quarto fechado". Não se trata, evidentemente, de uma viagem material, mas essencial. O ser da viagem não é movimentar-se concretamente, não é a mudança de lugar: é o cerrar os olhos, o alheamento, a liberdade. Viajar é desligar-se da vida, abandonar-se ao ato puro de fantasiar, ser poeta. Daí o título "Retrato I".

Tempo

Ligada ao conjunto de signos viagem/sonho/sono/morte está a temática do tempo. A poeta dá-lhe um tratamento multívio. Parte da tradicional celeridade, que conduz ao *carpe diem*, e chega a vôos da mais alta liberdade e fantasia. Não se trata, porém, de uma trajetória concretamente cronológica, porque os diversos enfoques da temporalidade convivem ou se substituem em toda a coletânea poética dos haicais.

A transitoriedade da vida é um tema comum do haicai, na imagética tradicional, associada à natureza. Savary já conviveu muito com ela, ao traduzir os haicais de Bashô:

Canto e morte
da cigarra
na mesma paisagem[1].

Entretanto, em suas composições, Savary inova-o. Em "Retrato", o aproveitamento estético substitui a atitude de lamentação que geralmente ocorre diante das perdas provocadas pelo fluir inevitável dos dias.

---

1. *O Livro dos Hai-Kais*, 1987, p. 49.

De mar o esquisito gosto de areia pelos dentes,
de flor só o prazer de mastigar a pétala:
iguaria há mais fina pra poeta?

O último verso tem duplo sentido: a iguaria fina do poeta
pode ser o gosto de areia e da pétala – mas pode ser também o
prazer estético que lhe proporciona fazer poesia sobre a transitoriedade da vida.

O *carpe diem*, também utilizado à moda savaryana, aparece
em "Rota":

Que arda em nós
tudo quanto arde
e que nos tarde a tarde.

As inovações se sucedem. Em primeiro lugar, a indefinição
da máxima horaciana chega à concretude pelo emprego do verbo arder, com sugestões evidentemente eróticas. Então, aquilo
que *necesse est carpere* é o desejo sexual, que deve ser levado
ao paroxismo, "tudo quanto arde".

Em segundo lugar, o fluir do tempo, que amortece os prazeres físicos, não é simplesmente lamentado ou conformisti-
camente aceito e esperado. A poeta quer postergá-lo o quanto
pode: "que nos tarde a tarde".

Aqui, a firmeza do desejo traduz-se formalmente nas con-
soantes duras de *q*ue, ar*d*a, tu*d*o, *q*uan*t*o, *t*ar*d*e. Formalmente,
também é expressiva a alternância arda/arde (subjuntivo/indi-
cativo do mesmo verbo): o aspecto volitivo torna-se mais intenso com a reiteração. A impressão que se tem é de que aquilo
que *tem a qualidade de arder* (aspecto verbal do presente do
indicativo) – que se ponha em ato, *que arda* (aspecto volitivo
do presente do subjuntivo). O mesmo efeito intensificatório tem
a homonímia *tarde* (verbo)/*tarde* (substantivo).

Outro estranhamento é que o poema está em modo optativo
("que arda", "que tarde"), mas intitula-se *Rota*. Não se chama

"anseio", "aspiração", "sonho"... Percebe-se que a poeta faz de seu desejo um caminho. Ora, caminho tem de dar numa meta. Qual seria esta meta, se é impossível impedir que, mais dia menos dia, a "tarde" venha?

Para burlar o inexorável da temporalidade, a poeta tem algumas propostas, que já repontaram nos haicais subordinados ao grupo temático da viagem/sonho/sono/morte. Isto é, o exorcismo da morte pela fantasia e pelo fazer poético: "Se devoras teus sonhos... / quem serás tu, depois do Grande Sono, amanhã?"; o drible do efeito reuniforme do tempo por uma espécie de ataraxia: "Desligada / o vento morde meus cabelos sem medo: / tenho todas as idades".

Porém o que parece ser em Savary a solução definitiva está anunciado neste verso: "tenho todas as idades", quer dizer, foi vencida a temporalidade.

O modo desta vitória pode ser a eternização do "momento do sonho", isto é, na visão savaryana, do instante poético. É o que se vê em *Único*, onde o que realmente fica, "a herança", "o legado" é o momento do sonho:

> Não transfiras o momento do teu sonho.
> No instante em que ele vem, arrisca-te à sua fina lâmina:
> ele é a tua única herança, teu legado único,único vestígio.

O primeiro verso é um mandamento em forma de proibição, à maneira do Decálogo – e o imperativo negativo reforça-lhe o conteúdo, tornando exclusiva e excludente a alternativa que propõe: ou obedecer, ou... A reiteração *única/único/único*, associada à proibição inicial, é também recorrência bíblica (cf. Dt. 6:4: "O Senhor, nosso Deus, é o único senhor"), cujo efeito é acentuar a irrevogabilidade da opção.

A eternidade via poesia é também o tema de "Em Maio, para Olenka": o tempo físico, concreto, passou tão depressa, que o instante de sono (isto é, de puro fantasiar) não foi suficiente para escrever um poema. Mas a "caixa de música", ou seja, a musicalidade, a sensibilidade e a inspiração da poeta, não se calou para sempre diante da adversidade; está apenas hibernando. Subjaz aqui uma citação d'*Os Lusíadas* (Camões não é estranho à poeta, que lhe faz uma glosa em "Vede que perigosas seguranças!"): não acontece à poeta o mesmo que a Camões, o qual diante da incompreensão dos coetâneos tem a "lira destemperada" e a "voz enrouquecida"?

Contudo, eternizar o instante poético não é a via preferida de Savary para vencer a temporalidade. A poeta recua até os primórdios, à *arqué*, quando ainda não existia a criação e, conseqüentemente, o tempo:

> *Retrato III*
> Ave
> sem o vestígio das asas
> Jovem – e com a idade antiga das raízes.

A "ave sem o vestígio das asas" que pode realizar este vôo retrospectivo até às origens anteriores à Cosmogonia é o poeta que, como já se observou, pode desligar-se do real pelo sono/sonho do fazer poético. Assim, apesar do correr concreto dos anos, a poeta pode ser sempre "jovem", porque passou a habitar nesta região mítica anterior à temporalidade. Ao mesmo tempo que é jovem, pode, sem contradição nenhuma, ter "a idade antiga das raízes", em vista do retrocesso poético que lhe permite percorrer, retrospectivamente, todas as eras, absorvendo e concentrando em seu eu poético todas as inquietações da humanidade.

A forma, simultaneamente antitética e equilibrada (ave/ sem asas; jovem/idade antiga), acompanha perfeitamente o conteúdo. E o tom é grave, como convém a este tipo de reflexão.

Na mesma linha está outro haicai, também intitulado *Retrato*:

> Seria jovem não fosse milenar
> essa que de água tudo compreende,
> a terra por cima.

À combinatória jovem/milenar (a mesma de jovem/idade antiga) acresce agora a oposição água/terra, carregada de sugestões e simbologias. A poeta tudo compreende a respeito de água, elemento principal de sua poesia. Água é sexo, vida, purificação, regeneração, iniciação, *éros*, *tánatos*. Há também as águas primordiais, o elemento líquido dos jônios, o primeiro lugar ecológico da criação. É a estas águas que o poema parece referir-se, águas pelas quais a jovem "milenar" transita até a *arqué*. São águas subterrâneas, porque só o puro imaginar poético pode concebêlas e senti-las.

Palavras, Durmo com Elas

Os haicais, como toda a produção poética de Olga Savary, manifestam uma procura ininterrupta e pertinaz: a busca da palavra.

Obcecada pela síntese e pela incisividade, a poeta não comete desperdícios e, por isso, dá preferência aos substantivos; adjetivos, só quando absolutamente necessários e dentro da mais restrita preocupação de propriedade:

> *Amurupé*[1]
> Ao mar, ao mar – diz o velame à nave que o conduz
> e à confundida cabeça geminiana: eu não te amo
> amo só o prazer que tu me dás.

O sintagma *"confundida* cabeça *geminiana"* é exemplo da propriedade e aproveitamento da adjetivação referidos: remetendo ao signo do zodíaco, a poeta já diz tudo de si; basta acentuar, com o primeiro adjetivo, as ambivalências que a caracterizam por ser geminiana.

No mais, quase só substantivos e verbos, isto é, os seres e os processos. Mesmo a reiteração inicial ("ao mar, ao mar") adquire, no contexto, caráter sintético, porque é o resumo subs-

---

1. Do tupi: Diferente.

tantivo de uma frase verbal mais longa, com menos ressonância: "Leva-me depressa ao mar".

O haicai "Resumo" expressa a obsessão da poeta pela síntese, não simplesmente semântica, mas sobretudo poética:

Palavras, antes esquecê-las,
lambendo todo o sal do mar
numa única pedra.

Quer dizer: é preciso esquecer a verborragia, o derramamento, o estilo discursivo, o verso grandíloco e empolado. É preciso encontrar palavras como *pedras*, duráveis, carregadas de significado. Tais pedras, porém, devem concentrar em si todo o sal do mar, isto é, devem somar a seu sentido denotativo, pétreo, todas as conotações possíveis, todo o sal do mar.

Sal e *mar* são signos riquíssimos em sugestões, sobretudo se aparecem juntos e dentro da visão poética de Savary.

O *sal* é remédio, é *sal*ário, é amor duradouro (quando dois chegam a "comer juntos um saco de sal"). É também elemento iniciático nos antigos ritos do batismo, fortalecendo o fiel nos sofrimentos por causa da fé (cf. Apoc. 2:17) "Ao vencedor darei o maná escondido e lhe entregarei uma *pedra branca*, na qual está escrito um nome novo...". Mas é, sobretudo, o que dá sabor aos alimentos, o que dá gosto e sentido à vida.

O mar é a maior concentração do elemento líquido, lugar ecológico preferido pela poeta, intimamente ligado a *éros* e *tánatos*, à vida e também à morte.

A poeta quer lamber todo o sal do mar numa única pedra: esta imagem sintetiza um longo discurso estético-filosófico. A sugestão é que ela quer golfar eroticamente a vida de forma total, até o completo esgotamento, até a morte. O veículo desta fruição é uma única pedra, é a palavra, é a poesia! E o caráter iniciático do signo sal liga a fruição e o fazer poético ao sagrado, numa espécie de rito.

A sacralização da palavra adquire tons orgiásticos em *Entre Erótica e Mística*:

Antes que me esqueça, poesia,
as palavras não só combato:
durmo com elas.

A palavra é o veículo da poesia, que, neste haicai, é a interlocutora da poeta. O fazer poético é um combate com as palavras, preterindo umas, escolhendo outras, combinando umas com as outras, recorrendo ao tupi... Tanto a poeta se preocupa com a escolha vocabular, que dorme com as palavras, isto é, sonha com elas, ou perde o sono a rebuscá-las.

O título, entretanto, conduz a um segundo nível de interpretação, pois a poeta se confessa "erótica e mística". É por isso que combater e dormir têm sugestões orgiásticas e rituais: lubricamente perseguida e vencida pelas palavras, a poeta dorme com elas, atingindo o êxtase do prazer. Que pode ser também o prazer estético, remetendo às origens orgiásticas da arte: o fazer poético é o êxtase, o acasalamento com a palavra é o clímax.

REFERÊNCIAS BIBLIOGRÁFICAS

CAMPOS, Haroldo de. *A Arte no Horizonte do Provável*. São Paulo, Perspectiva, 1969.

SAVARY, Olga. "Hai-Kai à Brasileira". *D.O. Leitura*, São Paulo, 6 (67), dez. de 1987.

————. *Hai-Kais*. São Paulo, Roswitha Kempf Editores, 1986.

Caminho 3

Berço Esplêndido

Em 2001, Fábio Ariston edita o livro *Berço Esplêndido*, com capa de Júlio Maurizzio sobre pintura de Glauco Rodrigues e prefácio do crítico e professor de Literatura Fábio Lucas. Embora a obra tenha recebido o Prêmio Nacional de Poesia Inédita Artur de Sales, em 1987, só foi publicada catorze anos depois devido a contratempos. É o que justifica a própria autora, no exemplar do livro a mim dedicado:

Este *Berço Esplêndido*, premiado pela Academia de Letras da Bahia em 1987, deveria ter sido publicado em 1987, 1988 ou até em 1989, por Roswita Kempf. [...]

Doente desde 1988, Roswita faleceu de câncer em 29 de maio de 1989. Chocada com sua morte, não consegui dar o livro nem a Massao Ohno, que sempre o pedia, nem a nenhum outro editor. Na minha cabeça, o livro só podia ser editado por Roswita Kempf. Eu sempre anunciava *Berço* na bibliografia para que não me "roubassem" o título, o que muitas vezes quase aconteceu (com *Linha d'Água*, *Repertório Selvagem*, *Berço Esplêndido* e outros). Amigos escritores diziam-me sempre: "Se você não usar logo, roubo o título de você, pois o título é muito bom". Anunciava para não perdê-lo, para registrá-lo como meu.

Com a publicação, Olga presta justa homenagem a Roswita Kempf, ao incluir o nome dela na dedicatória do livro, sem *in memoriam*, termo que, por motivos pessoais, procura não utilizar.

Berço Esplêndido é mais uma obra de Olga com a marca da boa poesia. Na orelha do livro, Lêdo Ivo, poeta e crítico da Academia Brasileira de Letras, traduz a essência da obra:

> Trata-se de um livro que revela um poeta com a noção nítida do poema como uma composição e um artefato verbal, e que domina o verso com um surpreendente desembaraço a que estão presentes o rigor e a emoção conjugados, a ironia e o fervor, o empenho de inventividade e a reflexão existencial banhada de pungência.
>
> Pelo seu excelente nível, *Berço Esplêndido* constitui mesmo uma revelação, e testemunha que a iniciativa da Academia de Letras da Bahia alcançou o seu objetivo, que é o de premiar e distinguir um poeta dotado de voz própria e conhecedor da arte da poesia.

Myriam Fraga, poeta e crítica da Academia de Letras da Bahia, componente do júri do Prêmio Arthur de Sales/87 de Poesia, ao justificar sua decisão pela obra, tece elogios a Savary, transcritos, também, na orelha de *Berço Esplêndido*:

> Ao escolher como vencedor, não sem muitos dias de hesitação, e após múltiplas leituras do original *Berço Esplêndido*, levei em consideração principalmente o equilíbrio dos poemas apresentados formando um *corpus* uniforme, sem nenhuma falha, notando-se sempre uma perfeita adequação entre o conteúdo e a forma [...]. Finalizando, confesso meu entusiasmo pela original e excelente poesia de *Berço Esplêndido*, a quem assinalo como vencedor do Prêmio Arthur de Sales/87 de Poesia.

Alphonsus de Guimarães Filho, poeta e crítico, também integrante do júri, justifica sua preferência, registrada logo abaixo dos comentários de Fraga:

> Depois de lidos detidamente os originais concorrentes ao Prêmio Nacional de Poesia Arthur de Sales/87, [...] damos nosso voto a *Berço Esplêndido* pela qualidade da poesia e do domínio revelado, por quem compôs essa coletânea, de um conhecimento amplo do seu ofício. Há em *Berço Esplêndido* harmonia de fundo e forma e uma segura exploração da temática, tudo contribuindo para torná-lo merecedor de receber a láurea.

CAMINHO 3 183

Além das qualidades citadas e de todo o vigor poético consolidado em versos, *Berço Esplêndido* une o já consagrado erotismo tão presente nos poemas savaryanos a uma calorosa declaração de amor ao Brasil. É a própria autora quem acentua, nos depoimentos a mim concedidos: "À falta de um amado determinado, coisa que há muito não me interessa, nomeio amados meu país e minha terra natal".

Também o jornal *Estante-A União*[1], editado em João Pessoa, aponta o forte enlace de Savary com sua terra: "Olga é considerada pela crítica literária de *O Globo* 'a grande dama da poesia brasileira'".

E a apreciação continua:

> A autora tem uma poesia solar. Ela se diz "meio índia, meio negra, meio russa, meio portuguesa". É portanto, brasileiríssima, no que temos de miscigenação étnica e cultural. Sua poesia está permeada pelo tupi, linguagem cuja imagem acústica procura unir-se aos arranjos poéticos da linguagem portuguesa.
>
> O fio condutor de *Berço Esplêndido*, que dá unidade às suas poesia, traz em si temas como o amor, a sedução e o erotismo, sempre recorrentes em sua obra, que tem como grande inspirador o Brasil, seu "berço esplêndido". E *Berço Esplêndido* é uma enérgica celebração do amor, naquilo que este apresenta de mais aderente: a junção de sonho e sexo, ou seja, o erotismo. Porém, o amado, aqui, é metáfora de sua terra, o Brasil.

Essa declaração de amor a seu país, com uso constante da língua tupi, também foi destacada pelo crítico, jornalista e escritor Rodrigo de Souza Leão[2]:

> Escritora que se autodefine paraense-cearense-pernambucana, dona de um coração "russo amazônico", Olga é um dos poucos líricos brasileiros que utiliza o índio como tema e recorre ao tupi em sua linguagem poética. Decerto que ela não faz um tratado sociológico sobre a questão

---

1. "Amor e Erotismo Deitados no *Berço Esplêndido* de Savary", *Estante-A União*, 15 e 16 de dezembro de 2001, seção "Na Vitrine", p. 15.
2. "O Brasil de Olga Savary", *O Globo*, Rio de Janeiro, fevereiro/março de 2002.

indígena brasileira, mas ao abordá-la com luz e inspiração se torna uma rapeiára (guia) e nos mostra o caminho para nos comunicarmos com a cultura anterior/ulterior/amorosa/umbilical. Quase que funda uma religião pagã, onde entramos em contato com a profundidade da verdadeira paixão e do verdadeiro amor.

E nesse canto à natureza brasileira, cheio de sensualidade e vida, Olga oferece um texto dividido em oito partes.

* * *

As fronteiras do país se abrem com o capítulo intitulado "Zôo" e seus cinco poemas. O primeiro, também denominado "Zôo", apresenta o contato inicial da poeta com a natureza. O cheiro "acre", azedo dos zoológicos, remete o leitor à visão da floresta que, aos poucos, vai-se formando. Nos versos "possuem todas as folhas / minhas línguas verdes, / amazônicas, [...]", o signo *folhas* parece representar não só a rica variedade vegetal da Amazônia, mas também a diversidade de *línguas* ou *dialetos indígenas* espalhados em meio às tribos que ainda resistem ao tempo. E, envolvida por esse fascínio, a poeta afirma beber "no silêncio as ausências todas / com o coração cheio de dardos". Essas *ausências* podem ser o *silencioso*, o *clandestino* desmatamento, que, de fato, fere o coração dos mais conscientes. O penúltimo verso, forte e significativo, revela a "guerra do amor" do "monstro sereno", que pode denotar a constante luta pela preservação da flora, da fauna, da cultura dos povos estabelecidos há muito na *monstruosa floresta*, a qual, apesar de ferida, continua transmitindo serenidade. Savary conclui o poema com uma declaração intrigante: "que do futuro me lembro vagamente". O devaneio curioso valeu um comentário da própria poeta: "verso estranho vindo do inconsciente. Como lembrar do futuro se ainda não o vivemos? Descobri-me, então, apaixonada – enfim – pelo presente, que é a única coisa certa na vida, como a morte".

CAMINHO 3 185

Mas, apesar de "estranha", a asserção parece ter fundamento – todos vivemos nos lembrando do futuro, ou pelo menos, do que será dele caso a agressão às florestas continue. Essa lembrança está presente não só no inconsciente de Olga; também no de todos os que, juntamente com a natureza, são vítimas da ambição desmedida.

Ainda no segundo poema, "Uráre[3] em Pindorama"[4], fica evidenciada a entrega da poeta a seu País. A ele oferece o "trono de conchas / submerso em Angra dos Reis, Rio, / banhado por águas incansáveis", traduzindo a admiração pela grandeza de sua Pátria, já lembrada em verso anterior quando ressalta a "paisagem feita de excesso". Na dádiva, acrescenta seu "humor" e seus "ácidos", deixando transparecer que sua união com o país apresenta alegrias e tristezas, marcadas pelo desprendimento total da razão, momento em que se rende à paixão e oferece a ele o melhor de si: seu "sentir". O passado, enraizado na infância, é o "pasto" de tudo o que a poeta foi e continua a ser: "animal silvestre espiando a vida de folha em folha". A terra amada também é presenteada com o que há de mais selvagem, "o tigre do meu sexo", conforme diz. Oferece a seguir "o sol da manhã e as manhãs", o espírito de renovação, esperança que vem com as ondas do mar, ao trazer resíduos que diz apanhar. Os "mágicos e coloridos sonhos noturnos" também se tornam oferendas da poeta que caminha largo entre "espelhos e venenos" para dar-se "quase inteira", acabando por perceber que o intencional "quase" extrapolou seus limites e se tornou um "não acabar mais", um "tudo", um "esplêndido e particular zôo", que ela pode ter apenas no coração.

Além de íntima doação, o poema torna-se, explica Olga, "homenagem aos lugares que me impressionaram no Brasil. A declaração da minha brasilidade. A harmonia ritualística com a

---

3. Do tupi: nascer.
4. Do tupi: nome dado ao Brasil pelos indígenas, os primeiros brasileiros, antes do descobrimento dos portugueses em 1500.

natureza. Todo ser que se preza deve estar *casado* com a natureza da terra, sua terra".

E não há dúvidas de que a relação da poeta com o Brasil se assemelha a um "matrimônio": ela se entrega aos encantos do país e idolatra seu amado, porém consciente de que no jogo do amor existem ganhos e também perdas.

Ao dar continuidade à declaração de amor à terra-mãe, em "Anhangá"[5], terceiro poema, coloca em cena – é ela quem afirma – uma conversa com "o deus dos índios, Anhangá, representante da natureza". Nesse diálogo, anuncia que dará o nome do país a sua fome, a sua sede. Parece haver, portanto, um *aviso* de que vai se apossar daquilo que considera seu alimento (marcado pelo signo "fome") e sua água (indicada pelo signo "sede"). Aparentemente, esse anúncio de posse lhe parece algo normal, pois tudo de que precisamos para atender nossas necessidades vitais se encontra no meio ambiente, principalmente, no Brasil, tradicionalmente conhecido pela riqueza de sua flora e fauna. É a comunhão homem-terra que grita mais forte, uma devoção, quase "doutrina naturalista". Ela própria me confessou: "se eu tivesse de declarar uma religião (sou católica, cristã por tradição de família) de escolha, diria: panteísta".

A seguir, o suposto *aviso* é frisado pela voz imperativa, na qual a natureza parece ter obrigação de ceder aos desejos da poeta. "Força", "vertigem" e "ferocidade" igualam-se aos mistérios naturais, por vezes, incontroláveis. E dominada pela *fortaleza* de seu país, enraizada tal como a "sumaumeira"[6], diz sentir-se *aprisionada* por ele.

5. Do tupi: gênio protetor dos animais ferozes, gênio do bem.
6. *Sumaumeira* (a-u). S.f. Bras., Amaz. V. sumaúma. [Var.: samaumeira].
   Sumaúma. [Do tupi *suma'uma*.] S.f. Bras., Amaz. Árvore gigantesca, da família das bombacáceas (*Ceiba pentandra*), das florestas inundáveis, de tronco imenso e com raízes tubulares, folhas com cinco a sete folíolos oblongos, e flores alvas, vistosas e fasciculadas. As cápsulas estão cheias de paina, que serve para fazer salva-vidas. Com a madeira, branca e leve, fabricam-se caixotes, brinquedos e jangadas. [Var.: samaúma; sin.: sumaúma-da-várzea, sumaumeira.]. *Novo Dicionário Aurélio da Língua Portuguesa*, 2. ed. rev. e ampl., Rio de Janeiro, Nova Fronteira, 1986, p. 1628.

E em meio a sua floresta encantada, o quarto poema, "Palavras", faz que se reflita sobre o relacionamento macho/fêmea. Em seu *Zôo* particular, Savary desfia as características de ambos: "macho = contundente", "fêmea forte é, porém mais doce". É a união de seres antagônicos, a atração dos opostos. A agressividade do macho ameniza-se na doçura da fêmea; é um completar-se natural que leva ao "gemido" do prazer, o qual se assemelha ao do recém-nascido – assim a correnteza da vida segue seu curso. Mas ressalta: o amor verdadeiro viria à tona se ambos firmassem seus olhos apenas no presente, deixando o pretérito com sua poeira, e o futuro com suas possibilidades. No desfecho do poema, uma verdade: "que sabem dessa fome sem pasto que se chama amor?". "Fome sem pasto" é o desejo que não se cumpre integralmente, é a mais pura tradução de que às vezes existe a união da carne, mas não a da alma.

Deixando ecoar mais uma vez a voz de idolatria à terra natal, o último poema desta primeira parte de *Zôo* recebe o título de "Autolavagem Cerebral". Desta vez, são homenageadas as belezas naturais da Serra da Lua (e suas pinturas rupestres de milhares de anos), em Monte Alegre, Pará, berço de sua mãe Célia Nobre de Almeida Savary. O poema, um transporte do imaginário para a realidade, faz, de fato, uma "autolavagem cerebral", que não se limita à hábil capacidade da autora de escrever tal como se estivesse pintando uma tela. É quase impossível não se ter a sensação de caminhar pela *Serra da Lua*, tocar sua natureza rica, ouvir o "canto dos riachos e das aves", sentir o cheiro e até o paladar das frutas, olhar as "grutas", que, conforme salienta em uma de suas observações sobre o poema, são "minicavernas" com "inscrições e desenhos de pessoas e bichos". Por isso, deve-se aprender a admirar as belezas da Serra da Lua durante o dia, para se ver o que existe de mais precioso e sutil nos recantos da natureza.

* * *

Composta de quatro poemas, a segunda parte da obra recebe o título de *A Bela e a Fera*. O primeiro poema, "Profissão de Fé", defende a escolha de ser "selvagem", de ter o "deus paraoara"[7] em seu íntimo, a estremecer-lhe o corpo, abocanhando a carne de seu "rei", pois, conforme me disse, "o sentido é de que antes um amor selvagem, agressivo até, do que o estar estático (pedra, perder os ossos, submeter-se a dobrar a espinha, a coluna dorsal)". Mais uma vez ela expressa a paixão de ser paraense – o que há de melhor em seu íntimo vem da terra amada.

E ao usar sua força paraoara, a autora pinta, no segundo poema, "Cendáua"[8], uma cena erótica utilizando como pano de fundo a floresta amazônica. Foi seu modo "heráldico"[9] de encenar a união carnal homem-mulher, cujas armas parecem ser os próprios amantes, que se "abocanham" como feras selvagens. E por se comportarem como animais, a casa se torna selva, com direito a "amor e caça". Em meio a essa floresta, o brinde da natureza – "o ardor da língua em duas bocas amazônicas" deixa "fluir o acre mel da vida no delta fingindo pássaro", ou, como a própria poeta explica, "o delta do púbis, sexo feminino e masculino. Fingindo pássaro = bater de asas, metáfora do orgasmo múltiplo da mulher".

Ainda falando de amor, o terceiro poema, intitulado *Rudá?*[10], é uma metáfora do orgasmo. Savary une, mais uma vez, o amor carnal ao amor a sua terra e cita os signos "fera"/"selva amazônica" – regresso ao ambiente encantador da floresta. Sobre o amor, ressalta que é uma

[...] morte desatenta, morte momentânea, fugaz, (*petite mort*, como dizem os franceses do orgasmo). Amor = deicídio, vale dizer, é tão forte que sacrifica até os deuses, onde os deuses até perdem a vez, perdem a força e o poder.

7. Do tupi: paraense.
8. Do tupi: lugar.
9. [Do fr. *héraldique*] Adj. 1. Relativo a brasões; parassematográfico, heráldico. Em *Novo Dicionário Aurélio da Língua Portuguesa*, 2.ed. rev. e ampl. Rio de Janeiro, Nova Fronteira, 1986, p. 888.
10. Do tupi: amor?

E se o amor homem-mulher é exteriorizado por orgasmos, o que Olga sente por seu país – intenso e dominante – é traduzido em vibrante poesia.

O quarto e último poema desta segunda parte da obra recebe o título de *O Outro*, mais uma declaração de amor ao Brasil. Savary me revelou que tudo é "dito numa homenagem máxima ao Amado, que se confunde com a Terra, a pátria, o Pará, o Brasil". Logo no início, dois versos resumem sua paixão patriota: "é este o nome da vida / e dá prazer estar aqui". Pelo visto, nenhum outro lugar espanta sua aflição, apenas reflete seu íntimo, por vezes, solitário, horrorizado e entediado. Somente a terra-mãe, aqui, na "outra extremidade da corda bamba", nada reflete: pura declaração de não existir, no mundo, espaço tão privilegiado quanto o Brasil, único "amado capaz de lhe acalentar a alma".

* * *

A terceira parte da obra, *Ah King Kong*, compreende sete poemas. O primeiro, intitulado "Quem senão Kong?", apresenta uma situação inusitada: a morte de seu amado Brasil. O eu-poeta deixa transparecer uma realidade – quem ama não está livre de decepções e isso pode significar o falecimento daquele de quem se gosta, lembrado apenas em poemas. Talvez seja por esse motivo que Savary afirme que sua "canção fará para tua beleza uma bonita lápide", pois, além de ser uma forma de recordar-se do amado, é também uma bela homenagem, tal como ela mesma enfatiza: "senhor da morte – e o que é melhor que isto?".

Uma das explicações para esse fim de vida está contida no verso "torres derrubadas por King Kong". A poeta esclarece:

King Kong é uma ironia ferina, às vezes até debochada de chamar o Amado assim. King Kong é a força telúrica do homem, do ser humano, do que ele tem de melhor, mais verdadeiro, mais primitivo, mais vital. É puro panteísmo. Tipo Deus é natureza. Deus é mata, é água, é rio, é igarapé, igapó, açude. Assim, King Kong tem essas várias formas. Por ser desejo, é o oposto da paz. King Kong = paixão, inquietude. Derruba tudo. Por trás disso está a velha história do "macaco na delicada loja de louças frágeis e finas", uma tremenda brincadeira, o lúdico. Amado ou País = macunaímico, desastrado, irresponsável.

E se King Kong é força, desejo, inquietude e tudo derruba, uma coisa ele não consegue destruir por inteiro: o amor. A prova está no fato de a poeta desejar sempre lembrar-se do amado, em canções poéticas, em recordações que nunca se apagarão da memória. Talvez por isso, também, tenha passado a chamar o amado apenas de Kong – sempre "sobra" algo do ser que se amou. E é justamente esse "resto" que tem a capacidade de reconhecê-la entre os bananais e as goiabeiras dos quintais da infância no Pará. Somente Kong – diz – a "inauguraria paraoara" e a faria virar "fortaleza / em Aquiraz"[11]. E explica:

[...] fortaleza = força, para lembrar fortaleza com F, atual capital cearense e Aquiraz, a antiga capital, homenagem ao estado onde passei a infância dos três aos nove anos de idade, vinda de Belém do Pará. Com nove anos vim para o Rio, onde já estavam todos os familiares da mãe Célia. Meu pai Bruno, engenheiro, veio para São Paulo, convidado a chefiar a parte de engenharia elétrica, alma da Companhia Melhoramentos de São Paulo, de papel.

Dando seqüência a sua *inquietude animal*, Savary mostra, no segundo poema, "King Kong", os recursos usados pelo pretendente em seu jogo de sedução: primeiramente, a chantagem – o possível suicídio daquele que se mostra apaixonado; em seguida, os artifícios físicos – risos, assobios, grunhidos, meneios, olhares... Enfim, uma vez envolvida pelos encantos do amor, acaba por encontrar no companheiro não só sua completude, mas um "vício". Isso ocorre quando a Bela se vê seduzida ao reconhecer a face do Amor Selvagem.

---

11. Antes de Fortaleza, a capital do Ceará.

Aqui, mais uma vez, King Kong encarna a força primitiva, o desejo escravizante que algema sua amada.

Mas a fêmea tem seus sortilégios, seu dom de persuasão. É o que mostra o terceiro poema, intitulado "Jaula Aberta no 77º Andar" – o oposto do jogo ocorre quando a Bela procura seduzir a Fera.

Permeados de erotismo, os versos mostram papéis invertidos: a Bela torna-se Fera e parte para um jogo de atração usando, também, o lado animal ao tentar "excitar a fera com seu cheiro de cadela / para King Kong lhe pôr um anel no dedo". É a artimanha da conquista, são os caminhos do "acasalamento"; comuns no amor selvagem e no jogo amoroso do ser humano.

O quarto poema recebe, novamente, o título "King Kong". Parece ser outro capítulo da mesma história de sedução, mas, desta vez, com uma fera "humanizada", uma vez que a selvageria e o acometimento dão lugar à mansidão, à docilidade.

Sem dúvida, ao ver-se "dominada", a fera amansa, perde seu poder e começa a desejar uma vida mais acomodada, em uma "floresta de verdade". É a tradução do relacionamento seguro, em que se sente "verdadeiramente bicho", cheirando a "caturiá"[12], a "canarana"[13], a "caapii"[14]. O momento, agora, é de calmaria; é de desfrutar seu "porto seguro" e de vivenciar a paz enquanto dure.

"Insolências" é o título do quinto poema, que dá continuidade à história dos poemas anteriores. Aqui, algumas ofensas, supostamente, abalam o relacionamento: a Bela, cruel, fere o amado e ele a chama de serpente. A ofensa é perdoável – não é ele King Kong, "o belo que também é fera?". Nesses versos, *fecha-se o ciclo* do romance e, como ressalta Savary em suas observações, aqui, ocorre uma "inversão: ele é Belo, ela é Fera".

---

12. Do tupi: fruta boa.
13. Do tupi: capim aquático.
14. Do tupi: capim, que é a corruptela da palavra em tupi.

É justificável: reconhece-se que ambos têm um pouco de Bela e Fera; talvez a dupla face do ser humano – a que se esconde na hora da conquista e a que é mostrada depois dela.

E, apesar dos desencantos, amar vale a pena. É o que se pode apreender de "Rangáua"[15], sexto poema, que traça o perfil sentimental da poeta, o qual é delineado sob "medida": o olhar suave esconde um "coração de tempestade e faca". O desenho começa a ser traçado nas estranhas paixões da infância; de "um cossaco de passagem por Fortaleza" a "artistas de cinema", essa mulher surpreendente, que se "deita com King Kong / em limoso trono de coral e na floresta submersa / lençóis, não de linho, de água / em tear de mel", parece gritar ao mundo que toda forma de amor é válida, apesar da "crueldade" e do "horror", fantasmas das relações humanas.

Ao *mineralizar* o amor, Savary revela que, assim como nas escavações de minério, é necessário cavar até achar aquilo que se julga precioso; porém, nessa procura incessante, acaba-se esquecendo a própria vida. Essa distância da realidade recebeu um comentário da poeta:

> O escritor gaúcho Caio Fernando Abreu, em São Paulo, uma vez fez meu mapa astral e colocou tarô para mim, e me disse que eu vivia mais pela imaginação do que na realidade.
> Digo eu: tenho pés péssimos porque "ando" com a mente. Tenho asas na cabeça.

Mas a imaginação de Savary não voa apenas em meio à utopia. Ao aterrissar, cai nos braços da realidade e acaba por encontrar um turbilhão de vozes a cantar verdades. No sétimo poema, "Memuãiá"[16], há – é a poeta quem diz – a "utilização de ditos populares do Norte", como "mero exercício"; é um pedaço da sabedoria de sua terra colocado em versos. E essas

---

15. Do tupi: medida.
16. Do tupi: zombeteira, mordaz, maliciosa.

"porções de sua origem" mostram que "formiga quando quer se perder cria asa", ou seja, o amado que quer arrumar confusão procura satisfação fora de casa. Mal sabe ele que a "boa romaria faz quem em sua cama fica em paz", quer dizer, bom negócio é contentar-se com o que se tem em casa, pois "cada macaco" deve ficar "no seu galho": os que não têm compromisso, que se percam por aí; os que têm, que se acomodem em sua cama.

* * *

A quarta parte, *Hora do Recreio*, dá abrigo a seis textos. Como diz Olga, este subtítulo ameniza as outras partes dramáticas.

No primeiro poema, "A Esfinge", há uma brincadeira de adivinhação com o amado, propondo-lhe a descoberta de um enigma. Desfeito o mistério, a poeta se apresenta como o prêmio do grande acerto: "Decifra-me / e me devora", capitulam os dois únicos versos do poema.

Sendo a esfinge, na mitologia, um animal meio humano, vê-se novamente que a poeta se deixa vencer pelo instinto e o desejo acaba por ser mais forte que a razão. Tal como "leão alado", a sensualidade dos versos percorrem o livre vôo da imaginação do ser querido: nesse jogo o vencedor é o prazer. Savary, em seus comentários, destaca que o poema é "sutilmente erótico" e que, "mesmo se decifrada", que fosse "devorada". Portanto, esclarecido ou não o enigma, a união carnal seria inevitável.

Se é hora do recreio, o negócio é brincar. No segundo poema, intitulado "Como era Verde o meu Xingu", existe um "jogo frutal", resultado, como me disse, de "pesquisa longa das frutas do Norte e Nordeste", suas "raízes". O motivo de compor um poema saboroso aos olhos é "justamente mostrar a riqueza de nossas terras", comenta. Exaltando o que há de melhor na região, a poeta "afrouxa o laço" "homem-mãe-terra" – seu *chão* é tudo: o lugar onde *semeia, nasce, cresce* e tem a liberdade de *germinar* como quiser: "rápido e devagar".

Para encerrar o louvor à terra amada, argumentou em nossa conversa: "Brasil pobre? Só se for de vergonha na cara dos políticos".

O Brasil é uma das terras mais ricas e belas do planeta, um paraíso gerador de contundentes paixões. Em "Terapia Ocupacional", terceiro poema, metáforas expressam todo o prazer do ato sexual: o *jardim*, *ardendo* em chamas de forma *paradisíaca*, representa os corpos quentes, delirantes, atingindo o grau máximo do desejo carnal – o orgasmo. E, como chuva, o sêmen vai golpeando a terra úmida, e ela se abre toda para recebê-lo – é a concretização do ato. E tudo isso ocorre em meio a risadas porque, de acordo com o pensar savaryano, assim é o "prazer paraense, amazônida: alegria. Alegria é minha palavra-chave", diz ela.

Mas para se poder aproveitar a alegria de viver, é preciso estar preparado para toda e qualquer surpresa. Em "Maranduba"[17] "em Itapuã"[18] ("Mutação"), quarto poema, a poeta dirige seu experiente olhar aos adolescentes, tentando dialogar com esses "frutos nem bem maduros", que brincam de namorar na praia. Ao "passar o anel de um dedo para outro dedo", firma-se um compromisso e talvez seja esse o ponto digno de comentários da poeta: para que esse "presente pra namorada / que é feita só para festa"? Conversa com corpos em *mutação* exige linguagem adequada – suave, para não assustá-los; rude, para que enxerguem o que precisam nesse desabrochar de vida. Afinal, namorados são água e precisam se preparar para as ondas que os acometerão.

No oceano chamado amor navega-se com cautela. "Mamé?"[19], o quinto poema desta quarta parte, expõe dúvidas e incertezas dos sinuosos caminhos da paixão. Apoiando-se na ambigüidade de seu signo – gêmeos – as oposições dos amantes são desfiadas: ela, tudo enfrenta, encara "qualquer coisa em

17. Do tupi: história.
18. Do tupi: Itapuã, Bahia: pedra redonda.
19. Do tupi: aonde?

movimento"; ele, pisando nos freios, é dominado por "auto limites". Aqui, a teoria de atração dos opostos, causador de "incêndios pela metade": se o fogo tudo queimasse por inteiro, a perda seria total e os prejuízos, por vezes, irrecuperáveis. E nesse jogo incerto da sedução, afirmou-me a autora ter criado um poema permeado de *"contrastes* de quem ama sem medo (ou quase-*Gêmeos*); do que ama com medo, medo de se ferir, de se entregar – coisa comum nos dias atuais". Enfim, como diz nos primeiros versos, "nossos cavalos nos conduzem aonde? / Não ao Amor, é tudo o que sabemos".

O tom de cautela do poema anterior estende-se para o sexto e último, "Çangáua"[20], marca de auto-retrato: mais humana e mais madura, reconhece que, embora esteja na "hora do recreio", tem seu íntimo dilacerado pelos percalços da vida. Como diz, "o vivido então não é brinquedo"; por vezes rimos por fora enquanto choramos por dentro; os obstáculos ultrapassados têm o poder de conduzir a uma maturidade forçada, transformando "impaciência" em "compaixão". Talvez esse novo modo de enxergar o mundo esteja alicerçado no dom de exteriorizar pensamentos em versos: a ironia levou suas palavras à nitidez.

Todavia, apesar da amargura, o amor permanece. Comentário da poeta: "Esse é bem, ou era (cerca de final da década de 80 ou na de 90) o momento da mulher, e o meu também. Tudo o que está dito no poema é verdade verdadeira. Mas o amor, no plano geral, subsiste".

* * *

A quinta parte, *O Dia da Caça*, metaforiza, conforme justifica a própria poeta, o "dia da mulher", uma vez que ela foi a presa e hoje é o caçador. Apresenta sete poemas. O primeiro, com título homônimo, desvenda as contradições do amor: ora leva os amantes ao paraíso, ora os deixa queimar no inferno.

20. Do tupi: retrato.

Essa mescla de sensações parece ter etapas – no início, quando eles apenas "se pressentem", saciam-se com pouco; uma "laranja" alimenta tanto quanto o "pão". Conforme surgem os "melhores dias de paraíso", a paixão se intensifica e os amantes passam a se satisfazer ferozmente de "paixão". A caça afia suas garras no dorso do amado e este acaba por decepcionar a poeta: em vez de chamá-la pelo nome – Olga – chama-a apenas de "água". Nessa última etapa, apesar do sofrimento, ela se rende a esse "inferno aprazível", em que os sentimentos se confundem, brigam entre si. Nos comentários, justifica: "Falo aqui da inevitabilidade do amor. Mesmo dor, mesmo sendo inferno e ao mesmo tempo edênico, paradisíaco".

Amor, apesar de tudo, sempre amor. Esse parece ser o lema de Savary. "Geminiana"[21], segundo poema, desfia as características do signo da poeta. É ela própria quem frisa que:

> [...] aqui, o etéreo de Gêmeos, signo ao qual pertenço duas vezes: nasci em gêmeos e o tenho como signo ascendente. Sou dupla duas vezes: quatro mulheres numa só. Por isso trabalho tanto. Vários amigos escritores e jornalistas, entre os quais Jorge Amado, dizem que trabalho mais que 20 homens juntos. Meu nome é trabalho.

E para pintar sua *autodefinição*, nos cincos primeiros versos utilizou as tintas dos quatro elementos da natureza – fogo, ar, terra, água: afirma ter um "fogo" com chama passageira; acredita dever ser o "ar" seu elemento, mas reconhece que seu "contento" está em ser "terra" e, com mais intensidade, ser "água". Na segunda estrofe, o poder desses dois elementos traça seu perfil amoroso: é preciso ser contínuo como a água do rio que corre; mas ter pés firmes em terra, para se conscientizar de que nada é eterno.

---

21. *Geminiana*, poema de Olga Savary, musicado pelo compositor e cantor Madan, está sendo finalizada sua gravação em São Paulo, como outras gravações anteriores deste mesmo compositor (assim como outros compositores de música erudita e da MPB, que utilizaram poemas de Savary em discos e CDs).

E a geminiana sabe em que terreno pisa. Fêmea que defende seu território com unhas e dentes, consegue expressar sua força de natureza selvagem no momento certo. O terceiro poema, "Intí, Nembá"[22], mostra que, assim como as feras da floresta amazônica, seu amor é "animal", "cruel" por vezes. Quando precisa, coloca suas garras de fora e as utiliza sem pena. Como diz "Amada? Sou é disfarce / de amada" – parece estar mais para fera dominada, quando se quer deixar dominar, pois, na verdade, no quarto, ninguém a derruba, diz no poema. E essa força de quem rema um oceano sem fim é que a deixa inteira, pronta para os naufrágios da vida. Essa "desbravadora de mares" que grita alto em seu íntimo é assim delineada pela autora: "É como me sinto: *marinheiro*. Sempre *em viagem*. Liberta. Ao mesmo tempo presa no Carandiru, prisão de segurança máxima da Literatura".

Ainda delineando seus traços animais, no quarto poema desta quinta parte, "Eiumahãpaá"[23], a poeta se define como "cavalo de raça / especializado em vida", marchando sobre as estepes do amado. Aqui, mais uma vez, o leitor depara com o paradoxo que envolve o amor – a poeta exige a liberdade perdida com o relacionamento mas, ao mesmo tempo, gosta da privação: é melhor *doar-se* do que ter de enfrentar a "ausência de cada tarde". Essa *briga interior* me foi assim traduzida por Savary: "A luta do amor: ora quer, ora não quer. É minha eterna divisão e dualidade como indivíduo. Embora seja pura delícia pertencer".

Essa luta amorosa às vezes nocauteia o amado. No quinto poema, intitulado *Fatal*, Savary discorre sobre a imagem da mulher – a presa que arrisca a vida do predador. Comigo comentou: "mulher é sempre olhada assim. Desde tempos imemoriais: parceira do Diabo, fatal, e o que no poema mais eu digo. Quanta inutilidade!"

Na primeira estrofe, ao questionar o amor, alega ser ele apenas "uma forma de ciência", "laboratório" ou "pesquisa".

22. Do tupi: não, nada.
23. Do tupi: ei, olha ele!

Se cada aventura amorosa é considerada experimento, a mulher passa a ser vista como *cientista* a explorar seus camundongos friamente, levando-os à morte, se preciso. Diz Savary: "É a audácia e a coragem de fazer do próprio corpo material de pesquisa, laboratório para a 'ciência' da poesia. Ser o sujeito, sem medos, e a cobaia. Poucos poetas ousam isto".

O sexto poema, "Esboço de Gozo: Liberdade", é complementação do anterior. Aqui, mais uma vez, a mulher é vista como a *víbora* ou a *viúva negra* – usa sexualmente seu macho e depois o mata. Essa visão feminina aniquiladora, que julga a mulher capaz de sucatear os homens, incomoda a poeta: "Por isso, amo, mas me impacienta a arrogância e a insegurança masculinas. É um binômio que não posso suportar. Antes só".

Não deixar o preconceito acabar com a alegria de viver é outro traço marcante da autora. Vencer desafios, encarar a realidade e desfrutar as coisas boas da vida, principalmente as oferecidas pela mãe-natureza. "Caturiá"[24], sétimo poema desta quinta parte, expressa o sensualismo brasileiro: o calor do intenso verão torna-se palco de uma paixão arrebatadora, em que todas as fomes são saciadas. A respeito dessa aventura amorosa, Savary depôs: "Descanso da guerreira: amor de mulher madura com 42 anos e um garoto baiano de 16. Foi encantador".

No paraíso da terra natal, o "descanso da guerreira" é acompanhado de mordidas em "maçãs" e "pêras", uma volta à alegria. Esse é o lado forte da mulher madura – ser não apenas a amada, mas também a amante; aquela que sabe dominar novos territórios, guerrear e vencer.

* * *

À sexta parte dá-se o nome de *Berço Esplêndido*. Savary, mais uma vez, justifica o título: "Berço esplêndido = Brasil, Belém do Pará. À falta de um amado de carne e osso,

---

24. Tupi: fruto bom.

por que não o país e a terra que adoro e aos quais pertenço extasiada?"

A lacuna de um amor, o vazio. Esse o tema do primeiro poema, "Nemanungára"[25], o qual aponta o coração como arma capaz de cometer crimes e causar vítimas. O amor se torna sentimento insuficiente, que não satisfaz nunca os envolvidos. Escreveu Savary ao pé da página: "A insaciabilidade do amor. Sempre pouco, sempre em falta. O erotismo fala, no meu caso, não do excesso. Fala da falta".

E como "não há nada de novo", a deduzir-se do título do poema, a poeta deixa-se envolver por seu brasileirismo, chamando ao coração "animal selvagem" – em meio à floresta do amor, procura uma presa para saciar sua fome de paixão e matar a sede no suor da pele de um macho.

A explosão erótica iniciada no poema anterior se intensifica em "Ciquieçáua"[26]. Como animais no cio, os amantes são tomados pela exaustão do orgasmo, "morrendo da mesma morte". Comentário da poeta: "Branco fala demais. Prefiro falar como o índio: o essencial. O verso final joga com a frase do índio 'enterrem meu coração na curva do rio' ".

Mas será que a cumplicidade dos corpos se estende para a alma? No terceiro poema, "Gume", tem-se, de acordo com observações da poeta, "a não sincronicidade do amor: o diálogo entre o mudo e o tagarela".

A segunda estrofe fala da estranha linguagem dessa paixão, mas não na medida da poeta, que fazia o amado dizer coisas "pouco inteligíveis". E se suas palavras pareciam ecoar no nada, suas carícias também acompanhavam esse ritmo – "daí dizer dos dedos perderem tempo / a boca perdendo a vida sem tua seiva". Por isso, amar é "oferecer-se ao gume das coisas", é expor-se ao lado mais afiado dos sentimentos, sujeitando-se a cortes profundos, enraizadas cicatrizes.

---

25. Do tupi: nada de novo.
26. Do tupi: vida.

E se amar é expor-se ao gume da paixão, deve-se suportar as conseqüências que inevitavelmente virão. O quarto poema, "Camanáu"[27], aponta sua face "amazônida" como pilar de sustentação do emocional. É por ser brasileira e ter a natureza a seu favor, que "nenhuma droga a embriaga, a não ser a que vem dos deuses e pela língua em fúria" do amado. A força, a regeneração, o alimento da alma vêm da raça a que pertence, que lhe faz "mergulhar no mar para escapar dos labirintos", dos "abismos", do *caos* que acompanha a vida desde a "origem do mundo e do indivíduo", conforme ela própria salienta. Ao pé da página o comentário:

> Mar, por onde o Brasil-Amado foi alcançado, primeiro pelos índios de 10 a 60.000 anos[28] e há 500 pelos portugueses. Trabalho sempre com opostos, no início, inconscientemente. Hoje é proposital: luz/sombra, claro/escuro, noite/dia, açúcar/sal, etc.
>
> Tudo na vida é *caça*. Caçamos o tempo todo. Ai de nós se não caçarmos. Seria puro tédio. Mulher e homem são, antes de tudo, caçadores.

Por ser o mundo cheio de antagonismos é que o homem vive caçando: amores, bons momentos, cura dos males por meio da força da natureza... Savary encontra seu remédio no mar – as águas vêm, banham-na com o bálsamo da vida, e, ao partirem, levam consigo tristezas e desilusões. Depois de renovar a energia, parte para nova caçada.

"Cumplicidade", quinto poema, oferece, na primeira estrofe, dados da origem russa de Savary. Comentário da poeta:

---

27. Do tupi: caça.
28. Nota de Olga Savary: A diretora do Museu Nacional do Rio de Janeiro, arqueóloga Maria Beltrão, afirma que o homem brasileiro teria pelo menos 40 000 anos de instalado no chão brasileiro, enquanto a arqueóloga Nième Guidon, também brasileira, vai além, afirmando 60 000 anos, pelos estudos, entre outros, da Serra da Capivara, no Piauí. Portanto, 500 anos de "descobrimento do Brasil" por europeus (portugueses) é risível. Nossa cultura e arte brasileiras, que é o que interessa de fato em uma nação, é o que permanece, o que fica, são bem mais antigas – e poderosas. Livros de ambas arqueólogas e antropólogas atestam isto.

Rússia, origem de pai e avós paternos, os Savary (descendentes de nobre família da França). Outras cidades citadas [antiga Rússia (São Petersburgo, Smolensk); Etrúria; Medan] só pelo mistério. Um dia um amigo me disse que eu era "puro Medan". Incorporei.

Apesar de ser "puro Medan" (cidade da ilha de Sumatra, Indonésia, Sudeste da Ásia), ou seja, de ter sangue asiático, o companheirismo do Brasil para com seus filhos faz que o coração seja plenamente entregue ao país amado e a cumplicidade nascida não é coisa "passageira", é algo "milenar". Essa terra, amiga de todos os momentos, estende-lhe as mãos até mesmo nos instantes de desespero – aqueles em que a poeta "vê seu coração ser trazido em um prato, como a cabeça do profeta". Sobre essa alusão, o comentário da poeta:

> A cabeça de São João Batista (pedida por Salomé), da história da Bíblia e peça de Oscar Wilde, um dos meus autores favoritos (pela inteligência atilada, humor, transgressão – adoro transgressores. Já que ninguém cumpre as leis, que elas sejam transgredidas, desde que com consciência).

No sexto poema, "Mulher Posta em Uso/Pronta para a Vida", a poeta mostra o despertar da "fêmea" para o sexo. Como anotou no rodapé, " 'posta em uso' contém certa ironia, como em quase, ou todos, os meus poemas eróticos. E contos também".

Preparada para seu homem tomá-la nas mãos e "romper-lhe" a sólida construção que represa as águas do desejo, a mulher vê-se no auge da feminilidade. O momento da primeira vibração no interior da fêmea é marcante – parece o "sangue a pulsar nas veias". E nada mais tem o poder de simbolizar a vida que esse líquido que transita pelo corpo.

"Irarí"[29], sétimo poema, vem, igualmente, com grande força erótica. Aqui, a mulher também é vista como a perdição do homem. Savary explica: "Eis o assumir o que sempre se disse

---

29. Do tupi: veneno.

da mulher com M: que é mistério, perigo, labirinto, puro sexo. Eu diria, pelo lado mais elegante: erotismo". Com o macho a cobrir-lhe o corpo, pura tradução do *paraíso*, o tempo pára, eterniza-se: "Em mim és para sempre por instantes". E o poder erótico feminino tranca o homem em um labirinto de prazer tão intenso, que ele só consegue enxergar o poço que o encharca. É o veneno da mulher, fazendo seu homem delirar.

E para a poeta, o paraíso não segue a marcha dos anos. Estando a alma madura, o prazer é uma certeza. O oitavo poema, "Iandê[30] e Iemanjá", mais uma vez tem referenciais biográficos A própria poeta esclarece: "Inspirado num belo incidente amoroso em Salvador, Bahia. Numa festa de Iemanjá, em 2 de fevereiro (de quem sou filha, segundo Mãe Menininha do Gantois), eu com 42 e Nélio com 16 anos".

Dia 2 de fevereiro é, sem dúvida, uma data marcante: apaixonada pelo jovem com olhos "cor de mato", a "rainha do mar" transformou o encontro dos dois, jovens e iguais, em momento inesquecível e poético. A união de Escorpião e Gêmeos, num tilintar de taças a brindar a vida, fez que o casal desfrutasse o prazer sem adormecer, até o mar despertar com o cheiro das algas.

Esses dois corpos, que se entrelaçam, formam um perfeito "Encaixe", título do último poema. Segundo o depoimento, o texto é "erótico, com crítica e imagens de ereção. Em vez de ca*n*a caiana, o jogo: ca*m*a caiana. Tudo bom, ótimo, mas será que basta? O ser humano é uma dúvida só".

Ao pretender domar o amado como se "doma o mato selvagem", a "cama caiana" torna-se o único pasto dos amantes. Mas seria isso, de fato, o suficiente? Viver de "prazer-loucura", "desespero", "danação"; sofrer os "coices" da paixão, tornar-se "cruel" ao descobrir o "signo" do amado na "pele de seu ombro"... Talvez questionar a vida não seja tão necessário: envol-

---

30. Do tupi: nós.

vida pelo prazer, o que a poeta deseja mesmo é que a "glande" de seu homem se deite sobre ela.

* * *

A sétima parte da obra, *O Coração do Fruto*, apresenta cinco poemas. No manuscrito, Savary esclarece que o título é: "metáfora do cerne, do miolo, do *self* de que fala Jung. Aqui, erótico refere-se ao coração do sexo feminino e até ao útero, ligação direta com a vida". E no "cerne" da existência encontra-se a semente a brotar da terra. Já no primeiro poema, "Eré"[31], a face primitiva do Brasil é relembrada, uma retomada das coisas simples: os "lugares de pedra / os esquecidos tanques de lodo e musgo, / piscinas ancestrais com folhas no fundo / como se fossem peixes brasileiros". Uma paisagem ilusória, capaz de converter "folhas" em "peixes" – sinal de que o amor tudo transforma. E a poeta tem esse dom: o de amar as "pedras brutas", tornando-as preciosas. Afinal, essa é a "raiz", o sangue indígena emergindo das entranhas de seu ser. Savary enfatiza que os versos desse poema são: "metáforas de solidão consentida e procurada, solidão boa, metáforas das boas coisas primitivas, do indígena, o primeiro brasileiro, nostalgia boa do início do Brasil, de Pindorama".

E exatamente no *âmago*, no *cerne*, é que se encontra "O Coração do Fruto", segundo poema, que espalha sensualidade e satisfação sexual – é a "sustança" do prazer, "o incêndio no lúdico / jamais quieto", o "mar não cabendo em seu leito". O comentário ao pé da página aponta para

[...] imagens de sensualidade, de sexo bem realizado, de orgasmo. "Sustança" é termo bem da minha terra, e de todo o norte e nordeste brasileiros, de muito bem dizer, de sabor de coisa forte que alimenta e nos põe de pé para tudo.

31. Do tupi: sim.

Mais uma vez, o orgulho de sua brasilidade: o jeito de ser e dizer nortistas cristalizados em forma de poesia.

Dando continuidade a seu jeito lúdico de poetar, em "Araçáua"[32], terceiro poema, Savary brinca com o som – os risos dos amantes soam como sinos. Ao término de cada verso, apenas palavras terminadas em $o(s)$ e *es*: "gomo", "risos", "como", "cristalinos", "sinos", "livres", "libertinos", "breves", "eternos". A poeta esclarece no depoimento: "Jogo de palavras, som, em *a* e *o*, cortados para *e* no final". E a despreocupação dos amantes é desse modo transmitida. Por isso – enfatiza – o poema se apresenta "sem pontuação para sinalizar maior liberdade". Livre de regras, as palavras dançam e acompanham a alegria do momento. E em meio à brincadeira, idéias contrárias se cruzam: os risos, da mesma forma que o som dos sinos, são "breves", porém "eternos". E Savary conclui que essa oposição se deve aos contrastes que existem na vida, a sua vida, em particular.

O quarto poema, "O Arcabouço da Água", conforme explica, fala da natureza, da terra. É pura paisagem natural brasileira: o "bicho solar solto na caatinga" traduz a vegetação arbustiva típica do Norte e Nordeste, onde somente o animal que se adapta a ambientes secos e quentes consegue sobreviver – é o "bicho solar". Já os "igapós" mostram o oposto da caatinga: mata inundada, comum nas florestas tropicais úmidas. A flora também é homenageada nos versos: os "gravatás" e "bromélias", plantas dos trópicos, misturam-se aos "mandacarus", grande cacto característico da caatinga nordestina, famoso por servir de alimento ao gado durante os fortes períodos de seca. Os "cipós", planta trepadeira que se prende às arvores, simbolizam o amor à vegetação brasileira – é o *apegar-se*, o *amarrar-se* àquilo que de mais expressivo existe: a natureza. O rio, além de ter sua essência lembrada logo no título do poema, aparece nos versos, citado desde a "nascente" até seu ponto terminal – a "foz" – lugar em que as águas, repletas de vida, pegam outros

---

32. Do tupi: clarão, claridade profunda.

destinos. Neste poema, os contrastes presentes – caatinga/igapós, bromélias/man-dacarus, nascente/foz – acentuam a união dos opostos, traço marcante de Savary.

O quinto e último poema desta sétima parte recebe o título de "Rapêiára"[33]. Aqui, a poeta sente-se a "linha condutora" do amado: ensinou-lhe a rir e é sempre ela "quem vai até a montanha". Símbolo da fêmea que sabe dominar, torna o companheiro seu dependente: longe dela, seu homem é um entediado. "Geminiana múltipla e ensolarada", dona de uma "outra adolescência", repleta de encantos e sorrisos, afirma que "amar é uma ilha", lugar a que os amantes, ao enfrentar a travessia, desejam sempre chegar. Diz ser "múltipla", porém o oposto aparece nas confidências. Veja-se o que afirma sobre o poema:

> Um momento de vida, uma circunstância. Coloco "geminiana" de modo crítico porque sou uma, e sou crítica principalmente comigo mesma. Sou exigente, não me perdôo. Mas sei também dar-me prazeres inesquecíveis. Me divirto muito comigo. A festa sou eu, a tarde no circo. Desprezo sofrimento. Sou talhada para a alegria, minha palavra-chave.

* * *

À oitava e última parte da obra Savary chama de *Carne Viva*, também nome de uma antologia de poesia erótica. Declara que o título é "exacerbação. Crítica. Dor".

No primeiro poema, "Maié"[34], o tom áspero: prefere o "motim de igarapés, igapós, fogo à deriva" de Belém do Pará a terremotos e furacões que os países distantes provocam em seu ser. Sem gostar de afastar-se da terra amada, de sentir-se "apátrida", apega-se a seu *habitat* tal como os animais: panteras, pombas, víboras, cabras... Diz que no poema há

33. Do tupi: guia, dona do caminho.
34. Do tupi: como.

Metáforas de inquietação, exacerbação de sentimentos fortes (como *paixão*, por exemplo, sempre), de contrastes violentos. De contrastes sempre se alimentou minha poesia: contrastes e complexidades fazem parte inalienável do ser. Brinco (mas é sério) que temos até o lado pêra, o lado jacaré.

E o apego à terra-mãe transporta-a para a Casa Primavera, em Fortaleza, berço de seus primeiros anos. É disso que fala o segundo poema, "Umanduáre"[35], com os seguintes comentários: "Fortaleza, terra da infância e dos sabores iniciais, por isso intensos, inesquecíveis. E terra de um Amado Impossível (com maiúsculas, como aprendi de Oscar Wilde, para enfatizar)".

E a *impossibilidade desse amor* gerou-lhe pessimismo nos versos: o "senhor da morte", acenando do paraíso, avisa à senhora da vida que, apesar de dono do fim, rende-se a ela. Não se pode saber ao certo o porquê da irrealização amorosa em questão; não há dúvida, porém, de que foram profundas as marcas deixadas.

Em meio às feridas do passado renasce o presente. Em *Geminiana*, terceiro poema, o amor desenha o auto-retrato geminiano da autora: coração ligeiro, alado, turbulento... De seu perfil, mais um jogo de oposições: ser "não dupla mas múltipla / e una". Ao falar de si mesma, confessa:

> Todos os contrastes do alado, volúvel, inquieto geminiano (no caso, a Autora). Dúvida eterna ("Certeza alguma nunca tive"), a dor da minha vida (uma chaga só: "Sei tudo do inferno, alguma coisa do paraíso". Ainda bem que tenho a minha batalhada alegria de índia, senão seria irrespirável). Ivan Wrigg Moraes, poeta e psicólogo, há muitos anos chamou-me a atenção para meu constante uso de contrastes, dos oximoros.

Sem saber se é "noite" ou "dia", uma estranha para ela própria, Savary diz que dela "vem todo alimento", e o prato principal, como se sabe, é o amor.

---

35. Do tupi: lembrar.

E a paixão permeada de antíteses dá brilho à vida. Em *Cor*, quarto poema, Savary pinta a paisagem da cidade de São Paulo, em um fim de tarde: "de fato o azul aveludado do verão invadindo a cidade, eu só, sentada num local público, restaurante talvez, apenas contemplando em serenidade, não fora o magma a rugir por dentro".

A beleza brasileira passa a ter outra cor: do verde amazônico para o azul paulista – mais uma homenagem poética ao país amado: azuladas ficam as paredes das casas, a cidade e o interior da poeta: "Azul é o que a gente vira na tarde". Transpor a predominância da cor e a beleza da cena para os versos, uma tarefa de poeta.

Ofício de poetar também é saber articular a arte de traduzir, com armas lingüísticas, o jogo da ironia – o que mostra o quinto poema, "Cânon". Savary confirma essa interpretação:

> Ironia o tempo todo na esgrima de ritmo verbal. "O mais longe" sugere Ásia, de onde vieram nossos povos indígenas, as várias nações autóctones há 60 000 anos. "Apontado com o beiço" = ali, expressão típica e engraçado o gesto da minha região amazônica. Invertido, para uso da mulher, "o descanso da guerreira". Caso "se prestasse a descanso", pura ironia. O final, dramático: constatação de que o prazer vira dor nos termos de perigo, certa morte, onde só se encontra precipício e abismo. Pular, cair, cair, cair, sem jamais ter solo firme.

E esse "padrão" sem *padrões*, em que o "escravo" também é "rei", e a "guerreira" que não se presta a descanso acaba por "descansar", ou seja, "acolher", "engolir" a marca de seu dono por entre suas coxas, apresenta antíteses características da poeta do Grão-Pará (capital da Amazônia antiga). Como se vê, o que era prazer virou "precipício", "abismo" – mais uma das armadilhas do amor.

"Gesta", sexto poema desta oitava parte, apresenta, conforme denuncia o título, "feitos guerreiros", com certo tom de prazer pelo próprio sofrimento. Foi o que me disse Savary:

Medieval, em sua dor a personagem engole "um tanque de setas", dor em excesso[36]. A cautela não adianta, não resgata a antiga serenidade. Como diria Rilke, " força é mudares de vida". E se pode? O ser humano é cúmplice, contra si mesmo, de certo masoquismo.

E ao "dramatizar a dor", tal como em um espetáculo, a poeta se vê como o rio que desemboca no mar: deixa-se rastrear pela água e ali perde suas forças.

A vida para Savary é assim: ora Éden, ora Hades. Se existem momentos de prazer, há também o "Avesso" – título do sétimo poema, reverso da alegria, a luta para encontrar o lado bom das coisas ruins. As "torres" e os "sinos" são, de acordo com depoimentos da poeta, "metáforas de ritual, de serenidade, do desejo de paz e solo firme". Apesar dessa procura, afirma optar pela "falta de paz, a solidão, o exílio do mundo e dos outros, o degredo que é alegria em meio ao sofrimento", pois isso a diverte. Aqui, "dialoga" com o primo Carlos Drummond de Andrade em um verso do itabirano que Savary aprecia muito: "este sofrimento que tanto me diverte." E essa conquista, o domínio das situações não tão felizes tornam-se o único poder da poeta. Então, pergunta a si mesma: "Valeu a troca? Porém há opções que parecem *script* encomendado. Por quais deuses devassos e cruéis?"

Feridas em "carne viva", "solidão", "perdas e ganhos". *Por não gostar de coisas negativas, em vez de* "perdas e danos", *transforma danos em ganhos*; sofrimentos mesclados com momentos felizes. São as idas e vindas do ser humano, que formam incógnitas, perguntas por vezes sem respostas, sujeitas ao "secreto domínio" da poeta.

E quando as chagas ficam expostas, é preciso lutar. "Contraveneno", título do oitavo poema, retrata o lado cruel da existência, aquele capaz de deixar o ser em "lavras", "rasgar", transformar em "fornalha" o interior das pessoas. Ao mesmo tempo em que a poeta se alimenta de vida, a vida se alimenta de seu desespero.

---

36. Ironizo até a própria dor sugerindo que esta dor, dramatizada, é que nem a dos engolidores de espadas e giletes nas ruas e feiras livres. (Nota da poeta.)

Por isso, o cuidado extremo: "pastar com dardos, atada a javalis"; saber defender-se das intempéries e distinguir alimento de veneno. Nos comentários, a confissão, cheia de sinceridade:

Pasto cheio de dardos (*dardado*, neologismo) e, ainda por cima, atado a animais selvagens (javalis, porcos selvagens), imagens violentas para denunciar que a vida não é brinquedo, antes nos engana, deglute nosso fígado como o abutre de Prometeu, acha graça, e os humanos aceitam a honra do engodo.
E ainda dizem que mulher escreve delicadamente, de modo etéreo. Só se for outra. Eu, não.

Brigar com as dificuldades e vencê-las para chegar ao fim do caminho com o gosto da vitória entre os dentes. É isso que o nono e último poema, "Ygarapáua"[37], exprime, conforme o sentido do título tupi, "porto, fim de viagem". Aqui, uma certeza – a vida é aflição: "Condenada que sou ao desespero"; submissão: "Amo o sangue e a espada que me doma"; aceitação: "Não recuso, não recuo mais: me exponho"; constante renovar-se: "Vivo embora tenha assassinado / por graves razões aquela que eu não era"; e, por fim, vitória: "A nova mulher, magma em vôo, / nela me resumo e me construo: fera". Em rodapé, o desabafo: "Aceitação da vida, embora esta só ofereça, unha de fome que é, sofrimentos de toda sorte, enganos, areia movediça. Aceito o magma, mas em vôo (sonho, criação)".

E é assim que a poeta cai, levanta-se e continua a jornada: acolhe o que seu magma lhe oferece, alimenta-se de vida e tempera-a com muita criatividade e competência.

REFERÊNCIAS BIBLIOGRÁFICAS

"AMOR e Erotismo Deitados no *Berço Esplêndido* de Savary". *Estante-A União*, 15 e 16 de dezembro de 2001, seção "Na Vitrine", p. 15.

---

37. Do tupi: porto, fim de viagem.

LEÃO, Rodrigo de Souza. "O Brasil de Olga Savary". *O Globo*, Rio de Janeiro, fevereiro/março de 2002.

NOVO DICIONÁRIO Aurélio da Língua Portuguesa. 2.ed. rev. e ampl. Rio de Janeiro, Nova Fronteira, 1986, pp. 888 e 1628.

SAVARY, Olga. *Berço Esplêndido*. Rio de Janeiro, Palavra e Imagem, 2001.

Caminho 4

O Olhar Dourado do Abismo

Ao penetrar no complexo e não menos poético universo da prosa, Olga Savary publica, em 1997, a reunião de contos intitulada *O Olhar Dourado do Abismo*. O livro, dado a lume pela Editora Impressões do Brasil, contou com apresentação de Dias Gomes e xilogravuras de Rubem Grilo e reuniu, em um só volume, dez breves relatos em prosa da poeta paraense. Êxito comprovado, esgotou-se a edição em três ou quatro meses. Mereceu três honrarias: Prêmio Nacional Afonso Arinos para Contos Inéditos 1988, da Academia Brasileira de Letras – Rio de Janeiro; Prêmio Nacional Eugênia Sereno para Contos Inéditos 1988, do Instituto de Estudos Valeparaibanos – São Paulo; Prêmio Nacional APE para Contos Inéditos 1996, da Associação Paraense de Escritores – Pará.

No ano 2000, a Editora Bertrand Brasil/Record fez à autora proposta no sentido de reeditar a coleção, acrescendo-lhe nove contos inéditos. Co-editou a obra a Fundação Biblioteca Nacional e, desse modo, o empenho ficou com o título original, ao qual se incluiu um subtítulo, passando a denominar-se *O Olhar Dourado do Abismo: Contos de Paixão e Espanto*, publicado em 2001. Em 2003, saiu a 2ª edição com a Bertrand e o MEC, totalizando dez mil exemplares.

Sobre essas micronarrativas assim se expressa a autora:

São baseados na vida, no que vivi, no que observei, no que ouvi, em tudo que me cerca. Como escrever senão com a nossa experiência de vida, com nossa própria visão de mundo? Dessa maneira, posso dizê-los, de certo modo, autobiográficos. Mas só de certo modo. Algumas histórias me foram contadas (poucas). Outras, presenciadas. Outras, desenvolvidas a partir de uma frase escutada ou de notícias de jornal (a exemplo de *Crime e Castigo*, de meu escritor predileto Dostoiévski – que descobri aos 10 anos de idade e que meu pai russo Bruno dizia que eu não estava apta e pronta a entender, paixão avassaladora que me acompanha de 1943 até hoje – meu *Bom Apetite* vem de uma notícia de jornal: um homem que eliminou a namorada, cortou-a e a comeu – literalmente – ao longo de um ano. Só levei do masculino para o feminino).

Savary, reconhecidamente, uma das melhores escritoras brasileiras, tem ainda seu nome pouco divulgado pelos meios de comunicação, apesar das inúmeras obras publicadas. Matéria do *Diário Catarinense*[1] sugere uma explicação:

Olga Savary faz parte daquele grupo de autores que raramente são citados pela mídia embora tenham produzido obras em quantidade e de qualidade relevantes. Talvez porque se preocupam tanto com sua obra que tempo não lhes sobre para o marketing pessoal – ou contratado – que muitas vezes transforma escritores (e outros artistas em variados ramos) medíocres em celebridades instantâneas e sucesso de vendas. Este é o 14º livro e o segundo de contos publicado por Savary, que também organizou e participou de mais de uma centena de obras coletivas ao longo de sua carreira que já soma cinco décadas. Poetisa, crítica cultural e ensaísta, ela é detentora de 31 [àquela altura] prêmios nacionais de literatura, entre eles o Prêmio Assis Chateaubriand da Academia Brasileira de Letras, em 1987, pela coletânea de ensaios críticos *As Margens e o Centro*. [...] São credenciais suficientes para fazer do lançamento deste *O Olhar Dourado do Abismo* um acontecimento que merece registro não apenas pelo currículo da autora, mas principalmente pela qualidade dos contos, nos quais ela se revela em toda a sua maturidade e no auge do domínio de uma técnica irrepreensível na arte da história curta. São nar-

---

1. *Lux Jornal. Diário Catarinense*, Florianópolis, SC, 17 de abril de 2001, seção "Estante".

CAMINHO 4

rativas com temáticas bem brasileiras que atingem um acorde universal e traçam uma peculiar visão de mundo na qual o lirismo não afasta nem disfarça a dura realidade do cotidiano.

Do subtítulo se infere a tendência a uma temática erótica e a recorrência ao erótico se confirma, dentro dos limites do dizível e do indizível, que ulteriormente se poderá comprovar a partir de uma leitura mais detida e conforme o que se pretende analisar da prosa savaryana.

José Mário da Silva, professor de Teoria da Literatura da Universidade Estadual da Paraíba e da Universidade Federal de Campina Grande – Paraíba – PB, em seu artigo "Os Abismos da Rainha do Impossível"[2], ao analisar a contística de Olga Savary, aproxima-a dos "preceitos da estética literária bem realizada". E continua:

[...] em seu imaginário, ao projeto literário empreendido pelas mulheres no palco conflituoso das relações cotidianas em busca da afirmação da subjetividade, se acumplicia um esmero formal que, atenuando o que se poderia converter numa adesão às camadas mais explícitas do real, tinge o realismo por ela inventado de matizes densamente poéticos, inserindo-a naquela já fecunda linhagem introspectivo-existencialista praticada, na Europa, por Joyce, Virgínia Woolf e, entre nós, amadurecidamente engendrada por Clarice Lispector, Cornélio Pena, Lúcio Cardoso, Lygia Fagundes Telles, entre outros consagrados nomes da ficção intimista.

Ítalo Moriconi, escritor e professor da UERJ, em comentário aposto à orelha de *O Olhar Dourado do Abismo*, comenta:

A sabedoria de vida é, também, sabedoria do fazer literário. Estes contos falam do jogo erótico e da guerra dos sexos com brutalidade de flor agreste e suavidade de mão de mãe. Em sua vocação cósmica e abrangência poética, trazem ao leitor encantos insuspeitados, dentre os

---

2. Em *Mínimas Leituras Múltiplos Interlúdios*. Crítica Literária, João Pessoa, Idéia Editora, 2002, pp. 50-54.

216   OLGA SAVARY: EROTISMO E PAIXÃO

quais destaco a erotização/poetização da paisagem carioca nos contos *Pedra da Gávea* e *Segunda Pele*.

Em uma primeira análise, considere-se que pouco ou nada se diferenciam, em conteúdo, a poesia e a prosa da escritora, resguardadas as distinções que se fazem sob a influência de fatores de ordem cronológica e circunstancial no curso de seu amadurecimento literário. A poeta percorre, com a mesma fluência e clareza de idéias, o terreno da produção em verso e o da escrita em prosa, seja qualquer uma dessas formas utilizada para um relato ou para argumentações de caráter introspectivo.

Assim é que o conto "King Kong × Mona Lisa"[3] inaugura a série de dezenove relatos com que se constrói o décimo-quarto livro de Olga Savary, de quem fala Dias Gomes no prefácio que apresenta a coleção:

> [...] Não é marinheiro de primeira viagem; ao contrário, experimentado mestre. E nem se percebe que navega em outros mares, porque aqui, em *O Olhar Dourado do Abismo*, em que pese a leveza da prosa, a poeta está sempre presente, até mesmo porque esse olhar é o mesmo de seus poemas, o olhar da mulher num mundo moldado por homens, que ela busca transformar com sua ternura, sua sensibilidade privilegiada.

Acerca dos protagonistas deste primeiro conto do livro, nomeados por signos universais e de origens diversas, recorro à voz elucidativa da autora, que uma vez mais explica, com razões muitas vezes inimagináveis, o que somente se percebe pela sensibilidade poética:

> King Kong = uma ironia sobre o amado. King Kong é a força animal no ser humano, a força telúrica, a extrema ligação com a natureza.

---

3. Escolhido para integrar a coleção *Os Cem Melhores Contos Brasileiros do Século*, com organização, introdução e referências bibliográficas do professor de Literatura Brasileira da Universidade do Estado do Rio de Janeiro (UERJ) Ítalo Moriconi, Rio de Janeiro, Objetiva, 2000, pp. 464-465.

CAMINHO 4

Bicho e natureza, unidos, cúmplices, parceiros, casados, por assim dizer. O fascínio do impossível. A Bela e a Fera. Resquícios da mitologia (grega e outras mitologias), por quem fui fascinada desde a adolescência até os dias de hoje. Criança e entrando na adolescência, eu fazia um jornalzinho e dava aulas de Português para meninas(os) menores que eu, a fim de comprar livros de mitologia. Me interessavam porque, como a Bíblia, eram os depositários do comportamento humano, das paixões, grandezas e misérias humanas, assim como em meu escritor favorito Dostoiévski.

A propósito de Dostoiévski, sua grande paixão literária e única foto de escritor em seu escritório, aproveito para mencionar o que dele (não propriamente dele!) foi dito por Savary em suas anotações manuscritas no rodapé de meu exemplar de *O Olhar Dourado do Abismo...*:

Falar nele, um dia, em 1951 (eu com 17 anos), meu 1º namorado Wagner Cavalcanti de Albuquerque (então com 19 e depois formado advogado e ex-candidato a governador do Rio de Janeiro), cearense, filho do senador Kerginaldo Cavalcanti de Albuquerque, residente há anos no Rio, inquiriu-me por que eu não fora encontrá-lo numa festa em casa de amigos. Por causa de Dostoiévski, respondi. E ele: "Ainda tens a coragem e audácia de afirmar que estavas com outro? É o cúmulo!" Ri muito e contei-lhe que este era um escritor russo, morto desde 1881, ou seja, há mais de 70 anos. Sossegou, e hoje deve saber, inteligente como é, quem era e é minha grande paixão literária. A vida só vale se levada com paixão. E com compaixão.

Aliás, aproveito a oportunidade para alertá-lo, leitor, das não raras paixões declaradas pela escritora. E como nos é requerido, para o momento, observar, com profundidade e cauteloso olhar, qualquer pista que se nos apresente útil à análise dos contos savaryanos, leia-se na palavra paixão (no dizer da própria autora) que não há relação intrínseca entre o *como* a paixão se lhe apresenta ou nela se manifesta e os relacionamentos convencionais entre pessoas que se dizem apaixonadas. Ilimitado, portanto, no ideário savaryano, o conceito de paixão, jamais restrita à matéria palpável, tampouco transposta tão-só ao plano espiritual.

Volvamos nosso olhar, não dourado como o que menciona a autora, mas aquele outro curioso e observador sobre esse abismo poético, disfarçado em prosa, que principia de forma persistente e contumaz em seu intuito de falar de paixão da maneira que menos lhe pareça convencional. É caso, pois, de não falar de convenções, haja vista que a própria liberdade é causa e efeito, motivo e produto, busca e resultado da produção literária de Olga Savary.

* * *

Ao avistar o imenso animal, preliminarmente o susto a dominou. O que a ele significava *intenção de seduzir*, a ela nada mais representava, a princípio, do que a iminência da morte, em contraposição à vitalidade do gigante. Combateu a hipótese de amá-lo com a idéia de paixão, pois como crer em amor tão impessoal, amplo, sem os parâmetros cronológicos e espaciais, que estaria muito mais próximo de um mito? Conclui pela paixão: "Amor não era. Era é paixão. A paixão não lhe era estranha; antes, velha companheira".

E novamente o dualismo norteia a paixão savaryana: *dor e gozo*, *caça e caçador*, *êxtase e horror*, e tantas oposições que melhor se exemplificam pelo trecho transcrito:

> King Kong – ela pensou – vou chamá-lo assim, assim vou chamar a fera que me dará vida, como uma nova mãe-terra, a força animal até então desconhecida, a força primeira que, tomada nos dentes como o seu bocado primevo, a faria florescer e aceitar a vida com seus jogos, seus acertos e armadilhas. O perigo? É, era o perigo. Mas também a vida, a vida com suas espadas, seu cheiro acre e álacre, seu bafo feroz e comovente (p. 14).

Perigo e vida, tão congruentes sob o olhar savaryano, que da relação que entre eles se estabelece, nasce o instinto de sobrevivência no plano da paixão, em particular da paixão nada original tal qual a vê, com olhos selvagens essa bela Mona Lisa, que se descobre:

Seduzida pela fera, já não podia se reconquistar a si mesma. Agora que sabia seu corpo através do outro, seu espelho. Era a guerra, a paz dos abismos e da beira do desfiladeiro dos que nascem do furor da paixão, do lamber de sua língua rubra. King Kong: o êxtase e o horror. Rodeado de mandacarus, de cactos (p. 15).

King Kong tem atravessado, de maneira recorrente, a produção de Olga Savary. Ela própria elucida:

King Kong, assim como vários outros Kings Kongs espalhados nos poemas, mais o conto "King Kong × Mona Lisa" foram escritos na mesma época, cerca de 1967 em diante. Contêm uma ironia. É uma insolência chamar assim ao Amado. K. K. é metáfora do Amor Impossível e resguarda a verdadeira identidade de um tuxaua do Xingu.

E é justamente do amor impossível, da solidão que trata *Ah King Kong*, o poema de *Repertório Selvagem: Obra Poética Reunida* (p. 326), que deu motivo ao comentário transcrito acima. Recorde-se o poema:

Ah King Kong sou eu
no que trato em conhecer
ou reconhecer,
no que tento recompor

minhas múltiplas:
Putzlik, Olga, Olenka, Savary,
um novo e verdadeiro nascimento
em 1967 – primavera

e solidão aceita com alegria.
Ah King Kong sou eu,
telúrica mas nem tanto,

selvagem sem uma gota de suor,
sou eu: amor, covardia, paixão,
audácia e algum horror.

O Olhar Dourado do Abismo, breve relato que empresta nome ao livro, principia lançando sob o signo da palavra medo todo o mistério que há de produzir-se no confronto entre os amantes – se assim podemos chamá-los – protagonistas do conto. A autora faz uso da narrativa em terceira pessoa e confia a uma mulher o papel de eu lírico, que irá submeter-se ao jugo de um amante implacável.

O relato tem início quando, ao descrever essa mulher de quem fala, a ela atribui uma aproximação com a palavra medo, de cujo gosto, cheiro e som é conhecedora. Porém, a relação sinestésica que aí se estabelece não confere à mulher primazia sobre a palavra medo. Diferentemente do que se poderia supor, o medo não a repele; ao contrário, atrai para si aquela que lhe quer decifrar os mais secretos enigmas: "Tinha a vocação dos abismos – e não sabia". Encontra no mistério a justaposição de forças antagônicas: o primitivo e o requinte. E finalmente um estranho olhar – diferente de todos os olhares que já vira. Da forma como descreve o tal olhar, logo se infere sua vocação erótica – é olhar que se sente, não somente de se ver, pois jamais conhecera olhar tão sensual e provocador como aquele. E, claro, animal, pois homem nenhum a tinha olhado daquela forma selvagem. É olhar penetrante, que lhe invade até mesmo a consciência de possuir instinto de animal em pleno cio. Toda a extensão desse olhar lhe perpassa o corpo. Dos pés à nuca, sente-se possuída por essa força que lhe consome a consciência. "Nunca tivera sido tão fêmea como então, refletida nesse olhar." Olhar tão inimigo quanto dela desejoso é esse "olhar-cor-de-mel-da-paixão-puramente-animal-sem-a-menor-ternura", é esse olhar o responsável por tão inusitada atração que certo bode lhe produzira, como explica a contista:

> Isto de fato aconteceu comigo, num pequeno sítio, na então Barra da Tijuca incipiente dos anos 50, Rio de Janeiro. Fui lá com quatro botânicos que pesquisavam a flora litorânea. Enquanto isso, eu era "assediada" pelo olhar dourado de um bode, puro charme.

Se o medo povoa o abismo retratado por Savary, a solidão é uma de suas faces. Não a solidão inimiga, que afugenta e traz desassossego. Ao contrário, a solidão de que se fala é aquela companheira, que protege, acalenta e oferece abrigo, tal qual o é *O Ventre da Baleia*, em cujo calor se assenta a mulher. Na entrega que faz de si mesma ao abismo da paixão irreprimível, só o que encontra é o triste frio a acompanhar-lhe os dias. Assim relata a autora no manuscrito:

> Foi vivida mesmo. Porém transfigurada. Grande êxtase, grande sofrimento. Era 1975, em São Paulo, frio intenso. Ao sol, 5°. Eu não dormia de tanto frio, sem cobertor, envolvida em minhas roupas, insuficientes.

Afinal, aceitara as regras do jogo e... que lhe resta agora senão somente a poeira que substitui, do amado, a ausência? Poeira, frio, ausência, fria indiferença de alguém distante, de cuja presença agora prescinde, acobertada que está pelo pó que dele herdara.

O ensaísta José Mário da Silva, já mencionado neste capítulo, afirma que a autora, com refinada argúcia intuitiva, incursiona com brilhantismo por essa vertente da narrativa portadora de acentuados pendores poéticos. Ao referir-se a *O Ventre da Baleia*, diz:

> [...] com as suas ásperas metáforas do insulamento mais radical do sujeito, um verdadeiro poema em prosa, uma obra-prima da narrativa curta e o mais belo texto desse *O Olhar Dourado do Abismo* que Olga Savary construiu com o seu refinado talento de artesã da palavra, o que lhe confere, meritoriamente, a condição de um dos mais significativos nomes da literatura brasileira da contemporaneidade.

No conto seguinte, Savary fala do amor insensato entre *Cunhã e Apiáua*. Termos tupis[4], designam fêmea e macho, res-

---

4. Cabe aqui um comentário da autora: "Dizem a crítica e imprensa que sou, hoje, talvez o único escritor a utilizar palavras do nheengatu (= língua boa), lingua-

pectivamente. Desse amor não se constrói castelo algum, sequer se deposita nele alguma história. Não, só o que importa é a troca, ele por ela e vice-versa, sem o que não são completos. Assim explica a própria autora:

> É um *flash* da eterna situação de macho e fêmea: quer-não quer, vai-não vai. *Flash* autobiográfico, vivido, eu com 46 anos, João com 22 (no entanto, à época, por sofrimento, bem mais velho que eu). Ele é quem morria de ciúme. Eu me divertia, tripudiava. A polícia vivia atrás de nós, pelas situações eróticas que criávamos, ambos geminianos lúdicos. Nunca fui tão jovem como então. Dois anos durou, de 1979 a 1981. Ele, jogador de futebol, modelo de passarela, pontas em TV e cinema, o andar mais belo, as melhores coxas masculinas que eu vira.

É avançar por entre os contos para falar, neste momento, de *Memória do Jardim*, haja vista que, por comentário da própria autora, "seria a continuação, finalização de *Cunhã e Apiaua*". Assim, o encontro entre o homem e a mulher narrado no *Livro do Gênesis*, testemunhado pela flora, fauna e exuberantes belezas recém-criadas do Jardim do Éden, é retomado aqui sob a óptica da mulher que viveu intensamente o amor por seu Adão moderno, que a sufocou à exaustão e, não satisfeito por lhe possuir o corpo, exigiu-lhe também a alma. Neste ponto, conflui o enredo fictício com o que relata a autora de sua própria vida: "Pode uma mulher de quarenta e seis dá-la [a alma] a um homem de vinte e dois anos, nascido recente da costela dela?" Incluo aqui a divergência da contista com a Bíblia em relação à famosa costela:

> Sou uma rebelde, contestatória. Não aceito o que me impingem só por impingir. Sempre fui assim. Então, se é que a história é essa mesma, a costela Deus tirou da mulher para fazer o homem. Faz mais sentido.

---

gem dos 1os brasileiros, os índios, tupis, há mais de 60 000 anos no Brasil, muito e muito antes dos portugueses dos apenas 500 anos de "achamento" do nosso país, então Pindorama.

Não por acaso, vemo-nos diante de uma cena bastante recorrente na obra de Savary: macho e fêmea dispostos frente a frente, já não se distinguindo se em conflito ou em atração mútua. O fato é que mais uma vez a dualidade dos gêneros protagoniza o jogo amoroso. Não bastasse falar do Amor em si, há que nomear incansavelmente quem o faz e nele deposita suas paixões, e talvez daí se extraia a essência do Amor real e não somente o imaginário a que conduzem conjecturas meramente idílicas. Mas o novo Adão não é leal ao Amor: "mente, inventa, fantasia, faz de um tudo na mentira, delira masculinas utopias" (p. 38).

Enfim, o delírio vence o que remanesce de são: "com certa indecisão mas com mão certeira crava-lhe a raiva ancestral, e a mata. E fica sem a alma" (p. 38).

Já o que encontramos em *Curare*[5] é um impressionante jogo verbal, delineado exaustivamente pelo gênio criativo da autora, em sua vertente mais nacionalista. Declara ela: "Exercício de erotismo e de nossas raízes, folguedos, festas, nossas ludicidades brasileiras, tudo isto que adoro e me deixa apaixonada e orgulhosa de ser brasileira".

E aqui, como em muitos de seus poemas, Savary procura definir ou explicar o amor e o faz valendo-se da metáfora, ao comparar esse sentimento, que intenta decifrar, com o veneno na ponta da flecha do índio, posto que enfeitiça, aprisiona, consome; é verdadeira armadilha, é "beco sem saída". *Curare*, por assim dizer, é um autêntico "cântico dos cânticos" dedicado à terra de origem da contista (entenda-se por Xingu ou, genericamente, Brasil), que, sem jamais deixar de ser poeta, exalta de forma contundente, de extasiar a mente mais imaginativa e povoar de infindáveis signos os pensamentos mais criativos.

Um enleado jogo a estimular o leitor ao prazer de se ver envolto em palavras astuciosamente escolhidas e dispostas com a desenvoltura de quem lhes conhece a pluralidade de significados, de

---

5. Do tupi: veneno utilizado na ponta das flechas indígenas.

modo a servir a um texto que delas possa extrair não só a essência, mas também a musicalidade, ritmo, múltiplas sensações que alimentem, no leitor, as mais diversas reações, entre elas a fantasia.

Como exposto alhures, o amado para Savary não é necessariamente um homem. Pode ser, por exemplo, a terra, o lugar de origem, a natureza, fauna e flora tão carregadas de sensualidade, tão expostas e dispostas a dar e receber prazer: "É arara vermelha, papagaio do mato, ferrão de arraia, a correnteza, áspera e terna fibra de buriti, a palmeira, a palma de carnaúba, arco-íris, mato rasteiro, junco alto, erva miúda, serra azulada [...]" (p. 32).

Mas, ao final, vê-se que a autora não trata de um amante qualquer, como se deduz do seguinte trecho transcrito do conto: "Tuxaua do corpo e da alma, sabe como ninguém as artes do namoro, da sedução, dos mistérios do prazer, porque sabe ser ele mesmo e por saber jogar o jogo de ser abandonadamente extensão do outro" (p. 33).

"Não a Cauda de Sereia" retoma a dualidade macho/fêmea para focalizar os elementos em que se centra a autora no tratamento dos diversos aspectos desse intrincado jogo de paixão e gozo, de tal maneira que procura retratar homem e mulher – diferentes que são – nos "confrontos" amorosos em que se vêem envolvidos. Neste retrato, vale-se a autora de fino pincel a calcar, com extremo rigor e cuidado, traços que delinearão a verdade dessa história entre um homem e uma mulher. O paralelismo do sexo oposto é aqui aproveitado em sua plenitude, quando são postas lado a lado – como num falso espelho – divergências de ação e pensamento entre *ele* e *ela*. Assim é que a autora dá voz a cada uma destas personagens, permitindo-lhes expor o que têm a dizer, sem meias palavras, sem que suas falas sejam retorcidas por falsa interpretação ou compreensão errônea de seu real significado. Trata-se de "um exercício de história" – comenta Savary – "(não gosto da forma estória), sem praticamente utilizar nome dos personagens. Em deferência, *só a mulher tem nome*. Ficam *ele* e *ela*". Atente o leitor para o trecho inicial do conto:

Ele – Eu? Não uso anel. Você é que é o meu anel. De carne.

Ela – (*para o leitor*) Adivinhe que anel e qual o dedo.

Ele – Do meu tamanho. Agora, não dizem que as pedras rolam, que até as pedras se encontram? Você pra mim é pedra marcada. (*E como uma ameaça*) Você pode um dia sumir que eu te encontro.

Ela – Tal é a obsessão? Que medo! Ainda mais eu que ajo de relógio parado.

Ele – E seu nome não é seu nome. Você não tem nome. Quer dizer, sobrenome. Você é Anaí.

Ela – Ana aí ou só Anaí, o sufixo/diminutivo usado pelos nossos índios?

Ele – Não é Aninha não. Mais que Ana: Aníssima, Anérrima (p. 41).

Interessa-nos o efeito obtido pela forma narrativa adotada – poder-se-ia considerar como uma forma de discurso direto; mas, como bem observa a própria autora, não há intercomunicação entre as personagens, isto é, não há diálogo, de modo que .o que se tem nas falas são monólogos representativos de uma espécie de discurso indireto livre, a partir do momento em que se conhece, ou até mesmo se adivinha o pensamento do outro. E quão fluente a autora ao premiar com sofisticação essa linguagem quase teatral, que permite ao leitor, sem intervenção de outrem – praticamente prescindindo de um narrador – servir-se diretamente do que cada personagem fala e de seus pensamentos ter ciência, por meio do que intui seu interlocutor. Sobre a ausência do diálogo, comenta Savary que é "bem o que acontece, hoje, com mulher e homem. Tempos difíceis. Ou sempre foi assim?"

Não descuide o leitor do conteúdo erótico do conto, que já se depreende das duas primeiras falas. Sutileza é ingrediente básico do erotismo savaryano desde a mais incipiente de suas manifestações em *Espelho Provisório* – quando ainda surgia como embrião. Mas o que aqui se nota, na voz de dois amantes lúdicos, é o exercício de um interessante jogo de metáforas que, com ironia, marca o sabor mais forte desse erotismo: "Ela – (encontrando uma justificativa, como aliás para tudo) Não sei por que, e ao mesmo tempo sei, mas o erotismo veio junto com o humor, a ironia. E com certa amargura, no entanto, carregada de tolerância" (p. 43).

A mulher que a autora aqui retrata é capaz de provocar as mais diversas reações nos homens, que no caso em questão se podem resumir, no mínimo, por inquietação. Veja o que dela diz o homem: "Você é uma fêmea que deixa a cama em pé de guerra, em pé de muito amor. Faz o peito da gente estourar úmido e quente. Você faz curativos em uma ferida curada que sempre volta a se abrir" (p. 43).

Como em resposta, argumenta a autora no comentário, ao pé da página, que alude à personagem feminina: "E esta é uma mulher bem insolente, bem calcada na autora. As mulheres que me lêem adoram, os homens ficam desconfiados. Os mais velhos não gostam nada; os homens de gerações mais jovens gostam, se divertem".

No "confronto" final, dizem os amantes, em tom confessional:

Ele – Acabei amando-a mesmo. Duvido que outro homem a tenha amado mais. Que nem eu, duvido. Não era só paixão. Era amor no duro. Amor, sabe como é? E queria a sua cabeça, a coisa mental, onde ela era mais ela – e eu não alcançava. O corpo só já não chegava.

Ela – A cabeça? Como? Que que é isso? Não sendo Salomé nem Herodíades, pra que minha cabeça, pedida em uma bandeja? Assim, sem mais? Tipo São João Batista? Logo a Grande Sede do Prazer? Pára com isso. Assim acaba a festa, acaba o circo e – que nem o que aconteceu em "Império dos Sentidos" – não voltaremos à cena, senhoras e senhores, para o próximo espetáculo (pp. 44-45).

E explica a autora:

A referência ao filme é proposital. Adorei o *Império dos Sentidos*, belo, belo. Esteticamente baseado em gravuras clássicas japonesas, e também pinturas clássicas do Japão (tenho um álbum grande disso, e considero o que de mais erótico vi até hoje), vi o filme várias vezes. Considero-me uma oriental, ou pelo menos mais oriental que ocidental.

CAMINHO 4

Lembrando o que disse Dias Gomes no prefácio ("o olhar da mulher num mundo moldado por homens"), tem-se em Tereza – a protagonista de *Camanau*[6] – o exemplo mais bem acabado da representação da mulher, tal qual a vê a poeta: a mulher propensa aos abismos, carregada de mistério, mas sem pudor para deixar-se revelar. Sobre o conto, veja-se o comentário que faz Savary:

> *Camanau* está incluído na antologia *Histórias de Amor Infeliz*, organização de Esdras do Nascimento, Rio de Janeiro, Nórdica, 1985. Esdras pediu-me para escrever três contos para antologias que ele organizava. O primeiro foi este. Idéia: um escritor conta uma história, pelo ponto de vista do homem. E eu, escritora, conto a mesma história do ponto de vista da mulher.
>
> Esdras, escritor do Piauí radicado há anos no Rio de Janeiro, professor de ficção, bolou três antologias sobre relações humanas: a 1ª, *Histórias de Amor Infeliz*, já editada em 1985, pela Nórdica. Escrevi a minha história c/ o escritor paranaense radicado no Rio Jair Ferreira dos Santos (ótimo ficcionista, poeta, professor e crítico renomados). Como disse, um e outro davam a versão masculina ou feminina da mesma história. Como não simpatizei com os personagens masculinos de Jair, introduzi um personagem extra, o mestre-sala mirim da Escola de Samba de Mangueira. Vera de Figueiredo, e outros críticos, ela cineasta, declararam que a minha história poderia virar enredo de filme. De fato, há imagens cinematográficas, e bem brasileiras.
>
> Meio vivida, meio imaginada (bastante imaginada), é dedicada a Afonsinho, amigo admirado, por ter sido o único jogador brasileiro a lutar e conseguir ser dono absoluto de seu passe, e não os "cartolas" corruptos e exploradores dos jogadores de futebol, e por causa disso, ter sido alijado do futebol. Pelo excesso de consciência, pagou preço alto. Além disso, foi quem me apresentou ao menino da Mangueira, e à sua família, que se tornaram meus amigos.

Já no início do conto, identifica-se na protagonista a pluralidade da mulher savaryana: "porque sou várias". Ela, que se define como a "Rainha do Impossível", chega a afirmar: "eu era

---

6. Do tupi: caça. Também constitui um jogo de palavras: cama e nau.

uma, una. Depois virei muitas [...] paraíso e inferno no mesmo lote, veneno e antídoto no mesmo copo" (p. 51).

Povoa seus pensamentos o conceito schopenhaueriano de que "tudo é teatro" e de que "de uma maneira ou de outra, ninguém se engane": representamos o tempo todo. E, como numa farsa, no último ato, desmascara sua personalidade ao dizer-se "telúrica e alada". E afirma: "só sei lidar é com os opostos". Aqui, Tereza remete às oposições da personagem, com a qual se identifica a autora no poema *Sumidouro* (poema que integra o livro de mesmo nome), já citado no capítulo "Sumidouro", que vale repetir:

Talhe de audácia
e da covardia,
meu rei e vassalo,
engolir de pássaros,
golpe de asa,
fartura de água
na árvore da vida,
na terra me tens
com os pés bem plantados.
Aqui nado, aqui vôo,
telúrica e alada.

Todo o conto parece ter sido construído com os acordes de um hino que se entoa, pela voz da protagonista, em defesa da liberdade da mulher, que tem por fundamental somente a busca de algo que, embora desconhecido, reside em si mesma. Mulher madura, segura, caçadora, que vê a si própria no dourado olhar do menino Wal, mestre-sala mirim da Mangueira, de quem fala:

Ninguém me contou e de repente me dei conta de que ele era um ser especial. Muito na dele, olhando tudo com ar sério e observador, até um tanto crítico, lá com seus olhos dourados. Olhos tristes/alegres, doces, mas firmes, olhos que não fazem por menos: vêem fundo como um laser dentro dos outros, porém sem peso algum (p. 59).

Olhar profundo a penetrar o mais recôndito abismo do outro é também olhar sem mistério, ainda que enigmático. É inocência que seduz. De provocante ingenuidade, é suave e contundente, opostos que se compatibilizam na definição do Amor pela autora. Ou como afirma Rodrigo de Souza Leão, jornalista e escritor, na crítica "A Propensão aos Abismos nos Olhos Dourados do Ser Amado", a ser publicada:

> [...] Olga Savary nos mostra os seus abismos. Abismos de uma beleza impactante e de uma profundidade que provocará no leitor uma série de perguntas ambíguas que o levarão a pensar se a vida e o Amor moderno ou pós caminha por sobre os abismos quando o melhor seria enfrentá-los, olhando no olho – mesmo com espanto – nos olhos dourados do ser amado.

Assim como na poesia savaryana já se exaltara o mar como amante ideal, aqui se tem, nos olhos do menino,

> [...] meneios de seduzir na mais antiga estratégia de sedução do macho para com a fêmea, tocando-a, levando-a pela mão, conduzindo a parceira na aventura da dança. [...] ele criando beleza na dança, e consumidora fervorosa eu da beleza efêmera da sua criação (p. 61).

Definindo-se como intrépida e corajosa, a protagonista afirma aos homens de seu passado: "deixei de ser personagem da vida de cada um de vocês, a Tereza de vocês, pra ser só o meu próprio personagem. O personagem da minha própria vida" (p. 65). O que faz lembrar o comentário do ensaísta José Mário da Silva:

> No romance *As Meninas*, clássico dos anos 70 de autoria de Lygia Fagundes Telles, há uma personagem que se exprime da seguinte maneira "Sempre fomos o que os homens disseram que nós éramos. Agora somos nós que vamos dizer o que somos". Essa assertiva marcada por assumido tom contestatório exibe bem o desejo da mulher de marcar posição em um mundo tradicionalmente regido pelo ponto de vista do homem.

Deveras intrépida, vale-se Tereza de sua coragem para "arriscar a vida com um sorriso". Afinal, para ela,"Wal é luminoso, é a pureza, o papel em branco, quando os outros são sempre em carbono. Ele inaugura, funda, nomeia, dá a mim um poder que a didática do amor confere" (pp. 64-65). Exorto o leitor, uma vez mais, a observar acuradamente os matizes poéticos que dão cor e beleza às bem-montadas linhas da prosa savaryana. Ritmo, cadência e musicalidade entrelaçam-se para criar movimento e luz, energia vital do texto poético. Veja-se, por exemplo, o fragmento extraído de "Um Pássaro na Mão":

> A lua treme na poça, resto d'água no canal. Junto, um conjunto de pedras lembra corpo branco, caído, de um mito antigo. Ah, essa é a saudade da lua de ontem com aquela nuvenzinha azul (azul impossível, quase doido). Adeus, nuvenzinha azul, nunca mais te verei, nunca mais. E quanto te amaria se voltasses, o que não te amaria se permanecesses! (pp. 76-77).

Mais que musicalidade, o excerto revela, ainda, a riqueza da imagem no texto de Savary. Lua, poça, pedras, nuvenzinha azul: estáticos elementos que, na fusão da imagem, redundam na esperança da volta do amado.

Entre os famosos comentários que Savary fez em meu exemplar de *O Olhar Dourado do Abismo: Contos de Paixão e Espanto*, lê-se o seguinte, em relação a "Um Pássaro na Mão":

> Julieta de Godoy Ladeira, amiga de anos junto com seu marido Osman Lins, hoje ambos falecidos, me encomendou um conto sobre cinema. E aí está este, que fecha o volume *Memórias de Hollywood*. Contos (São Paulo, Nobel, 1988).
> Aproveito para falar de filmes amados e detestados. Várias citações de filmes e atores de época, da adolescência. A grande vedete é *Hiroshima*, que me causou grande impressão na época: o não-sentido da guerra, memória, amor impossível e truncado etc. *Hiroshima* teve muito a ver comigo. Como também *Império dos Sentidos*, *O Homem de Kiev* e *Mulher da Areia*. Impressiona-me a crueldade humana, a desconexão dos sentimentos de mulher e homem, o não-diálogo, o erotismo, a exacerba-

ção, a obsessão do amor e do desejo e principalmente a solidariedade, a fraterna compaixão que dá sentido maior à vida do último filme (o japonês *Mulher da Areia*, belo visualmente, e com a chamada "mensagem" melhor que já vi em termos humanos).

Os diferentes relatos, aqui reunidos, parecem evoluir como se lhes fosse marcado o compasso, de forma que, gradativamente, desfilam ritmos cada vez mais intensos. Refiro-me ao erotismo crescente. Ou – se não o caso – ao menos, mais consciente e isento de preconceitos. Leia-se, pois, na íntegra, a micronarrativa *Diana Caçadora*:

Caçadora, ela segue as pegadas conduzindo ao prazer, alerta a tudo o que excita: coisas vividas, pensadas, contadas. Tudo o que a cerca enfim.

Explora a mata, a selva misteriosa e úmida. Toma de assalto o bicho selvagem a contorcer-se uma vez apanhado na armadilha da mão sábia. Regozija-se a fera no estremecimento latejante. Que após saciada, volta a ser casulo. E, perplexa, sente o seu orgasmo de mulher – numa medida tão generosa quanto o do homem – encharcar-lhe estas mãos que a sabem.

Assim comenta a autora:

Este é um pequeno *flash* sobre masturbação e gozo de uma mulher.

Como, para mim, na vida tudo é caça, *camanau* (caça, em tupi), brinco com a minha antiga paixão por mitologia e intitulo *Diana Caçadora*. Aquela Diana grega caçava outras coisas. A minha, esta aqui, "caça" orgasmos.

Seguindo, pois, as pegadas desse erotismo em evolução, chegamos à série de contos inéditos, que revigoram paixão e espanto, na edição de 2000. Savary explica:

Aqui [final do conto *Um Pássaro na Mão*] findam os dez contos que estão contidos na 1ª edição de *O Olhar Dourado do Abismo*, de 1997.

Repetidos aqui, não é propriamente uma 2ª edição. A 1ª edição foi de apenas mil exemplares, e por uma editora nova. Deu sorte: esgotou em poucos meses, tipo três a quatro meses, se muito. O lançamento deu-se na Livraria Argumento, no Leblon, no Rio. Com muita gente, amigos, escritores, jornalistas, três a quatro canais de TV, com entrevistas, etc., teve música de Antonio de Paula, compositor que musicou poemas meus, com seu conjunto de três pessoas, instrumental e vozes. E *performance* da atriz Beth Araújo, que interpretou dois contos da parte inicial deste livro.

A partir de *Pabi*, vêm os nove contos inéditos. Alguns estão publicados em revistas e jornais brasileiros e da América Latina. Outros, não.

Os três contos que ficaram de fora, por falta de espaço, segundo o editor, comporão novo livro.

A mulher à caça de orgasmos, como Diana caçadora, retorna em *Pabi Bibol*[7], dizendo-se: "Caçadora eu, até a perfeição me cansaria", e chega a dar ao amado a dimensão "telúrica e alada", que costumeiramente impinge a si mesma.

[...] alguém muito preso ao chão, muito telúrico, que de repente começa a sacudir os braços que nem asas, ameaça quase real de um levantar vôo. Depois de tanto rugido, ronroneio, toda essa algaravia empregada para a sedução, ele fala da sua leveza, e dá como imagem dessa leveza o flutuar numa piscina de nuvem (p. 91).

Somente alguém assim pode anunciar-se como amante, na voz da amada, que diz:

Demorasse o que demorasse, Pabi esperava. Dentro de mim, me estudando, me sentindo, expectativa do feroz e abandonado comando: agora, meu homem, vou gozar; vem gozar comigo, me inunda toda, me vira em mel. E ele vinha ao meu encontro, cravado em meu mais fundo, depois de me esperar às vezes um tempo longo, longuíssimo, inacreditável. Desprendimento total, vindo do amor (p. 90).

Em meio à prolífera e feminina polifonia de que se revestem os contos, *Três Mulheres Dialogam o Impossível* apresenta

---

7. "É uma lúdica invenção de nome africano que inventei", comenta a autora.

Maya, outra mulher a dar azo à sua consciência de liberdade, num mundo cercado por homens imaturos, a quem olha com espírito crítico, como se vê no diálogo:

Maya – É uma fachada apenas isso de tomarem a postura de proteção à parceira. Na verdade estão sempre é correndo para o colo e a saia da primeira que possa fazer o supremo papel: de mãe. Não é por acaso que são tão fascinados em peitos.
Ana – Seria a velha corrida, a volta ao seio materno?
Maya – Não aspiram a outra coisa. Vivem eternamente na fase oral. E quando amam é um desastre. A imaturidade é insuportável. Aí é que não são parceiros mesmo. São contra tudo aquilo que pensam. Sabe aquilo de faça o que eu digo e não faça o que eu faço? Pois é, tornam-se inacreditavelmente ciumentos, cegos, surdos, mas infelizmente não mudos. E tome defesas de tese sobre possessão, sobre a mulher etc. "Minha, minha, minha." A mulher vira sua propriedade (p. 97).

Nos comentários de Savary constantes de meu exemplar, lê-se:

Conto este [*Três Mulheres Dialogam o Impossível*] encomendado pela escritora e jornalista Claire Varin, canadense de Montreal, estudiosa de Clarice Lispector e que sobre esta escreveu um livro há anos, em 1987, pela Edições Trois (três em francês). Pela mesma editora publicou o livro sobre Clarice, onde dei um depoimento. E este conto. Por sair pela Trois, inventei diálogo de três mulheres [só que à terceira personagem, a autora, é concedida uma única intervenção, a última fala].

A polaridade homem × mulher atinge o clímax em *A Dama da Noite*, em que se retrata uma situação de relacionamento completamente estranha ao Amor – a prostituição: "Este é texto crítico-social", comenta a autora, "sobre a prostituição feminina, e principalmente de jovens mulheres brasileiras, à mercê do inescrupuloso 'apetite' masculino".

Aqui, a protagonista é uma prostituta, de quem se afirma que "atiçava vontades que não queria, submetida só por necessidade da penúria"(p. 127). Submissão levada ao extremo, ante o homem assim retratado: "Que outra coisa era o homem senão o arcaico caçador, aquele que, irresponsável e cego, explode nas entranhas alheias à vida, para perpetuá-la, sem pensar?" (p. 127).

Como, pois, escapar a esse jogo opressor e mortificante dos homens? Onde se refugia a mulher savaryana senão junto à mãe – não a humana – mas a da natureza, a origem animal que a faz selvagem, forte e capaz de vencer, livre que é. Essa ambientação traz ao leitor *Aliciando Alice*[8], em que a mulher é bicho solto no mato, conhecedor de si, auto-suficiente e soberano em seu território:

> Ao ser enleada nesta requintada selva de espelhos, cheiros, sugestões de jardins, sortilejo-me nessa ameaça de captura. Logo eu, bicho liberto, cabra largada pelo mato, cabrito montês, cabrinha, besta desabrida, solta, selvagem, acostumada a uma liberdade que agora eu mesma quero me tomar.
>
> Arisca, deixo hoje que me toque, me amacie o pêlo e amanse minhas crinas. Eis o orgulho a baixar a crista. Enfim (p. 101).

Como animal que vai à caça, é dominadora, vence a presa pela força, em literal antropofagia, como no fragmento de *Bom Apetite*:

> Atraí o contendor à camada mais profunda do calabouço a que o tinha reduzido, arrojei-o por terra na mais funda masmorra, rendendo aquele que foi outrora um ser digno e corajoso, auto-suficiente. Intacto, nenhum sangue foi derramado. Eu não poderia perder uma só gota. Nada (p. 107).

Explica a autora:

> Inspirado [*Bom Apetite*] em notícia pequena de jornal: um japonês, se não me falha a memória, mata namorada, retalha o corpo, guardando-o no *freezer*, e, das partes, se alimenta (literalmente) ao longo de meses ou um ano. Bela economia. E uma maneira de incor-

---

8. "Brincando com Alice, a do País da Maravilhas", diverte-se Savary.

porar a amada ao seu metabolismo. Convidada por três escritores e professores universitários da UFPA – Universidade Federal do Pará – Carlos Correia Santos, Israel Gutemberg e Josette Lassance – participo da antologia de apenas quatro autores, organizada por eles: *No Último Desejo a Carne é Fria*. Contos fantásticos. Belém, Supercores, 2005. Neste livro, fui mais explícita: "Bom Apetite" vira "Canibal", como rebatizei.

Livre como o animal. Livre sem estar só. Eis o desejo patente em cada página; crescente, palavra a palavra. Desafiante olhar que lança a autora sobre o mundo que a cerca. Aplicada leitora da vida, nada lhe escapa ao apetite de seguir aprendendo. É o que realiza ao interpretar, deduzir, intuir das coisas, fatos e pessoas com quem cruza pelo mundo. Assim foi na Holanda, onde conheceu um jovem, a quem faz menção no seguinte relato:

Conheci na Holanda um rapazinho holandês, que ficou meu amigo. Para Amsterdam e Roterdam fui, para representar o Brasil no Poetry International 1985. Fui a única mulher de língua portuguesa – e era a 1ª vez que o Brasil foi chamado em vários anos desse importante congresso europeu de poesia. Com muitos espectadores, entrada paga, com gente sentada até nas escadas e em pé, todos ouviam em silêncio. Os poemas eram ditos pelo próprio poeta em sua língua natal e depois traduzidos e interpretados por atriz em holandês. Quase duas semanas de congresso, fui depois convidada a Bruxelas (Bélgica) e Paris (França, origem dos Savary). Total: 1 mês.

Um dia, meses ou um ano depois, me aparece o jovem holandês em minha casa, no Rio, contando animado que ia ao Chile conhecer um vulcão. Nunca mais o vi. Recebi depois uma carta de seus pais, da Holanda, que ele nunca mais foi visto.

Para Marteen, aquele não era um vulcão qualquer. Era o "vulcão da sua vida". Não uma coisa, mas um ser; alguém em cujo abismo valia a pena mergulhar. Nesse seu encontro, o jovem reconhecia, no vulcão, somente aquele olhar da paixão e do espanto, o olhar dourado do abismo. E assim se deu:

236 OLGA SAVARY: EROTISMO E PAIXÃO

[...] Caindo na treva do vulcão, ao despencar na total escuridade, teria gritado para o alto, como o poeta,"mais luz"? No negror, a plena luz? Na queda, buscava a ascensão? Absoluto em meio ao total perigo, desdenharia a vida só para apossar-se da morte? (p. 112).

Desejo obstinado, obsessão, paixão exacerbada que levara o rapaz – o *Amante do Vulcão* – ao mergulho nas profundezas do ser amado. Paradoxal viagem: sacar oxigênio de onde só há gases asfixiantes; buscar luz onde reinam as trevas; ir mais alto em plena queda; procurar pela vida no terreno da morte. Mesclar-se à lava incandescente, juntar-se ao magma – elemento vivo do vulcão – para formar com ele matéria única, signo da vida do ser amado, ícone a representar o domínio, a posse de um sobre a submissão e a entrega do outro.

Cada vez mais claras, para a autora, as lições que tira da Mãe-Natureza. A começar pela natureza em sua forma, representada, por exemplo, na *Pedra da Gávea*, sobre a qual Savary depõe:

Para mim, a Pedra da Gávea é o local mais belo do Rio. E o mais misterioso. Correm lendas de que é uma das entradas para o centro da Terra, de que lá aparece à noite a Mãe de Ouro, uma luz flutuante que circunda a montanha, de que o mar chegava ao topo da cabeça esculpida do imperador pelos fenícios há muitos e muitos anos, etc. Para mim, é o marco do Rio de Janeiro.

Às vezes, no entanto, dessa mesma natureza aflora o amante que habita o imaginário da autora, como *O Rei dos Lençóis*, aquele que a transporta a sua terra natal, marcada que é pelo signo água, desde sempre a representar o erótico na obra savaryana. Anota a autora em meu exemplar de *O Olhar Dourado do Abismo...*:

Homenagem à Terra, minha amada Belém, do Grão-Pará, que era a capital da Amazônia (compreendendo os estados do Pará, Maranhão e Amazonas), toda água (tem 42 ilhas só cerca da capital), toda chuva, toda vida. A toda hora o paraense diz as palavras vida, alegria, felicida-

CAMINHO 4 237

de, feliz. Refleti sobre isso. Acho que é porque vêm muito do índio, povo admirável, tão ligado à natureza, fraterno, alegre, sem ânsia de poder (todos têm poder na tribo), respeitadores de crianças e velhos. A mania saudável de limpeza é característica também do índio, que já estava aqui há mais de 60 000 anos, não só os míseros 500 anos dos portugueses do "achamento" do Brasil.

Chegamos a *Segunda Pele*, o conto final do livro. Mais uma vez, a declaração de Savary:

> Esta história me foi contada – e praticamente presenciada – por dois grandes amigos meus (ela brasileira, ele americano, descendente de russos, ambos botânicos de profissão). Conservei os nomes originais de ambos, como homenagem.
>
> Só o pimentão final pertence à história. O resto, incrementei, acrescentei (como brinco, pus "carne em cima da espinha dorsal, do esqueleto, do osso", como gosto de dizer).

Nesta pequena narrativa, Savary arremata primorosamente a fina teia que tecera, conto a conto, com a mesma agudeza de percepção presente nos demais relatos. Agora que já não mais tácito, o erotismo se desnuda em cores, sensações e perfumes, a cobrir de paixão amante e amada de naturezas diversas: ela, magma; ele, água. Signos do Amor já imortalizados pela poeta, *magma* e *água* aparecem agora reditos suave e liricamente pelas seguintes linhas:

> Enquanto ela, puro magma represado e endurecido, fagulhava risco sob a camada seca e escalavrada pelo tempo, aí, no mesmo local onde a forma da onda que avança outrora formou penhascos, ele era água a viajar com as ondas. Enquanto ela, costa do Pacífico a avançar cortando terras, ele exclamava entre as ondas, trespassando-as: "Vida". (p. 134).

Tal qual Tereza (de *Camanau*), intrépida e afeita ao risco, agora já não mais só ela arriscava: arriscavam-se ambos, tendo o risco como leme e bússola. Arriscavam-se a amar. Aliás, bem

238   OLGA SAVARY: EROTISMO E PAIXÃO

se conclui o que aqui tenho dito, com as palavras de Luciano Trigo, em sua resenha: "Duas Dezenas de Exercícios Líricos" (jornal *O Estado de S. Paulo*, 24.6.2001, Caderno 2, p. 4):

> Em todos os textos, a capacidade de amar aparece intimamente ligada à capacidade de se espantar, o que já sugere o subtítulo do livro. De amar e de lembrar: é prosa feita de reminiscências retrabalhadas pela imaginação, em jogos de palavras engenhosos. Lêem-se os contos de Olga como num estado de suspensão – do tempo e da realidade. É um mundo com regras próprias, uma gramática na qual todos os verbos são, por assim dizer, conjugados no feminino.

Essa é a contista Olga Savary, que foi e é incluída em inúmeras antologias de conto (e de poesia), no Brasil e exterior, para tal recebendo convites a toda hora. Assim, foi traduzida para várias línguas e publicada no Canadá, Estados Unidos, países da América Latina, Dinamarca, Finlândia, Inglaterra, Holanda, Alemanha, Espanha, França, Itália, China, Japão.

Escolhida pelo professor da Universidade Estadual do Rio de Janeiro (UERJ) Italo Moriconi, integra *Os Cem Melhores Contos do Século* (Rio de Janeiro, Objetiva, 2000), assim como foi escolhida também por Moriconi para *Os Melhores Poemas do Século* (Rio de Janeiro, Objetiva, 2001).

Entre outras antologias, foi convidada pelas professoras Lúcia Helena Vianna e Márcia Lígia Guidin a participar de *Contos de Escritoras Brasileiras* (São Paulo, Martins Fontes, 2003), com trinta e quatro artistas, entre as quais Clarice Lispector, Edla van Steen, Flávia Savary, Lygia Fagundes Telles, Patrícia Galvão (Pagu), Rachel de Queiroz etc.

Comparece também em *Todos os Sentidos: Contos Eróticos de Mulheres*, "obra coletiva, discurso compartilhado por dez mulheres destemidas que sabem olhar o corpo e ver", conforme diz a organizadora Cyana Leahy, na "Breve Apresentação" da obra (Niterói, CL Edições Autorais, 2003, 132 páginas). No exemplar a mim oferecido, colocou a seguinte dedicatória:

CAMINHO 4

Marleine Paula querida, de presente esta antologia organizada pela escritora e professora da UFF – Universidade Federal Fluminense – Cyana Leahy, que me convidou e a mim dedica o livro, por ser, como ela afirma, pioneira de livro *todo* em tema erótico no Brasil: *Magma* (1982).
Sua
Olga Savary

Rio, dez. 2003

Em tempo, uma curiosidade: quase todas as participantes são professoras universitárias, escolhidas por Cyana Leahy.
Olga Savary

Referências Bibliográficas

Leão, Rodrigo de Souza. "A Propensão aos Abismos nos Olhos Dourados do Ser Amado" (a ser publicado).

Lux Jornal. Diário Catarinense. Florianópolis, SC, 17 de abril de 2001, seção "Estante".

Moriconi, Ítalo. *Os Cem Melhores Contos Brasileiros do Século*. Rio de Janeiro, Objetiva, 2000, pp. 464-465.

Savary, Olga. *O Olhar Dourado do Abismo*. Contos. Prefácio de Dias Gomes. Xilogravuras de Rubem Grilo. Rio de Janeiro, Impressões do Brasil, 1997. Esgotado.

_____. *Repertório Selvagem: Obra Poética Reunida (12 Livros de Poesia)*. Poesia. Rio de Janeiro, Fundação Biblioteca Nacional/Universidade de Mogi das Cruzes/MultiMais Editorial, 1998, p. 326.

Silva, José Mario da. "Os Abismos da Rainha do Impossível". *In*: *Mínimas Leituras Múltiplos Interlúdios*. Crítica literária. João Pessoa, Idéia Editora, 2002, pp. 50-54.

Trigo, Luciano. "Duas Dezenas de Exercícios Líricos". *O Estado de S. Paulo*, 24.6.2001, Caderno 2, p. 4.

Caminho 5

Antologias: Organização

Olga Savary é mesmo uma escritora polivalente, plural. Em entrevista para o suplemento "Cartaz", de *O Liberal* (Belém, PA, 18.3.2002), diz ela: "Nunca fiz outra coisa na vida a não ser escrever". E acrescenta:

Escrevo tudo, menos para TV e cinema, como costumo dizer. Com o teatro namoro há anos. Um dia ainda me caso com ele. É só ter tempo. Meu currículo, que vai de A a Z, atesta minha total dedicação ao trabalho. Quero dizer que me debruçar sobre a poesia e a ficção dos colegas de ofício é um exercício saudável de fraternidade e humildade, de parar de olhar só para o próprio umbigo, e de me dar o prazer de descobrir a boa poesia brasileira que está às vezes escondida pelos estados do Brasil e sem oportunidade de ser mostrada. Fico feliz em descobrir boa poesia por esses brasis. Na maioria das vezes sou compreendida, porém já tive dissabores, poucos. A vaidade humana é um fato. Mas alegra-me distribuir o que tenho (editores, por exemplo, pois nunca paguei edição). E nunca deixei que meus antologiados pagassem o que quer que fosse (como em geral se faz, se cobra). Quando me perguntavam com quanto tinham de contribuir, eu respondia "nada". É raro. Quase todas são em regime de cooperativa. Como sempre fui bancada pelos meus editores, sendo portanto e de fato "profissional de letras", vivendo de escrever, mal e mal, quis o mesmo para os meus antologiados. Nada ganho com isso. Só a alegria de fazer o bem – e fazê-lo bem com o que sei fazer: escrever, organizar.

De fato, Savary caminha para quase vinte livros publicados. Se contar apenas participação e organização, aí o número já sobe para mais de 500: é a presença em antologias brasileiras e estrangeiras de poesia e conto; organização de livros de outros autores; prefácios; verbetes em dicionários e enciclopédias; orelhas; apresentações literárias de artes plásticas e de música; depoimentos; entrevistas (como as que concedeu a mim sobre Carlos Drummond de Andrade e Clarice Lispector).

Vivendo mal e mal dos livros – destino de quase todos os poetas – Savary a mim desabafou, em cartas – entre tantas outras – datadas de 23 de junho de 2002:

> Marleine, querida,
>
> Foi bom demais você ter ligado para mim. Precisamos de fato estar mais em contato. Cumprindo o prometido, em primeiro lugar, vão as pequenas alterações na cópia da edição comemorativa dos 20 anos da 1ª edição de *Magma*, que, agora, na 2ª edição, segundo a vontade do editor, sairá pelo menos bilíngüe.
>
> . . . .
>
> Muitos compromissos, muitos prazos, pouquíssimo $, luta pela sobrevivência, muitos problemas do dia-a-dia para resolver sozinha... Modéstia à parte, considero-me uma heroína, fazendo tanto em tão pouco tempo, comendo mal, dormindo mal, quase nada, sem dinheiro, sem apoio, sem emprego, lutando que nem uma leoa. Reconhecimento a mil. Mas quem vive de reconhecimento? Ando com energia baixa, desconfiando que ando, de novo com anemia, como há anos atrás (quando minha filha Flávia precisou de transfusão de sangue no hospital, eu toda animada a doar, ao fazer o exame de rotina, constataram em mim a anemia). Quem doou, afinal, a ela, foi o marido Braz. Preciso atacar a beterraba, que tem ferro.
>
> Como vê, sou e estou bem humorada, sempre. A anemia me persegue, mas combato-a. Quando posso. Hei de vencer. Sou uma realista, porque foi isto que a vida me ensinou. Mas sou, antes de tudo, uma risonha otimista. E graças a trabalhar tanto, a lutar muito, a matar um leão por dia, como se diz, não tenho tempo para pequenas coisas nem para as grandes, tipo depressão. Estas coisas não entram no meu repertório. Meu nome é trabalho e alegria. No entanto já sofri tudo que um ser humano pode sofrer.

e de 30 de junho, também de 2002:

Marleine, querida,

Colocarei tudo que pediu, xérox, cartas, etc na segunda-feira, 1/7. É que toma tempo procurar, separar, ir às filas de xérox, às vezes mal atendida aqui e daí mudo para fazer mais longe, filas ali e acolá. Já fiquei cinco horas numa loja de xérox, em meio à má vontade dos donos e de funcionários, como se estivessem fazendo favor e não vivendo disso. Estressante. Se eu pudesse, não sairia mais de minha casa. Pôr o pé na rua significa estresse. Ando cansada, trabalhando em mau ritmo. Todos os meus amigos se aposentaram com 50, 55, 60 anos. O que houve comigo, que às vésperas dos 70, em maio de 2003, tenho de trabalhar tanto como se tivesse 20, 30, 40?

Envio-lhe matérias inéditas, que talvez saiam em jornal. O escritor/ jornalista e crítico Rodrigo de Souza Leão escreve sobre vários autores, mas diz que sobre ninguém escreve com mais gosto do que sobre minha obra. É uma compensação, em meio a tanta chatice de vida. Como será grande compensação quando alongar seu livro[1] sobre minha obra também.

Esses depoimentos, como outros igualmente angustiantes, todos registrados na rica correspondência mantida desde 1987, quando nos conhecemos, no Rio de Janeiro, por ocasião do Congresso Internacional Discurso e Ideologia, dizem por que Olga Savary, para complementar o orçamento mínimo à sobrevivência, teve de empenhar-se em atividades afins: pronunciar palestras em colégios, universidades, centros culturais; escrever artigos, resenhas, recensões para periódicos (vinda de família de escritores, radialistas, jornalistas, acabou no jornalismo também); trabalhar em curadoria de textos etc. Traduções, fê-las em número superior a quarenta, principalmente dos hispano-americanos (por exemplo, treze só do chileno Pablo Neruda, sendo sua principal tradutora no Brasil, talvez a que mais o traduziu no mundo; várias dos mexicanos Octavio Paz e

---

1. O livro a que se refere a poeta é exatamente este que o leitor, agora, tem em mãos.

Carlos Fuentes, do peruano Vargas Llosa, dos argentinos Julio Cortazar e Jorge Luis Borges). Também para a Língua Portuguesa trouxe o espanhol Garcia Lorca (dele a tradução de uma peça belamente levada à cena no Museu Histórico do Rio de Janeiro, com bons atores e direção de Gilberto Gawronski); os mestres japoneses do haicai, como Bashô, Buson, Issa e outros. Atualmente, trabalha, também, num livro ainda sem título, com histórias de cinco mulheres que povoaram o Brasil. Com cinco ficções, encomenda da ambientalista Tereza Kolontai, a obra constitui o maior desafio que – conforme declara – está enfrentando, pelo fato de ter de fazer enorme pesquisa científica, de ter de escrever sobre uma mulher que viveu há sessenta mil anos, terminando no futuro. E justifica: "afinal, não vivi no passado arqueológico e nem sei do futuro ainda".

Além destes, tem três livros de poesia inéditos, um romance (*Maze*), um com três novelas, e livros críticos, ensaios e jornalismo a "sair. Como se vê, rápido e sempre. Sem parar".

A organização de antologias é outro trabalho que mostra a feição generosa da escritora paraoara, que tem prazer em divulgar talentos, novos e antigos. Três já estão editadas e, em fase de organização, outras mais, como *Conto da Amazônia*, *Haicais Brasileiros*, *Terra do Brasil*, *Mar do Brasil*, *Poesia de Pernambuco* e a reedição de *Carne Viva: I Antologia de Poesia Erótica* (modificada e aumentada, com outro título).

A primeira antologia editada foi *Carne Viva*. Com o subtítulo *1º*(sic) *Antologia Brasileira de Poemas Eróticos*, contemplando setenta e sete poetas de todo o Brasil, veio a lume em 1984 pela Editora Anima e logo se esgotou.

Na "Introdução", a organizadora explica:

Em primeiro lugar, fiquei perplexa com o erro de concordância que a editora deixou passar (? 1º Antologia). Sempre a pressa, sempre a "ejaculação precoce", como costumo dizer, que não é boa em momento algum. Muito menos em um livro, que deve ser feito e revisto com todo critério. Revisei este, como todos os meus e os que organizo, mas às vezes sobram erros, que já não dependem de mim, apesar das exaustivas revisões que faço questão de fazer.

O critério adotado foi o da qualidade e o estar dentro da temática (das variadas gamas do erótico: implícito ou explícito, mataforizado ou dito à queima-roupa, lírico ou rude, laudatório ou irônico, lúdico ou crítico, e até didático).

Grande parte dos poemas – e os de Savary, sobretudo – acentuam a natureza animal do homem, o resgate ecológico do homem-bicho integrado no cosmos, que deve ser desvendado com a naturalidade essencial das coisas verdadeiras. Neste sentido, poesia erótica é, para Savary, ecologia. Ao lado de textos que privilegiam o signo água, aparecem, nesta antologia, outros representativos de animais com que identifica macho e fêmea. O erotismo flui, pois emana da própria maneira de ser da poeta, amante, antes de tudo, da própria vida. Veja-se o poema "Dionisíaca", inserido na Antologia:

> Nos rins o coice da flama,
> cavalo e égua cavalgada e cavalgando
> a pradaria da cama.

Apaixonada pelo tema que a consagrou como a primeira mulher a escrever um livro totalmente com motivação erótica, Savary sempre afirmou nas entrevistas para a imprensa e TV "não haver vida sem erotismo e três coisas serem fundamentalmente vitais: o senso poético, o senso de humor e o erotismo". E se o viver de forma erótica é a contemplação maior da poeta, o que pensará ela sobre a morte? Em uma de suas observações, confessa:

> Não tenho medo da morte. Sei, certo, que vou morrer. É o natural, o que de fato vai acontecer. Porém até que eu morra, estou do lado da vida, ela é minha matéria de poesia. Prefiro sempre a poesia que eleva, celebra, consola. A vida já é tão rude com os seres, tão indiferente! Faça-

mos por onde animá-la, para que nos reanime. Para cima e para a frente, eis o meu lema.

Antônio Houaiss, no prefácio, elogia o procedimento adotado por Olga Savary na organização da coletânea (nome, segundo ele, mais apropriado que antologia, neste caso), porque, em vez de

> [...] pôr as e os poetas segundo um crescendo, ou um decrescendo, ou em prótase com apódose, ou subtematicamente, no tratamento da matéria poemática, de tal modo que, por exemplo, se começasse com o casto e se terminasse no incesto, ou se começasse com o pornográfico e se terminasse no sacro (em sentido mágico, isto é, do que não deve ser invocado, pois é o vitando e ao mesmo tempo o buscável), em lugar disso, seguiu o melhor método de organizar o caos... [e] o melhor método de organizar o caos é a seqüência alfabética.

Só que a ordem alfabética aqui não é tão ortodoxa, uma vez que se faz pelos prenomes dos autores. Iniciando com Affonso Romano de Sant'Anna, indo a Afonso Felix de Souza, Afonso Henriques Neto, Age de Carvalho, Alberto da Cunha Melo, Alice Ruiz, Ângelo Monteiro, Antonio Barreto, Antonio Brasileiro, Armando Freitas Filho, Artur da Távola (no primeiro poema publicado por este), Artur Gomes, Astrid Cabral, Branca Maria de Paula, Carlos Lima, Cairo Assis Trindade, Cassiano Nunes, Celina de Holanda, Celina Ferreira, Cláudio Willer, Dirceu Quintanilha, Eunice Arruda, Fernando Py, Ferreira Gullar, Fúlvia de Carvalho Lopes, Gastão de Holanda, Geir Campos, Geraldo Carneiro, Geraldo Pinto Rodrigues, Gerardo Mello Mourão, Gilberto Mendonça Teles, Gilka Bessa, Glória Perez (a novelista da TV Globo), Heloísa Maranhão, Ilka Brunhilde Laurito, Ivan Wrigg, Jaci Bezerra, Julio Cezar Monteiro Martins, Laís Corrêa de Araújo, Lara de Lemos, Leila Míccolis, Lélia Coelho Frota, Lourdes Sarmento, Luís Sérgio dos Santos, Lya Luft, Marcus Accioly, Margarida Finkel, Maria de Lourdes Hortas, Maria José de Carvalho, Maria José Giglio, Mário Quintana, Marly de Oliveira, Maurício Salles, Max Martins, Miguel Jorge, Mírian

Paglia Costa, Moacy Cirne, Moacyr Félix, Myriam Fraga, Neil de Castro, Olga Savary, Olympio Bonald Neto, Paulinho Assunção, Paulo Leminski, Pedro Paulo de Sena Madureira, Raul Miranda, Renata Pallotini, Reynaldo Valinho Alvarez, Ricardo Máximo, Rita Moutinho Botelho, Ruy Espinheira Filho, Suzana Vargas, Thereza Christina Rocque da Motta, Tite de Lemos, Victor Giudice, Walmir Ayala e fecha com Yêda Schmaltz.

Sobre a inclusão de seu nome entre os autores escolhidos para a *Antologia*, afirma:

> Pensei em não me incluir, por pudor, por ser a organizadora. Porém vários escritores, professores e críticos, além dos editores, me dissuadiram. Entrei, então, nesta que foi considerada (pelo professor Afrânio Coutinho, da Academia Brasileira de Letras e organizador das duas edições da *Enciclopédia da Literatura Brasileira*, e pelo escritor e professor Affonso Romano de Sant'Anna), em artigos do jornal *O Globo*, a maior antologia já realizada no Brasil.

Com mais de trezentos poetas – "334 para ser mais precisa" – alerta Savary, na apresentação – a *Antologia da Nova Poesia Brasileira* consumiu da escritora três anos de intenso trabalho, "sem outra satisfação", desabafa, "além daquela de descobrir e redescobrir poetas desconhecidos e já conhecidos, revelando e desvelando a eterna beleza da palavra".

A obra fora encomendada por Fausto Wolff, Diretor Executivo da Fundação Rio, órgão subordinado à Secretaria Municipal de Cultura da Prefeitura da cidade do Rio de Janeiro. Originalmente concebido o projeto para trabalho em grupo de sete pessoas, acabou tão-só na responsabilidade de Savary, que, sozinha, teve de ler bem mais de quatro mil livros, selecionar material, correr atrás de poetas, bibliotecas, arquivos, secretarias de cultura, coleções particulares de poesia, jornalistas da área literária, professores, críticos etc.

Foi definido que só participariam da coletânea poetas nascidos pós-45, com o objetivo de "dar uma amostragem ampla do que se sentiu, pensou e escreveu nos anos negros da ditadura brasileira de 1964 para cá", diz Savary, ainda na "Apresentação". Por isso mesmo, esta *Antologia* deveria ter-se chamado *Os Filhos da Ditadura*, pois que foi recolhido quase tudo o que se fez em poesia nos chamados "anos de chumbo" do Brasil.

Os poemas escolhidos têm, basicamente, teor social/existencial como temática. Não se prende à política e também não é panfletária. Versam, essencialmente, sobre a condição humana e seus múltiplos significados, pois "o grande espetáculo para o ser humano continua sendo o próprio homem", afirma a poeta. É a constante tentativa de equilíbrio e harmonia do ser consigo mesmo, com o outro e com o cosmo. Nessa antologia, tudo gira em torno da dinâmica da vida. Como salienta Savary, "poesia, criação e arte, em última instância, serviriam para confortar, consolar, serenar tensões, refletindo e tentando entender o homem e o mundo, e assim melhorar tanto um quanto o outro". Reforça ainda: "partindo das duas dimensões – a individual e a coletiva –, esta antologia tem o compromisso com a verdade, a consciência e a lucidez".

A poesia que aqui se apresenta – diz ainda Savary – não é seca; propõe-se a lapidar, disposta a ser inscrita não na água, como queria Anaïs Nin, mas na pedra, pois, sendo dura, exige a concisão de palavras, tão cara à poesia em si e à chamada mensagem. Em uma justificativa, também carregada de sensibilidade, diz a autora:

> [...] o que busquei nestes poetas foi a palavra que resgata a condição humana na sua essência primeira e última, emotiva/racional, falando à inteligência e ao coração, dando prazer pela beleza e convite à reflexão, celebrando a fraternidade humana. Não é competição uma antologia. A gente só compete consigo mesmo. Esta é uma oportunidade de irmandade, de confraternização, numa época carente de valores, inclusive morais. Perdendo espaço, metas e valores, perde-se o projeto de vida. Daí a importância do sonho (ainda) e da caminhada interna exercitada com lucidez. Na inanição atual, poesia é alimento de corações e mentes. Poesia não é supérfluo. Poesia é para comer, como dizia a poeta portuguesa Natália Corrêa.

E nessa antologia, feita para refletir-se sobre o Brasil de uma época tão dura, Olga Savary intenta contribuir para a melhoria da condição de vida e aprimorar a consciência do país. Como afirma, "numa sociedade utilitária, poetas e artistas em geral são terapeutas". A temática é ingrata, confessa a autora:

> Está aí Mário Quintana que não me deixa mentir, tendo feito a afirmação de que era menos relevante a poesia de cunho meramente social, em entrevista ao jornal *O Pasquim*[2], vinte anos atrás. O que é social? Para ampliar mais o valor poético levei em consideração também o existencial. Social e existencial enfim se interligam e podem ser a mesma coisa.

Da *Antologia da Nova Poesia Brasileira*, editada em 1992, participaram estes 334 poetas de todos os estados do Brasil:

Adão Ventura, Ademir Antonio Bacca, Adriana Montenegro, Adriano Espínola, Age de Carvalho, Akemi Waki, Alberto Alexandre Martins, Alcides Buss, Alcides Villaça, Aldísio Filgueiras, Alexei Bueno, Alex Polari de Alverga, Alice Ruiz, Aliomar de Andrade Baleeiro Filho, Almir Martins, Alonso Alvarez, Alvarito Mendes Filho, Amélia Alves, Ametista Nunes, Ana Cristina César, Anael de Souza, Ana Luiza Von Döllinger de Araújo, Ana Miranda, Ana Terra, André Calazans, André Pestana, Ângela Melim, Angel Bojadjiev, Aníbal Beça, Antonio Barreto, Antonio Caos, Antonio Carlos Lobo, Antonio Carlos Secchin, Antonio Fernando de Franceschi, Antonio Romane, Araripe Coutinho, Ariel Marques, Aristides Klafke, Ariston Rocha, Arnaldo Xavier, Aroldo Pereira, Artur Gomes, Augusto Massi, Áurea Domenech, Biafra (Maurício Pinheiro Reis),

---

2. Rodapé de Olga Savary: "Semanário que durou de junho de 1969 até a década de 90, do qual Olga Savary [ela escreveu em terceira pessoa] foi um dos fundadores e da equipe inicial. Única mulher da equipe, criou a seção 'As Dicas', tida como a seção mais lida do jornal: notícias culturais na área da literatura, artes plásticas, música, shows, até culinária (que é também – e como! – cultura, inclusive dando pela primeira vez na imprensa preços nos pratos nos restaurantes, criticado no início mas depois copiado por todos). Como Savary não registrou o nome 'As Dicas', logo foi copiado a exaustão por vários jornais, inclusive *O Globo*, o mais lido jornal do Rio de Janeiro".

Bluma Vilar, Branca Maria de Paula, Brasigóis Felício, Bráulio Tavares, Bruna Lombardi, Bruno Cattoni, Cairo de Assis Trindade, Carlos Augusto Corrêa, Carlos Ávila, Carlos Barros, Carlos Gustavo Trindade Lima, Carlos Lima, Carlos Louzada, Carlos Roberto Lacerda, Carmen Cerqueira César, Carmen Moreno, Celso Gutfreind, Celso Moliterno, Chacal, Charles Kiefer, Christina Almeida, Cineas Santos, Cíntia Carla Moreira Schwantes, Clara Góes, Cláudia Alencar, Cláudio Neves, Corinne Marian, Crede Ibsen, Cristina Magnaghi, Cyana Leahy, Dalila Teles Veras, Delfim Afonso Jr., Denise Emmer, Denise Teixeira Viana, Deolinda Vilhena, Dideus Sales, Dilan Camargo, Diogo Fontenele, Domingo González Cruz, Domingos Pellegrini, Donizete Galvão, Dôra Avanzi Zarif, Dyrce Araújo, Edilberto di Carvalho, Edimilson de Almeida Pereira, Edival Perrini, Eduardo Diógenes, Eduardo Hoffmann, Eduardo Kac, Éle Semog, Emmanuel Marinho, Erorci Santana, Eugênia Loreti, Eustáquio Gorgone de Oliveira, Felipe Fortuna, Fernando Bueno Guimarães, Fernando Coelho, Fernando Fábio Fiorese Furtado, Fernando Lyra, Fernando Monteiro, Fernando Paixão, Flávio Aguiar, Flávio Carvalho Ferraz, Flávio Souza, Floriano Martins, Francisco Igreja, Franklin Jorge, Frederico de Carvalho Gomes, Fred Maia, Gabriel Nascente, Geraldo Alverga Cabral, Geraldo Carneiro, Geraldo Reis, Germano Maraschin Filho, Glauco Mattoso, Glória Horta, Glória Perez, Glória Regina F. Mello, Goiamérico Felício, Gonçalo de Barros Carvalho e Mello Mourão, Graça Cretton, Gustavo Alberto Corrêa Pinto, Hamilton Faria, Heitor Luiz Murat, Hélio Lete, Herculano Vilas-Boas, Hilda Fogaça, Hildeberto Barbosa Filho, Hilma Ranauro, Horácio Costa, Iacyr Anderson Freitas, Iara Vieira, Ilma Fontes, Ítalo Moriconi Jr., Ivana D'Aguiar, Ivan Wrigg, Jacinto Fábio Corrêa, Jaime Vieira, Jair Ferreira dos Santos, Janice Caiafa, J. Cardias, João Carlos Pádua, João Carlos Taveira, João das Neves, João Moura Jr., José Almino, José Carlos Corrêa Leite, José Eduardo Degrazia, José Irmo Gonring, José Nêumanne, Júlio Castañon Guimarães, Julio César Monteiro

Martins, Júlio César Polidoro, Jussara Moraes Nunes Ferreira, Kuri, Leila Cordeiro, Leila Míccolis, Lívia Tucci, Lúcia Helena Corrêa, Lúcia Romeu, Lúcia Villares, Lucila Nogueira, Lúcio Autran, Luisa Deane, Luís Augusto Cassas, Luís Avelima, Luís Olavo Fontes, Luís Pimentel, Luís Sérgio Bogo, Luís Sérgio dos Santos, Luiza Lobo, Luiz Carlos Amorim, Luiz Carlos de Freitas, Luiz Carlos Lacerda de Freitas, Luiz de Miranda, Luiz Roberto do Nascimento e Silva, Luiz Roberto Silva Gomes, Luiz Sérgio Modesto, Magda Frediani, Manoel Constantino, Mano Melo, Marçal Aquino, Marcelo Rollemberg, Márcia Peltier, Márcio Catunda, Marcondes Costa, Marco Polo Guimarães Martins, Marcos Bagno, Marco Schneider, Marcos de Farias Costa, Marcos Laffin, Marcos Vieira, Maria Abadia Silva, Maria Amélia Mello, Maria Consuelo Cunha Campos, Maria Lúcia Camelo, Maria Moreira, Maria Nazaré de Carvalho Laroca, Maria Odete Olsen, Maria Regina Moura, Maria Rita Kehl, Mário César Rezende, Mário Flecha, Mário Lago Filho, Marise Manoel, Marize Castro, Marta Lagarta, Maurício Salles Vasconcelos, Mauro Katopodis, Mauro Luiz Klafke, Max Carphentier, Menezes y Morais, Miguel Marvilla, Minas Kuyumjian Neto, Mirella Márcia Longo Vieira Lima, Mirian Paglia Costa, Mônica Arouca, Natalício Barroso, Nei Duclós, Ney Reis, Nicolas Behr, Octavio Affonso, Oscar Caiado, Oscar Gama Filho, Osvaldo André de Mello, Octávio Cabral, Patrícia Blower, Paulo César Feital, Paulo César Pinheiro, Paulo Colina, Paulo Fatal, Paulo George, Paulo Henriques Britto, Paulo Hindemburgo, Paulo Leminski, Paulo Maldonado, Paulo Montenegro, Paulo Ramos Filho, Paulo Roberto Sodré, Paulo Sampaio, Pedro Bial, Pedro Lyra, Pedro Paulo de Sena Madureira, Pedro Pellegrino, Pedro Vicente, Raimundo Gadelha, Raquel Naveira, Raul Miranda, Ray Lima, Reca Poletti, Régis Bonvicino, Reinaldo dos Santos Neves, Reinaldo Atem, Renato Gonda, Ricardo Bahia Perez, Ricardo Máximo, Ricardo Redisch, Ricardo Vieira Lima, Rita Espeschit, Rita Moutinho, Roberto Kenard, Roberval Pereyr, Rodrigo Garcia Lopes, Ronald Claver, Ronaldo de Andrade, Ronaldo Hein, Rosa de Lima, Rosalvo Acioli Júnior, Roseana Murray, Rosemberg Cariri, Salgado Maranhão, Salomão Sousa, Samuel Isac Warszawski, Saulo Mendonça, Selma Vasconcelos, Sérgio Antunes, Sérgio Blank, Sérgio Borja, Sérgio Coelho de Medeiros, Sérgio Darwich, Sérgio de Castro Pinto, Sérgio Fonta, Sérgio Gerônimo, Sérgio Mendonça, Sérgio Natureza, Sérgio Rivero, Sérgio Rojas, Severino do Ramo, Sidney Cruz, Sidney Wanderley, Sílvia Jacintho, Simone Magno, Socorro Trindad, Solange Padilha, Sonia Guilliod, Sonia Maria Santos, Sonia Queiroz, Suzana Vargas, Tânia Diniz, Tania Horta, Tânia Maria Jammel, Tanussi Cardoso, Tárik de Souza, Teresa Julieta Andrade, Thereza Christina Rocque da Motta, Terêza Tenório, Tetê Catalão, Tetê Pritzl, Thomaz Albornoz, Toado de Castro, Tor Lírio, Touchê, Tuxo, Ula Alvarez, Ulisses Tavares, Valdo Motta, Vera Lúcia de Oliveira, Vicente Cechelero, Vital Corrêa de Araújo, Wellington Dantas, William Melo Soares, Wilmar Silva, Wilson Bueno, Wilson Coêlho, Wilson Pereira, Xenia Antunes, Xico Chaves, Zé Cordeiro, Zé Ramalho.

Savary informa que "protegeu" alguns poetas, que não tinham livro pessoal e só haviam marcado presença em antologias; outros já tinham alguns livros publicados. Vários desses participantes já faleceram, mas a poesia deles permanece.

A terceira seleta, a *Poesia do Grão-Pará*, tem uma longa história. Em 1998, o escritor Acyr Castro telefonou a Olga Savary e, em nome do então prefeito Edmilson Rodrigues, convidou-a a ir a Belém, a terra amada. Savary, empenhada na revisão de *Repertório Selvagem: Obra Reunida: 12 Livros de Poesia*, não pôde ausentar-se do Rio. Quando chegou 1999, Acyr voltou a telefonar-lhe, tornou a falar do empenho do prefeito em homenageá-la, concedendo-lhe a medalha da fundação da cidade, pelos serviços prestados em favor da cultura paraense pelo Brasil e exterior afora. Finalmente, pôde aceitar o convite e ir receber a medalha, o que acontenceu em 12 de janeiro de 2000. Ficou extasiada com a volta a Belém. Reviu a terra, amigos de longa data, como o seu professor de Filosofia Benedito Nunes, do Colégio Moderno, Sylvia Nunes e tantos outros. Fez amigos novos. Só lamentou não ter podido ver mais Francisco Paulo Mendes, falecido em 1999, o qual fora seu incentivador mestre de Português, assim como Benedito Nunes. Os dois e mais Ruy Barata integraram o júri que lhe concedeu seu primeiro prêmio literário em 1951, estudante ainda. Deram-lhe sorte. Nunca mais parou de ter reconhecimentos em prêmios nacionais, os mais importantes do país.

Foi então que Olga Savary ofereceu ao prefeito, professor e arquiteto Edmilson Brito Rodrigues, a *Poesia do Grão-Pará*. E ele imediatamente aceitou. De 2000 a 2002, Savary não fez outra coisa a não ser a organização da antologia de sua terra. Mas, felizmente, viu pronto o grande sonho desde a adolescência, cobrindo mais de duzentos anos de poesia paraoara, com mais de cem poetas de sua terra – Pará – (116 poetas, com precisão).

Acabado em novembro de 2001, *Poesia do Grão-Pará* foi lançado em 12 de janeiro de 2002, data da fundação da cidade de Belém, no Palácio Antonio Lemos, Prefeitura, na segunda gestão do prefeito Edmilson Rodrigues, com os poetas vivos e os descendentes dos falecidos. Eu, Marleine Paula, também estava lá para falar da poeta Olga Savary e do livro que sobre sua poesia escrevera, *A Voz das Águas*, editado em Portugal e ganhador do Prêmio APCA 2000, para Ensaio, no Teatro Municipal de São Paulo.

Eram 117 poetas, contando Áurea Domenech (não paraense, mas descendente). Mas houve um imprevisto, conforme explica Savary:

O nº me agradava, porque adoro o 17, meu número (e que é nº de poemas de livros meus anteriores, pessoais). Quando os editores pediam 10 a 12 poemas, máximo 15, eu pedia que fossem 17. Engordava o livro e era meu nº. No caso Pará, a Graphia perdeu na gráfica os poemas de Áurea, no final, pois até revisão dos dela eu fiz. Por isso ficaram 116.

256 OLGA SAVARY: EROTISMO E PAIXÃO

Editada pela Graphia Editorial, com apoio da municipalidade belenense, a seleta contém uma "apresentação" (de Edimilson Brito Rodrigues), um "diário de bordo" (da própria Savary) e três partes (a primeira intitulada "Prata da Casa – Poetas Nascidos no Pará"; a segunda, "Outras Pratas – Paraenses Honorários"; a terceira, "Prata da Casa – Ficção – Poesia".

Em "Prata da Casa – Poetas Nascidos no Pará", encontram-se: Abguar Bastos, Acrísio Mota, Acyr Castro, Adalcinda Camarão, Ademir Braz, Age de Carvalho, Alcy Araújo, Alfredo Garcia, Alfredo Oliveira, Aline de Mello Brandão, Almir de Lima Pereira, Alonso Rocha, Annamaria Barbosa Rodrigues, Antonio Juraci Siqueira, Antônio Moura, Antônio Tavernard, Ápio Campos, Aristóteles Guilliod de Miranda, Augusto Meira Filho, Avertano Rocha, Bené Fonteles, Benedicto Monteiro, Benilton Cruz, Bruno de Menezes, Bruno Seabra, Carlos Correia Santos, Carlos de Oliveira, Cauby Cruz, Celso de Alencar, Correa Pinto, Cristóvam Araújo, Dalcídio Jurandir, Deolinda Vilhena, Dulcinéa Paraense, Eduardo Dias, Edyr Augusto Proença, Eimar Tavares, Eneida, Eulina Moutinho, Fernando Canto, Gengis Freire, Georgenor Franco, Heliana Barriga, Ismael Nery (artista plástico, também poeta), Itajaí de Albuquerque, Iverson Carneiro, Jacqueline Darwich, Jaques Flores, João de Jesus Paes Loureiro, João Gomes, Joaquim-Francisco Coelho, Jorge Andrade, Jorge Henrique Bastos, Jorge Paulino, José Guilherme de Campos Ribeiro, José Ildone, José Maria de Vilar Ferreira, José Maria Leal Paes, Josette Lassance, José Wilson Malheiros, Jurandir Bezerra, Leandro Tocantins, Leonam Cruz, Lílian Mendes Haber, Lilia Silvestre Chaves, Lindolfo Mesquita, Max Martins, Nilson Chaves, Octavio Avertano Rocha, Olavo Nunes, Olga Savary, Oswaldo Coimbra, Oswaldo Orico, Paulo Nunes, Paulo Plínio Abreu, Pedro Galvão, Raimundo Alberto, Reivaldo Vinas, Roberto Saito, Rosângela Darwich, Roseli Sousa, Ruy Barata, Ruy Meira, Salomão Larêdo, Sérgio Darwich, Sérgio Mendonça, Sílvio Meira, Simão Bitar, Solange Padilha, Sylvia Helena Tocantins, Vicente Franz Cecim, Vital Lima, Walber Pereira, Walcyr Monteiro, Wladimir Emanuel, Yara Cecim.

Em "Outras Pratas – Paraenses Honorários", temos: Augusto Meira, Edvandro Pessoato, Flávia Savary, Herbert Emanuel, José Sampaio de Campos Ribeiro, Luiz Paulo Galrão, Manuel Bandeira, Mário Faustino, Messody Benoliel, Olyntho Meira, Onna Agaia, Raul Bopp, Rodrigues Pinagé, Sérgio Wax, Severino Silva, Tenreiro Aranha.

Na terceira parte, "Prata da Casa – Ficção e Poesia", estão: Carlos Menezes, Haroldo Maranhão, Maria Lúcia Medeiros, Nicodemos Sena, Sant'Ana Pereira.

Quanto a sua participação na antologia, Savary escreveu no exemplar a mim dedicado:

Não sei se escolhi certo os poucos poemas a me representar. Escolhi, às pressas, alguns que falavam do Pará ou que implicitamente à terra paraense se referiam – embora ache que todos meus textos se refiram à minha terra. Ela está presente em tudo e em toda a minha existência. O excesso de água no que escrevo vem de lá. Além de ser a origem da vida. Preocupei-me mais com os outros. Deixei-me para o fim. Pensei em não me incluir, porém o escritor, professor e ensaísta Benedito Nunes disse-me que, caso não o fizesse, seria um absurdo, sendo eu talvez o poeta mais conhecido fora da minha terra, o Pará.

REFERÊNCIAS BIBLIOGRÁFICAS

ANTOLOGIA da Nova Poesia Brasileira. Organizada por Olga Savary. Poesia. Rio de Janeiro, Fundação RioArte/Secretaria Municipal de Cultura/Prefeitura da Cidade do Rio de Janeiro/Hipocampo, 1992.

CARNE Viva: I Antologia Brasileira de Poesia Erótica. Organizado por Olga Savary. Poesia. Rio de Janeiro, Anima, 1984.

HAI-Kais Brasileiros. Organizada por Olga Savary. Poesia. A sair.

O LIBERAL, Belém, PA, 18.3.2002, Suplemento "Cartaz".

POESIA do Grão-Pará. Apresentação de Edimilson Brito Rodrigues. Belém, PA, Graphia Editorial, janeiro de 2002.

Saída

Por tudo que foi dito, percebe-se que Olga Savary não é uma poeta que tem vocação somente para o erotismo, o que a fez ser reconhecida como a primeira mulher a escrever um livro inteiro sobre a temática erótica (*Magma*), mas também para as coisas simples da vida e, acima de tudo, para a glorificação do Brasil. Vê-se isso tanto no emprego de palavras na língua tupi quanto no sentimento dessa "guerreira brasileira". O processo sinestésico presente em seus poemas faz aflorar o som, os cheiros, as cores, os olhares e as vozes do Brasil.

Entretanto o brilho das palavras, tão apropriadamente usadas, não ilumina apenas seus poemas; sua voz se articula muito bem com a dinâmica da prosa, sobretudo naquilo que há de misterioso, policial às vezes, humorístico, sensual e, acima de tudo, poético. Prosa-poética. Numa vocação para a generosidade, Savary quis também revelar os grandes talentos poéticos espalhados pelo Brasil. Em um trabalho incansável, reuniu poemas e poetas de várias tendências e idades em três memoráveis antologias (*Carne Viva*, *Antologia da Nova Poesia Brasileira* e *Poesia do Grão-Pará*). Outras coletâneas estão por vir: nove. Quer dizer, projetos pessoais e coletivos.

E não é só isso. A incansável "operária" – como gosta de ser reconhecida – além de dedicar-se ao mister da prosa e da poesia, é também jornalista, curadora, crítica, ensaísta, tradutora, e ainda tem habilidade para desenhos em bico de pena; enfim, multimídia. Já teve vários poemas musicados por mais de quarenta compositores da música chamada erudita: Guerra Peixe, Aylton Escobar, Guilherme Bauer, Vânia Dantas Leite, Ricardo Tacuchian, entre outros, e vários da MPB.

Por sua leitura do mundo, por seu jeito nada convencional de encarar a vida, o sexo, a sensualidade; por sua maneira envolvente de definir o amor, o homem, a mulher, o Brasil – amado e homenageado com todas as pompas – é que se tem em Olga Savary o perfeito exemplo da poeta laboriosa e apaixonada pelo que faz. Poucos escritores têm tanto para mostrar: páginas e páginas de currículo, de A a Z. Espontaneamente colocada, tem presença num enorme número de *sites*.

Dentre tantas outras igualmente importantes, registrem-se as opiniões sobre Olga Savary apostas à 4ª capa do livro de contos *O Olhar Dourado do Abismo: Contos de Paixão e Espanto*:

> RAUL BOPP: "Seu texto é tão puro, translúcido, arrebata tanto, que a gente nem sente a técnica que o estrutura".
>
> GILBERTO FREYRE: "O texto de Olga Savary é das coisas mais brasileiras que eu já vi. O Brasil respira na sua poesia, no seu texto. Ora viva o Brasil através de Olga Savary!"

Para finalizar, seja dada voz à própria poeta: "Segredo do trabalho? Me envolvo, me movo. Vale dizer que sonho e executo o sonho. Com amor, paixão, erotismo e ascese".

Bibliografia

"ALIANÇA Ideal com o Brasil". *Sokka Gakai*. São Paulo, outubro de 2005, p. 66. "Ensaio": Olga Savary.

ALMEIDA, Amanda de. "Poetisa Lança 'Berço Esplêndido' ". *O Diário*, Moji das Cruzes, 5 de abril de 2000, caderno A.

"AMOR e Erotismo Deitados no Berço Esplêndido de Savary". *Estante-A União*, 15 e 16 de dezembro de 2001, seção "Na Vitrine", p. 15.

BAIRÃO, Reynaldo. "Magma: A Essência da Vida". *Jornal de Letras*, 1983, 2º Caderno.

BOOKS Abroad – An International Literary Quarterly. Review. Joaquim-Francisco Coelho (Stanford University), Norman, Oklahoma U.S.A, January 1972.

CAMPOS, Haroldo. *A Arte no Horizonte do Provável*. São Paulo, Perspectiva, 1969.

COSTA, Cecília. "Sou um Animal Erótico, uma Índia na Cidade". *O Globo*, 5 de dezembro de 1998, p. 3, "Prosa & Verso".

DURIGAN, Jesus Antônio. *Erotismo e Literatura*. São Paulo, Ática, 1985.

EMMER, Denise. "O Prazer em Poemas Camaleônicos". *O Globo*, 16 de abril de 1995, p. 7, "Livros".

ENEIDA. "O Espelho Provisório". *Diário de Notícias*, Rio de Janeiro, 1970, "Encontro Matinal".

FRÓES, Leomar. "Voz Própria". *Jornal do Brasil*, 1986.

GUIMARÃES, Marco Polo. "Olga Savary – Haicai é uma Coisa Zen". *Jornal do Comércio*, Recife, 4 de outubro de 1993, Caderno C, p. 9.

JUNQUEIRA, Ivan. "Alada, Marinha: Olga Savary". *O Globo*, 6.1.1980.

_____. *A Sombra de Orfeu*. Rio de Janeiro, Nórdica, 1984.

LEÃO, Rodrigo de Souza. "A Propensão aos Abismos nos Olhos Dourados do Ser Amado". A ser publicado.

———. "O Brasil de Olga Savary". *O Globo*, Rio de Janeiro, fevereiro/março de 2002.

LEITE, Maria Beatriz de Figueiredo. "Poética de Frutas e Vinhos". *De Cuiabá, Terra Agarrativa e Linda*. Cuiabá, novembro de 1994.

O LIBERAL, Belém, PA, 18.3.2002, suplemento "Cartaz".

LÍNGUA e Literatura (Revista dos Departamentos de Letras da Faculdade de Filosofia, Letras e Ciências Humanas da Universidade de São Paulo). São Paulo, XIII(16): 71-76, 1987/1988.

"LINHA D'Água – de Olga Savary". *Isto É*, São Paulo, 18 de novembro de 1987.

LISBOA, Luiz Carlos. "Espelho Provisório é a Redescoberta da Boa Poesia Contemporânea. Vale a Pena Ler". *O Estado de S. Paulo*, 14 de março de 1971, Suplemento Feminino.

LUCAS, Fábio. *Revista Colóquio/Letras*. Lisboa, Portugal, julho de 1981, Seção "Literatura Brasileira".

LUIZ, Macksen. "Poesia Ecológica". *Manchete*. Rio de Janeiro, 1987, seção "O que há para ler".

LUX Jornal. Diário Catarinense. Florianópolis, 17 de abril de 2001, seção "Estante".

MORICONI, Ítalo. *Os Cem Melhores Poemas do Século*. Rio de Janeiro, Objetiva, 2001.

NASCIMENTO, Dalma. "Poesia sem Cárceres de Savary". *Tribuna da Imprensa*. Rio de Janeiro, janeiro de 1995.

NOVO DICIONÁRIO Aurélio da Língua Portuguesa. 2. ed. rev. e ampl. Rio de Janeiro, Nova Fronteira, 1986, pp. 888 e 1628.

OLIVEIRA, Fernanda d'. "A Sedução da Poesia". *Diário de Pernambuco*, Recife, 31 de maio de 1997, 2º caderno: "Cultura".

RUDLOFF, D. Leo van O. S. B. & KECKEISEN, D. Beda O. S. B. *Pequena Teologia Dogmática*, 3. ed. Bahia, Tipografia Beneditina.

SALLES, Fritz Teixeira de. "Síntese e Linguagem Poética". *O Estado de Minas*, agosto de 1978.

SAVARY, Olga. *Altaonda*. Poesia. Prefácio de Jorge Amado. Xilogravuras de Calasans Neto. Prêmio de Poesia Lupe Cotrim Garaude 1981 da União Brasileira de Escritores de São Paulo. Salvador/São Paulo, Edições Macunaíma/Massao Ohno Editor, 1979. Esgotado. In: *Repertório Selvagem: Obra Poética Reunida (12 Livros de Poesia)*. Poesia. Prefácio de Antonio Olinto. Prefácios e críticas dos livros anteriores da Autora. Rio de Janeiro, Fundação Biblioteca Nacional/Universidade de Moji das Cruzes/MultiMais Editorial, 1998.

_____. *Anima Animalis: Voz de Bichos Brasileiros*. Poesia. Prefácio de Jorge Wanderley. Gravuras em madeira e metal de Marcelo Frazão. São Paulo, Massao Ohno Editor, 1998. No prelo. In: *Repertório Selvagem: Obra Poética Reunida (12 Livros de Poesia)*. Poesia. Prefácio de Antonio Olinto. Prefácios e críticas dos livros anteriores da Autora. Rio de Janeiro, Fundação Biblioteca Nacional/Universidade de Mogi das Cruzes/MultiMais Editorial, 1998.

_____. *Anima Animalis: Voz de Bichos Brasileiros*. Opúsculo de poesia. Lisboa, Portugal, em português e francês, 2000. Edição no Congresso Poesia em Lisboa 2000. In: *Repertório Selvagem: Obra Poética Reunida (12 Livros de Poesia)*. Poesia. Prefácio de Antonio Olinto. Prefácios e críticas dos livros anteriores da Autora. Rio de Janeiro, Fundação Biblioteca Nacional/Universidade de Mogi das Cruzes/MultiMais Editorial, 1998.

_____. (org.). *Antologia da Nova Poesia Brasileira*. Poesia. Rio de Janeiro, Fundação RioArte/Secretaria Municipal de Cultura/Prefeitura da Cidade do Rio de Janeiro/Hipocampo, 1992.

_____. *Berço Esplêndido*. Rio de Janeiro, Palavra e Imagem, 2001.

_____. (org.). *Carne Viva: I Antologia Brasileira de Poesia Erótica*. Poesia. Rio de Janeiro, Anima, 1984.

_____. *Éden Hades*. Prefácio de Olga de Sá e apresentação de Marília Beatriz de Figueiredo Leite. Capa de Guita Charifker. São Paulo, Massao Ohno Editor, 1994. Esgotado. In: *Repertório Selvagem: Obra Poética Reunida (12 Livros de Poesia)*. Poesia. Prefácio de Antonio Olinto. Prefácios e críticas dos livros anteriores da Autora. Rio de Janeiro, Fundação Biblioteca Nacional/Universidade de Mogi das Cruzes/MultiMais Editorial, 1998.

_____. *Espelho Provisório*. Poesia. Prefácio de Ferreira Gullar. Capa e retrato da Autora por Carlos Scliar. Prêmio Jabuti 1970 da Câmara Brasileira do Livro. Rio de Janeiro, J. Olympio, 1970. Esgotado. In: *Repertório Selvagem: Obra Poética Reunida (12 Livros de Poesia)*. Poesia. Prefácio de Antonio Olinto. Prefácios e críticas dos livros anteriores da Autora. Rio de Janeiro, Fundação Biblioteca Nacional/Universidade de Mogi das Cruzes/MultiMais Editorial, 1998.

_____. *Hai-Kais*. Poesia. Prefácio de Geraldo Mello Mourão. Capa de Sun Chia Chin. São Paulo, Roswitha Kempf – Editores, 1986. Esgotado. In: *Repertório Selvagem: Obra Poética Reunida (12

Livros de Poesia). Poesia. Prefácio de Antonio Olinto. Prefácios e críticas dos livros anteriores da Autora. Rio de Janeiro, Fundação Biblioteca Nacional/Universidade de Mogi das Cruzes/MultiMais Editorial, 1998.

_____. "Hai-Kai à Brasileira". *D.O. Leitura*, São Paulo, 6 (67), dez. de 1987.

_____. (org.). *Hai-Kais Brasileiros*. Poesia. A sair.

_____. *Linha-d'Água*. Poesia. Prefácio de Felipe Fortuna. Apresentação de Antonio Houaiss. Capa e desenhos de Wakabayashi. São Paulo, Massao Ohno/Hipocampo Editores, 1987. Esgotado. In: *Repertório Selvagem: Obra Poética Reunida (12 Livros de Poesia)*. Poesia. Prefácio de Antonio Olinto. Prefácios e críticas dos livros anteriores da Autora. Rio de Janeiro, Fundação Biblioteca Nacional/Universidade de Mogi das Cruzes/MultiMais Editorial, 1998.

_____. *Magma*. Poesia erótica. Prefácio de Antonio Houaiss. Capa de Tomie Ohtake. São Paulo, Massao Ohno/Roswitha Kempf – Editores, 1982. Prêmio Olavo Bilac 1983 da Academia Brasileira de Letras. Esgotado. In: *Repertório Selvagem: Obra Poética Reunida (12 Livros de Poesia)*. Poesia. Prefácio de Antonio Olinto. Prefácios e críticas dos livros anteriores da Autora. Rio de Janeiro, Fundação Biblioteca Nacional/Universidade de Mogi das Cruzes/MultiMais Editorial, 1998.

_____. *Morte de Moema*. Poesia. Xilogravura original de Marcos Varella. Rio de Janeiro, Impressões do Brasil, 1996. Prefácio de Marco Lucchesi. Esgotado. In: *Repertório Selvagem: Obra Poética Reunida (12 Livros de Poesia)*. Poesia. Prefácio de Antonio Olinto. Prefácios e críticas dos livros anteriores da Autora. Rio de Janeiro, Fundação Biblioteca Nacional/Universidade de Mogi das Cruzes/MultiMais Editorial, 1998.

_____. *Natureza Viva: Uma Seleta dos Melhores Poemas de Olga Savary*. Poesia. Prefácio de Ferreira Gullar. Capa de Pedro Savary. Retrato da Autora por Guita Charifker. Comentário da 4ª capa pelo Professor Joaquim-Francisco Coelho (Stanford University, USA). Recife, Edições Pirata, 1982. Esgotado. In: *Repertório Selvagem: Obra Poética Reunida (12 Livros de Poesia)*. Poesia. Prefácio de Antonio Olinto. Prefácios e críticas dos livros anteriores da Autora. Rio de Janeiro, Fundação Biblioteca Nacional/Universidade de Mogi das Cruzes/MultiMais Editorial, 1998.

_____. *O Olhar Dourado do Abismo*. Contos. Prefácio de Dias Gomes. Xilogravuras de Rubem Grilo. Rio de Janeiro, Impressões do Brasil, 1997. Esgotado.

_____. (org.). *Poesia do Grão-Pará*. Apresentação de Edimilson Brito Rodrigues. Belém, PA, Graphia Editorial, janeiro de 2002.

_____. *Repertório Selvagem: Obra Poética Reunida (12 Livros de Poesia)*. Poesia. Prefácio de Antonio Olinto. Prefácios e críticas dos livros anteriores da Autora. Rio de Janeiro, Fundação Biblioteca Nacional/Universidade de Mogi das Cruzes/MultiMais Editorial, 1998.

_____. *Retratos*. Poesia. Estudo de Dalma Nascimento. Capa de Wakabayashi. Desenhos de Matisse. São Paulo, Massao Ohno Editor, 1989. Esgotado. In: *Repertório Selvagem: Obra Poética Reunida (12 Livros de Poesia)*. Poesia. Prefácio de Antonio Olinto. Prefácios e críticas dos livros anteriores da Autora. Rio de Janeiro, Fundação Biblioteca Nacional/Universidade de Mogi das Cruzes/ MultiMais Editorial, 1998.

_____. *Rudá*. Poesia. Prefácio de Gilberto Mendonça Teles. Rio de Janeiro, UERJ, 1994. Esgotado. In: *Repertório Selvagem: Obra Poética Reunida (12 Livros de Poesia)*. Poesia. Prefácio de Antonio Olinto. Prefácios e críticas dos livros anteriores da Autora. Rio de Janeiro, Fundação Biblioteca Nacional/Universidade de Mogi das Cruzes/MultiMais Editorial, 1998.

_____. *Sumidouro*. Poesia. Estudo de Nelly Novaes Coelho. Capa e desenhos de Aldemir Martins. São Paulo, Massao Ohno/ João Farkas Editores, 1977. Escolhido melhor livro de poesia do ano pelo Jornal do Brasil (Rio). Prêmio de Poesia 1977 da APCA – Associação Paulista de Críticos de Arte. Esgotado. In: *Repertório Selvagem: Obra Poética Reunida (12 Livros de Poesia)*. Poesia. Prefácio de Antonio Olinto. Prefácios e críticas dos livros anteriores da Autora. Rio de Janeiro, Fundação Biblioteca Nacional/Universidade de Mogi das Cruzes/MultiMais Editorial, 1998.

SCHÜLER, Donaldo. "Recuperação do Sentido de Afrodite". *O Estado de S. Paulo*, 1982.

SILVA, José Casado. *Jornal de Alagoas*, 19 de novembro de 1971, seção "Prosa e Verso".

SILVA, José Mario da. "Os Abismos da Rainha do Impossível". In: *Mínimas Leituras Múltiplos Interlúdios*. Crítica literária. João Pessoa, Idéia Editora, 2002. pp. 50-54.

TOLEDO, Marleine Paula Marcondes e Ferreira de. *A Voz das Águas:*

Uma Interpretação do Universo Poético de Olga Savary. Lisboa, Portugal, Edições Colibri-Faculdade de Letras da Universidade de Coimbra-Universidade Cidade de São Paulo, 1999.

_____. "Sob o Signo das Águas". *O Estado de S. Paulo*. São Paulo, 1º de novembro de 1987, Caderno 2, p. 5.

_____. "Olga Savary e o Ofício do Haicai". XXXIX Seminário do Grupo de Estudos Lingüísticos, Franca, 1991. *Anais*. Jaú, SP, Fundação Educacional "Dr. Raul Bauab – Grupo de Estudos Lingüísticos do Estado de São Paulo, 1992, vol. I, pp. 333-340.

VEIGA, Elizabeth. "Um Belo Livro. Que Vale a Pena Ser Visto. E Lido". *Jornal da Tarde*, 9 de dezembro de 1989. Caderno de Sábado.

Olga Savary e Marleine Paula. Entrega do prêmio APCA no Teatro Municipal de São Paulo. Marleine Paula recebeu na categoria "ensaio" pelo livro *A Voz das Águas*, em março de 2000. Foto de Nicodemos Sena.

Olga Savary. Arquivo pessoal.

Título	Olga Savary: Erotismo e Paixão
Autora	Marleine Paula Marcondes e Ferreira de Toledo
Produção editorial	Aline Sato
Capa	Tomás Martins
Ilustração da capa	Salete Mulin
Revisão	Geraldo Gerson de Souza
Editoração eletrônica	Aline Sato
	Dhulia Dark Prates
Formato	12,5 x 20,5 cm
Tipologia	Times
Papel	Cartão Supremo 250 g/m² (capa)
	Polén Soft 80 g/m² (miolo)
Número de páginas	272
Impressão e acabamento	Cromosete